옮긴이 서문

김유경 소설집

누드
스케치

붉은 저녁노을

1.

"붉은 저녁노을을 보면 어쩐지 슬퍼져요."

"왜? 나는 낭만적으로 느껴지는데, 아름답잖아."

"산릉선 너머가 거대한 불길에 휘말린 거 같아요. 저렇게 열정적으로 타오르다 어느 순간에 어둠 속으로 스러지겠지요. 그래서 불타는 저녁노을을 보면 가슴이 저려요."

노을빛이 담긴 미경의 영롱한 눈동자에는 당장 흘러내릴 듯 물기가 찰랑거리고 있었다.

"황홀한 저녁노을을 보고 슬퍼하다니, 영화배우의 감성은 다른 건가?"

그냥 배우다운 감성이려니 짐작하며 성민이 홀린 듯 미경을 바라보았다. 긴 머리카락을 흩날리며 돌진하듯 모로 선 미경의 자태는 영화의 한 장면을 보는 듯했다. 화면보다 실물이 훨씬 더 매혹적이었다. 화면에서 느낄 수 없는 뽀얗게 흰 피부는 티 한 점 없는 백옥 같았다. 늘씬한 몸매는 여인의 성숙함이 풍겼지만 긴 목 위에 목화처럼 피어난 작고 통통한 얼굴은 어린 소녀 같았다. 오밀조밀 귀여운 이목구비에 동그란 눈동자는 늘 맑았다. 순수하고 선한 미소는 숙연함마저 불러일으켰다.

성민이 서늘한 강바람을 등으로 막아서며 미경의 어깨를 감싸 안아 수양버들 밑의 의자에 앉혔다. 어둠이 깃들기 시작하는 대동강 변에는 저녁 산책을 하는 사람들이 삼삼오오 떼를 지어 오고 갔다. 은회색으로 반짝이는 강물 위로 유유히 헤엄치던 오리 한 쌍이 자맥질하며 장난을 피웠다.

잠시 머뭇거리던 성민이 사방을 둘러보며 눈치를 보더니, 미경이 앞에 무릎을 꿇고 바싹 다가앉았다. 그리고 주머니에서 작은 상자를 꺼내 들어 펼쳤다. 상자 안에는 반지가 반짝이고 있었다.

"미경아, 나와 결혼해 줄래? 한국 영화에 나오는 거처럼 근사하게 청혼하려고 했는데 자기가 영화 촬영으로 바빠 자주 만날 수 없으니 이렇게 소박하게 준비했어. 나와 결혼해 주라, 미경아!"

미경이 두 손으로 입을 막으며 눈을 동그랗게 떴다.

"어서 받아 줘. 사람들 보잖아."

미경이 반지가 아니라 성민의 손목을 잡아당겨 곁에 앉혔다. 미경의 행동을 긍정으로 받아들인 성민이 환히 웃었다.

"나와 결혼해 주는 거지? 나 올해에 보위대학을 졸업했으니 곧 보위성에 배치될 거야. 중앙당 조직부에 있는 삼촌이랑 이미 얘기 끝났어. 우리 내년쯤 결혼하는 게 어때? 우선 양쪽 부모님에게 알리고 가을쯤 약혼식을 하고 말이야. 이렇게 가물에 콩 나듯이 만나 연애만 하기에는 시간이 너무 아까워. 난 한시바삐 자기와 결혼하고 싶어. 응? 미경아."

흠칫 몸을 떨며 쳐다보던 미경이 갑자기 고개를 푹 떨구더니 가늘게 울음을 터뜨렸다.

"왜 그래? 내가 너무 급작스레 청혼한 거야? 싫어서 그래?"

한참을 울고 나서야 미경이 얼굴을 들었다. 눈물이 번들거리는 고운 얼굴이 어스름 속에서 하얗게 빛났다. 미경이 슬픈 노래를 읊조리듯 나직이 말했다.

"전 오빠와 결혼할 수 없어요."

"그게 무슨 소리야? 우리 서로 사랑하는 사이인데 왜 결혼할 수 없다는 거야?"

"전 오빠와 결혼할 만한 상대가 못 돼요."

"글쎄, 그게 무슨 소리냐니까. 설마 영화배우로서 발전이 더 중요하고 공훈 배우가 된 다음 결혼하겠다는 뭐, 그런 말을 하려는 건 아니지?"

미경이 잠시 침묵을 지키더니 울먹이는 소리로 말했다.

"저는 언제 촬영소에서 쫓겨날지 몰라요. 저의 부모님은 한 달 전에 벌써 지방 농촌으로 추방되어 갔어요. 이번 영화 촬영만 끝나면 저도 부모님을 따라가겠지요. 지금 주인공으로 출연하는 영화 촬영이 마감되면 말이에요. 촬영소에는 이미 소문이 났어요."

비로소 미경의 처연한 눈빛이 단순한 감성이 아님을 알게 되었다. 몇 달간 보지 못한 사이에 미경이 신상에 엄청난 일이 일어났다. 미경의 아버지는 어느 과학 기관의 유능한 과학자였고, 남동생 또한 소문난 수학 천재였다. 열네 살 때부터 4년 연속 수학 국가 대표로 수학 올림피아드에 참가하여 우수한 성적을 보여 주었다. 콜롬비아와 남아프리카, 태국에서는 별일 없이 귀국했는데 홍콩에서 열린 대회를 마지막으로 열여덟 살 남동생이 실종되었다. 그리고 한 달 후, 북한의 수학 천재 소년이 홍콩 수학 올림피아드에 참가하였다가 현지에서 탈출하여 한국에 입국했다는 소식이 한국 언론에 대서특필되었다. 보위부는 당연히 그 내용을 알게 되었다. 미경의 가족은 보위부에 불려 다니며 몇 주간 취조받았고, 대번에 평양에서 추방한다는 결정이 내려졌다. 미경이만 촬영하던 영화를 마감하려고 평양에 남았다.

너무나 뜻밖의 소식에 성민이 할 말을 잃었다. 한 사람이 잘못을 범하면 온 가족이 추방당하는 건 평양 시민 누구나 숙고해야 할 무시무시한 질서였다. 한국 언론에 소개될 정도로 동생의 탈북이 알려진 상황에서 연좌제로 가족이 처벌을 당하는 건 피할 수 없는 운명이었다. 하지만 사건이 터지고 한 달이 안 되어 가족이 추방된 건 너무 빠르게 벌어진 일이었다. 보위대학에서 공부한 성민은 아무리 무자비한 권력을 행사하는 보위부라지만 나름의 사건 처리 과정과 시스템이 있음을 알고 있었다. 성민이 상식으로는 최소 몇 달은 심의 기간을 거쳐 결론이 나는 게 상례였다.

어찌 됐든 가족은 이미 추방되고 미경은 풍전등화의 신세에 몰렸다. 대단한 권력을 끼지 않고는 그 비운을 피해 가기 힘들었다. 평범한 과학자 집안인 미경이 쪽에서는 힘쓸 만한 인사가 없었다. 미경이 아무리 전도유망한 배우여도 촬영소 쪽에서 관여할 만한 문제가 아니었다. 당황한 표정으로 입술만 감빨던 성민이 자신 없는 어조로 말했다.

"그래도 미경인 재능 있는 배우이고 주인공으로 출연한 영화가 몇 편 잘되니 당에서 고려하지 않을까? 미리 절망하지 말고 방도를 생각해 보자고."

미경이 맥없이 고개를 저었다.

"다시 저 찾지 마세요. 이젠 우리 사이도 끝이에요."

"그게 무슨 소리야?"

"성민 동무가 더 잘 알잖아요. 보위성에서 평생 보위 일꾼으로 살아야 할 성민 동무가 탈북자 가족과 결혼할 수 없다는 건 삼척동자도 아는 일이에요. 그동안 저를 사랑해 줘서 고마웠어요. 버스가 끊기기 전에 전 촬영소 기숙사로 들어가야 하니 이만 일어설게요."

맥없이 자리에서 일어나는 미경을 성민이 와락 그러안았다.

"아니, 난 포기하지 않아. 지금은 너무 급작스러워서 할 말이 없지만 절대 너를 포기할 수 없어. 네가 추방되지 않도록 내가 반드시 방도를 찾고야 말 거야. 그리고 설사 내 발전이 막힌다 해도 난 너를 버리지 않아. 반드시 결혼하고야 만다고, 알았어? 그러니 정신 차리고 힘내! 미경아."

미경이 왈칵 울음을 터뜨리며 고개를 흔들었다.

"고마워요. 그 마음 평생 간직할게요. 다신 저 찾지 마세요."

획 몸을 돌린 미경이 어둠 속으로 빠르게 사라졌다. 성민이 털썩 의자에 도로 주저앉으며 머리를 움켜잡았다. 방도를 찾겠다고 큰소리쳤지만, 미경의 추방을 막을 힘이 없는 건 성민이 쪽도 마찬가지였다. 성민이 아버지는 평양시당 부장에 불과했다. 삼촌이 중앙당 조직부 책임지도원으로 있지만, 삼촌이 이 일에 나설 가능성은 희박했다. 보위성에 배치받게 힘을 써 준 것만 해도 대단한 도움이었다. 게다가 결혼한 사이도 아닌 미경이 일에 나설지 미지수였다. 오히려 결혼 대상을 다시 고르라고 질책을 당할 수 있었다.

도시에 어둠이 깃들고 여기저기 형형색색의 조명이 켜졌다. 대동강 맞은편 강가에 자리한 주체사상탑 횃불 조명이 타오르듯 요술을 부렸다. 탑 주변 넓은 공간에 불이 켜지고 사람들이 몰려들었다. 흥겨운 음악 소리가 강 너머까지 들려왔다. 검푸른 비단을 펼쳐 놓은 듯한 강물 위에 조명으로 장식된 주체사상탑이며 아파트들이 거꾸로 매달려 춤추듯 흔들리고 있었다. 여느 때 같으면 탄성이 나올 아름다운 야경이지만 어둠 속으로 미경을 밀어내는 거대한 힘처럼 느껴져 화가 났다. 성민이 앉은 강변만은 짙어 가는 어둠과 고요에 숨죽이고 있었다. 얼굴이 알려진 미경을 배려해 일부러 대동강 변 중 제일 한적한 이곳을 늘 데이트 장소로 정했다. 방향 없이 터벌터벌 강변을 걸으며 생각을 가다듬으려 애를 썼다.

미경에게 이런 불상사가 생길 줄은 상상조차 못 했다. 평양연극영화대학을 수석으로 졸업하고 대학 졸업 작품부터 히트 친 미경은 영화계에 혜성같이 나타난 신인이었다. 전형적인 동양미를 갖춘 미경은 역사물 영화나 현대물에서 잘 어울리는 주인공 이미지였다. 순수하면서 호수같이 깊은 미경의 눈빛은 다양한 캐릭터를 형상할 수 있는 흰 도화지 같다고 연출가들이 평가했다. 미경에게는 영화인으로서 발전의 길이 마치 봄날의 꽃길처럼 환하게 펼쳐졌다 여겼다. 그런

데 이제 막 피어나려고 하는 시점에서 영화계 퇴출에 추방이라니,

자신의 앞날 역시 탄탄대로를 의심치 않았다. 아버지와 삼촌의 힘 덕분에 평양 호위국에 입대해 빠르게 입당하고 5년 만에 평양보위대학에 입학했다. 성민은 대학 3학년 때 미경의 대학 졸업 작품을 보고 열렬한 팬이 되었다. 팬심은 주체할 수 없는 사랑으로 번졌고 미경을 만날 기회를 마련하려고 비상한 노력을 기울였다. 운명인지 미경과 연이 닿을 수 있었고, 성민이 대학 졸업할 때까지 2년간 연애를 이어올 수 있었다. 미경의 처지가 자신의 앞날에 큰 걸림돌이 된다는 걸 잘 알고 있었다. 하지만 미경이 없는 앞날은 상상하기도 싫었다. 헤어질 생각은 추호도 없었다. 노력하다 보면 뭔가 방도가 나오겠지 하는 막연한 다짐을 하며 거듭 주먹을 틀어쥐었다.

2.

마침내 삼촌에게 미경이 상황에 대해 알아봐 주겠다는 약속을 받아 냈다. 처음엔 노력으로 될 일이 아니니 깨끗이 포기하라고 윽박질렀다. 부모님과의 갈등은 더 만만치 않았다. 아들을 내조해 줄 현모양처 며느리를 바랐던 부모님은 미경이 영화배우라는 자체로 반대했다. 더군다나 미경이 탈북자 가족이라는 치명적인 성분은 아들의 앞날에 망조의 나락이라고 했다. 성민은 물론 다른 자식의 앞날에까지 걸림돌이 될 처녀를 절대 며느리로 삼을 수 없다고 단호하게 나왔다. 하는 수 없이 결혼보다는 팬으로 미경을 구원하고 싶다고 애원했다. 성민의 끈질긴 집념에 진저리를 치며 삼촌은 마지못해 동의했다.

한 달 후, 미경이 출연한 영화가 나왔다. 반향이 뜨거웠다. 특히 주인공 미경의 인기는 대단했다. 당장 달려가 미경을 만나고 영화 성과를 축하해 주고 싶었지만, 삼촌 쪽에서 확실한 결과가 나오지 않아 가슴 조이며 기다렸다. 그 사이 성민은 예견대로 보위성에 배치받았고, 삼촌은 중앙당 조직부 책임지도원에서 부부장으로 승진했다. 겹경사가 찾아온 셈이었다. 온 가족이 모여 축하 파티를 열었다.

그렇게 몇 달이 훌쩍 흘렀다. 영화 촬영소에 선을 놓아 알아보니 미경은 아직 촬영소에 있었다. 어쩌면 영화계 퇴출까지는 당하지 않을 수 있지 않을까. 품 들여 키워 낸 예술 인재를 그만한 일로 버리지 않을 수 있다는 생각이 들었다. 탈북한 미경의 동생이 미성년자이니 가족의 평양 추방으로 그칠 수 있다는 희망이 생겼다. 지금처럼 미경이 영화계에서 성과를 내고 성민이 보위성에 확실히 자리를 잡으면 그때 결혼 문제를 추진해 볼 심산이었다. 삼촌 세력이 커지고 성민의 지위가 높아지면 미경이 성분쯤은 커버가 될 수 있다는 타산이었다.

어느 날 저녁, 삼촌 전화가 걸려 왔다. 부탁한 문제와 관련해 만나자고 했다. 삼촌 집이나 조용한 식당이 아니라 중앙당촌에 있는 모 공원으로 오라고 했다. 중앙당 본부 청사를 중심으로 중구역 해방산동 일대가 '중앙당촌'으로 불리는데, 그 안에 자리한 공원이었다. 창광거리가 중앙당촌을 관통하고 있는데, 삼촌 집이 거기에 있었다. 중앙당촌은 각 게이트에서 외부인의 출입을 통제하고 있었다. 성민은 약속보다 한 시간 넘게 먼저 와 서성거렸다.

삼촌은 시간을 칼같이 지켜 나타났다. 오십 대 중반의 나이지만 젊은이처럼 걸음걸이가 날파람 있었다. 찌르듯 날카로운 눈빛이 당

일꾼보다 보위 일꾼에 가까웠다. 성민이와 공원 벤치에 나란히 앉은 삼촌이 가볍게 콧숨을 내쉬며 성민을 찬찬히 쳐다보았다. 왠지 측은해하는 눈빛이어서 더럭 걱정이 앞섰다.

"왜요? 미경이 쫓겨날 것 같아요? 최근 주인공으로 출연한 영화가 히트 치고 미경이 아직 촬영소에 있다고 하던데요?"

성민이 참지 못하고 먼저 물었다. 삼촌이 또 한 번 큰 숨을 내쉬며 성민이 어깨를 툭툭 쳤다.

"사실 알아보니 내 선에서 가족까지는 몰라도 그 아이는 평양에 남을 수 있게 할 수 있었어. 하지만 한발 늦었다."

"한발 늦다니요? 그럼 미경이 벌써 추방이라도 됐다는 건가요?"

"안타까운 녀석, 그 여자 어디에 서는지는 알고 있니?"

"가족이 추방당해 집이 없으니 촬영소 기숙사에서 지낸다고 했어요. 그건 왜요?"

"그래서 사람을 잘 보라는 거야. 특히 여자는 함부로 믿으면 안 돼."

"무슨 말씀이세요? 미경이 얼마나 마음이 깨끗하고 속이 깊은 여자인지를 안다면 삼촌이 이렇게 함부로 말하지 못할 거에요."

"참 딱하다. 배신은 늘 제일 믿는 사람이 때리지. 내 말 잘 들어. 네가 그렇게 걱정하는 그 애는 이미 다른 남자의 여자가 되었어, 알겠니?"

성민이 어처구니없다는 듯 코웃음을 쳤다.

"다른 남자라니요? 미경이 그 어려운 상황에 다른 남자를 만난다고요? 말도 안 돼요."

"말도 안 되는 일이 종종 벌어지는 게 인생사야. 네가 인정하든 말든 사실이야. 구질구질하게 구체적인 내용까지 들을 필요가 있을까? 결론은 그 여자가 절대로 너의 배필이 될 수 없다는 거다. 어쩌면 잘된 일이니 깨끗이 단념해라! 고민할 가치가 없는 여자야."

성민이 일어서는 삼촌의 팔을 붙잡으며 벌떡 마주 일어났다.

"믿을 수 없어요. 불과 몇 달 전에 미경을 만났어요. 자신의 처지를 비관하며 울며 헤어졌다고요. 그런데 영화 촬영으로 바쁜 와중에 무슨 남자를 만난다는 겁니까? 삼촌이 잘 못 아신 거예요. 아니면 미경이와 헤어지게 하려고 거짓말을 하시는 건가요?"

"이런 답답한 인사를 봤나. 너 삼촌을 몰라? 무슨 일이든 명쾌하게 끝을 보기 전에는 물러서지 않는 게 내 성격이야. 어디서 감히 거짓말 소리가 나와?"

조곤조곤한 어조지만 섬뜩한 카리스마가 느껴지는 삼촌 말에 성민이 고개를 숙였다.

"알았어요. 그럼 사연을 말해 주세요. 도대체 몇 달 사이에 미경에게 무슨 일이 생긴 겁니까?"

"지금 그 여자는 촬영소에서 쫓겨나지 않은 건 물론이고 려명거리 번듯한 아파트에서 살고 있어. 추방당했던 가족은 다시 올라와 창광거리 아파트에 들어가고, 아무 힘 없는 그 여자의 가족이 순식간에 신세가 역전됐단 말이다. 이게 무슨 의미인지 모르겠어? 대단한 권력의 힘이 그 여자의 뒷배가 됐다는 소리야. 그 여자가 남자의 힘을 빌려 인생 역전하는 줄 모르고 넌 뭐가 애달파 이리 뛰고 저리 뛰고 한 거야? 한심한 녀석 같으니라고, 사태를 알았으니 이젠 단념해라!"

"잠시만요, 삼촌. 전 무슨 소리인지 도통 모르겠어요. 설마 그사이 미경이 어느 힘 있는 집에 시집이라도 갔다는 건가요?"

"차라리 그렇게 됐으면 이다지 기분이 더럽지 않겠다. 더 듣지 않는 게 너에게 좋을 거다."

"아니요, 정확하게 무슨 일인지 알아야겠어요. 어려운 상황을 타개하려고 어쩔 수 없이 결혼했거나, 그래서 미경이 행복할 수 있다면 전 미련 없이 돌아서겠어요. 그러니 사실대로 다 말씀해 주세요."

"이런 미련한 녀석을 봤나."

헉 소리를 내며 성민을 쳐다보던 삼촌이 신중한 어조로 입을 열었다.

"좋아, 사연을 다 듣고야 끝을 내겠다면 말해 주지. 하지만 이제부터 내가 하는 이야기는 비밀이다. 절대 누설하면 안 돼. 네가 절대 감정에 휘둘리지 않겠다고 약속하면 말해 주지."

다짐을 받아 내고서야 삼촌은 도로 의자에 앉았다. "참⋯." 하는 한탄 소리가 먼저 흘러나왔다.

"놀라지 말고 들어. 장성택이 누구인지는 당연히 알 거고, 그 애는 장성택의 여자가 됐다. 말하자면 장성택의 노리개가 됐단 말이다. 무슨 소리인지 알겠니?"

성민이 눈동자가 확대되고 입이 벌어졌다. 벌떡 일어서려는 성민을 삼촌이 주저앉혔다.

"어떻게 그런 일이? 미경이 절대 그럴 애가 아니에요. 그렇게 타락한 여자가 아니라고요."

"타락해서가 아니라 그 애가 처한 상황이 무서운 거야. 그리고 상대는 장성택이고."

성민이 미경을 만나고 얼마 안 되던 날 저녁, 조선예술영화촬영소에 검은색 고급 승용차가 나타나 미경을 찾았다. 중앙당에서 조사하려 부르니 손님을 따라가라고 배우단 단장이 미경을 안내했다. 승용차 안에는 운전사와 검은 안경을 낀 젊은 남자가 뒷좌석에 타고 있었다. 미경을 태운 승용차는 촬영소가 자리 잡은 형제산 구역 한적한 도로를 벗어나 평양 도심 속으로 달렸다. 차가 중구역에 들어서자 옆에 앉았던 사내가 검은 안대를 꺼내 미경에게 씌웠다. 한참 후, 승용차가 멎어 선 곳은 푸른 소나무 숲속의 아담한 별장이었다.

별장 안은 바깥에서 보기와 달리 무척 화려했다. 멋스러운 무늬가 새겨진 대리석 바닥에 은은한 조명이 아른거리고 빨간색 벨벳 커튼이 창문마다 드리워져 있었다. 현관문을 열고 거실에 들어서니 커다란 좌석 밥상에 음식이 잔뜩 차려져 있었다. 네모진 밥상 양쪽으로 황금색 비단 방석이 각각 하나씩 놓여 있었다. 안내하던 젊은 사내가 말없이 한쪽 편 방석을 가리키고 사라졌다. 무슨 영문인지 모르는 미경이 옹송그리고 서서 사방을 두리번거렸다.

은은한 음악이 잔잔하게 흘러나오고 맞은편 벽 문이 열리며 풍채좋은 중년의 남자가 나타났다. 눈언저리에 보기 좋게 색이 들어간 안경을 낀 남자는 어딘가 낯이 익었다. 진회색 양복바지에 흰 와이셔츠만 입은 남자에게서 진한 향수 냄새가 휙 풍겨 왔다. 찬찬히 마주 볼 용기가 없어 고개를 수그리는데 남자가 먼저 입을 열었다.

"허허, 유명한 영화배우를 이렇게 보는구먼. 화면보다 실물이 훨

썬 미인인데. 나 누군지 모르겠어?"

고개를 들고 남자를 쳐다보던 미경이 "아." 하고 탄성을 질렀다. 언론에서 많이 보던 장성택이었다. 장성택이 어떤 인물인지는 북한 사람치고 모르는 사람 없지만, 특히 평양에는 그에 대한 말이 많이 돌았다. 김정일 시대에도 무소불위의 권력을 누렸지만, 김정은 시대 에는 실권이 장성택에게 있다는 말이 있었다. 엄연한 백두혈통이요, 최고 존엄의 고모부이자 후견인이었다. 감히 짐작할 수 없는 어마어 마한 권력 앞에 미경은 알 수 없는 공포를 느끼며 살을 떨었다. 자신 이 왜 이 자리에서 서 있는지 도무지 짐작이 가지 않았던 미경은 어 떻게 대처할지 몰라 그냥 고개만 깊숙이 숙여 인사했다.

눈짓 한 번에 나는 새도 떨어뜨린다는 장성택이 여리고 순진한 처 녀를 두고 한참 전부터 감시를 부치고 모략을 꾸몄을 줄은 꿈에도 몰 랐다. 장성택은 영화를 통해 본 미경의 미모에 이미 눈독을 들이고 기회를 노리고 있었다. 그러던 차에 동생 탈북 사건이 터지자 즉시 힘을 발휘해 미경의 가족을 추방했다. 미경이도 촬영이 끝나면 당장 영화계에서 쫓겨난다는 위협을 느끼게 하였다. 벼랑 끝에 몰린 미경 이 숙소에서 눈물로 지샌다는 보고를 받고 드디어 불러냈다.

장성택이 방석에 앉으며 손짓했지만, 미경이 자리에 앉을 염을 못 하고 두 손을 맞잡고 굳어져 있었다. 미경을 넌지시 바라보며 장성택 이 허허 웃었다.

"생긴 것처럼 순진하군, 앉으라우. 전도유망한 영화배우가 동생 일로 곤경에 처했다는 이야기를 듣고 내가 도울 일이 없을까 해서 부 른 것이니 편하게 마음 가지라우."

하는 수 없이 무릎을 개이고 앉은 미경이 어찌할 바를 몰라 눈치를 보았다. 이것저것 반찬을 집어 먹던 장성택이 못마땅한 듯 이맛살을 찌푸렸다.

"제발 살려 달라고 애원해야지. 영화계에서 굴러먹은 애가 촌스럽게 왜 그래? 편하게 음식을 먹으라니까. 자 우선 한 잔 따르고."

밥상이 넓어 미경이 자리에서 일어나 술을 따르려 하자 장성택이 눈짓했다.

"그러다 술 쏟겠네. 이쪽으로 와 따르라우."

미경이 쭈뼛거리며 장성택 옆으로 다가와 무릎을 꿇고 술을 따랐다. 흔들리는 주전자에서 나오는 술이 한도를 조절 못 해 잔이 넘쳤다. 장성택이 호기 있게 웃으며 미경의 손을 덥석 잡아 옆에 바싹 붙여 앉혔다. 그리고 술을 죽 들이켰다.

"아무 걱정하지 마. 내가 미리 알았으면 너의 가족이 고초를 겪지 않았을 건데 뒤늦게 알았거든."

장성택이 태연하게 거짓말을 하며 음험한 눈빛으로 미경의 몸을 훑어보았다. 미경이 흠칫 놀라며 앉은 자리에서 뒤로 물러서자 더 바싹 끌어당기며 말했다.

"우선 추방된 너의 가족을 당장 평양으로 불러올릴 거야. 아파트 좋은 거 한 채 준비하라고 미리 지시했어. 그리고 너는 따로 마련해 준 집에서 살게 될 거야. 앞으로 영화배우로 초고속 발전을 할 거고, 경제적으로 부유한 삶을 누리게 될 거야. 내가 평생 뒤를 봐줄 거니까. 내년쯤 공훈 배우가 되면 너무 빠르려나? 허허! 요 귀여운 토끼 같은 것, 네가 지금 얼마나 커다란 행운의 줄을 잡았는지 설마 눈치채지 못한 건 아니겠지?"

미경은 비로소 사태를 짐작했다. 자신이 이미 호랑이 굴에 잡혀 들어왔고 선택의 여지가 없다는 걸 소름 끼치게 깨달았다. 연거푸 술잔을 기울이며 장성택의 다른 손은 미경의 몸을 더듬고 있었다. 미경은 모든 것을 체념하고 눈을 감아 버렸다. 희고 창백한 얼굴로 굵은 눈물이 하염없이 흘러내렸다. 장성택이 미경을 껴안고 방으로 들어가자 조명의 조도가 흐릿하게 낮아졌다.

이야기를 마치며 삼촌이 허고픈 웃음을 지었다.

"인간은 각자의 운명이 있는 거야. 인간 세상도 동물 세계와 마찬가지로 약육강식이고 정글이야. 재주껏 살아남는 게 승자 아니겠니? 뼈 아픈 인생 수업했다 치고 그 여자 말끔히 잊어."

두 주먹을 틀어쥔 성민이 거친 숨을 몰아쉬며 이를 갈 듯 부르짖었다.

"더러운 호색한, 늙다리 추물, 그 개자식을 절대 용서하지 않겠어요."

"그런 위험한 생각이나 하라고 사실을 말해 준 거 아니야. 용서하고 말고가 어디 있어? 그 애가 선택한 인생이야. 네가 왈가불가할 일이 아니란 말이다. 그 여자는 인연이 아닌 거야. 당연히 그런 일은 없겠지만, 뭘 캐려 하거나 확인하려 하면 절대 안 된다는 것쯤은 잘 알리라 믿는다. 지금 이 공원에 모든 미련과 그 여자에 대한 기억까지 버려야 한다. 반드시 그래야 해!"

삼촌이 부들부들 떨리는 성민의 등을 천천히 쓸어 주었다.

3.

그때로부터 3년이 흘렀다. 삼촌의 부탁대로 성민은 미경을 두 번 다시 거론하지 않았다. 찾아가거나 뭔가를 알아보려 하지 않았다. 미경이 출연한 영화가 몇 편 나왔지만 거들떠보지도 않았다. 혼기가 지났다고 주변에서 걱정해도 일에만 극성스럽게 매달렸다. 그래서인지 2년 만에 별 하나를 더 달았다. 성민이 여배우 일로 말썽을 부리지 않는 걸 부모님은 다행으로 여기는 듯했다. 요즘 들어 어머니가 성민이 눈치를 살피며 슬슬 혼처 이야기를 꺼냈다.

구중궁궐 이야기지만 영원한 비밀은 없었다. 삼촌이 절대 누설하지 말라고 당부했던 미경이 신상이 알 만한 사람은 다 아는 화젯거리가 되었다. 장성택이 뻔질나게 미경을 불러내는 바람에 우선 촬영소 사람들부터 눈치챘다. 여배우 가십거리는 누구에게나 흥미로운 관심사였다. 사람들은 영화에 나오는 미경을 보면서 저 배우가 장성택의 첩이라고 수군거렸다. 얌전한 고양이 부뚜막에 앉는다더니 순진한 얼굴로 아버지뻘보다 더 나이 많은 장성택을 꼬셨다고 입을 삐죽거렸다. 덕분에 려명거리 고급 아파트에서 살면서 승용차를 타고 외화상점에 드나든다는 구체적인 신상 이야기까지 나돌았다.

그런 말이 들려올 때마다 성민의 눈빛이 날카로워졌다. 야한 옷을 입고 진하게 화장한 미경이 모습이 종종 꿈에 나타났다. 어떤 꿈에는 머리를 풀어 헤치고 하염없이 우는 미경을 보기도 했다. 그런 날은 뜨거운 물에 몸을 담그고 오랫동안 샤워를 했다. 미움이든 경멸이든 측은지심이든 드러내지 않으려 할수록 속으로는 더 강렬하게 각인되었다. 3년 동안 미경을 만난 적 없고 아득히 멀어졌다 여겼지만, 기억은 더 생생해졌다. 누군가 무심히 미경이 이름만 불러도 예민한 바이올린 줄처럼 마음이 비명을 질렀다. 풀리지 않은 무언가가 성민이 가슴 한편에 돌덩이처럼 들어앉았다.

어느 날, 국가보위부장 김원홍의 부름을 받았다. 이제 막 대위 계급장을 단 일개 보위원인 성민이 보위부장과 직접 대면하는 건 흔치 않은 일이었다. 뭔가 범상치 않은 예감이 들며 온몸의 신경이 곤두섰다. 부관의 안내로 보위부장 방에 들어서니 군복을 단정히 차려입은 김원홍이 커다란 책상 앞에 앉아 서류를 들여다보고 있었다.

"안녕하십니까, 부장 동지! 대위 조성민 명령대로 왔습니다."

성민이 빳빳하게 몸을 세우고 거수경례를 붙이자 김원홍이 앞에 놓인 기다란 테이블 쪽을 턱으로 가리켰다. 널찍한 방 한쪽 벽에 큰 창 네 개가 나란히 있고 그 옆쪽 벽면으로 책상과 긴 테이블이 놓여 있었다. 창문 맞은편 벽에는 김일성 김정일 초상화가 걸려 있었다. 보위성 전체가 모이는 회의 때 강당에서 먼발치에서 보았을 뿐 가까이에서 부장을 보기는 처음이었다. 성민이 절도 있는 걸음으로 테이블 앞에 서자 김원홍이 금테 안경 너머로 지긋이 바라보았다. 숱이 적은 김원홍의 벗겨진 정수리에 햇볕이 반사되고 있었다. 조는 듯 반쯤 감긴 가는 눈은 생각을 들여다볼 수 없게 두툼한 눈두덩에 가려져 있었다. 다시 고개를 숙이고 서류를 뒤적이는 김원홍의 입이 씰룩거렸다. 이어 서류를 탁 소리 나게 닫으며 비스듬히 의자에 기댔던 몸을 곧추세웠다. 축 처진 눈꺼풀을 들어 올리자 매서운 눈빛이 레이저처럼 뿜어져 나왔다.

"앉으라우, 조성민 대위"

"괜찮습니다. 부장 동지! 말씀하십시오."

"음, 보위대학을 수석으로 졸업하고 꽤 일을 잘하더군. 사건 분석이 명석하고 추진력 있고 꼼꼼하고, 장점이 많은 보위 일꾼이라고 생각해."

"감사합니다, 부장 동지!"

"내가 대위한테 관심을 가지고 직접 만난다는 건, 나와 한배를 탈수 있는 측근 인사로 자네를 지목했다는 의미야."

후드득 심장이 뛰는 소리를 들으며 성민이 빳빳해 오는 목을 젖혔다.

"믿어 주셔서 감사합니다, 부장 동지! 충성을 다하겠습니다."

"내가 아니라 당과 수령을 위해서 충성하자는 소리지."

"넷, 당과 수령을 위하여 목숨 바칠 각오가 되어 있습니다."

"당연히 그래야지. 앞으로 우리가 해야 할 일은 혁명의 수뇌부를 지키기 위한 매우 중요한 일이야. 아 참, 자네 삼촌이 중앙당 조직부조 부부장이더군. 나와 안면이 튼 양반이지. 이 일에 자네 삼촌이 무관하지 않으니 잘해 보자고."

김원홍이 들여다보던 서류를 성민 앞으로 휙 던졌다. 서슬에 테이블에서 떨어지려는 서류를 성민이 날째게 붙들었다.

"서류 내용을 이 자리에서 머릿속에 모두 새겨 넣으라우. 내용이한 글자라도 누설되어서는 안 된다는 건 잘 알 테고."

서류 앞면에는 '작전명 R.G.J.'라는 영문 표기가 새겨져 있고, 위쪽으로 '절대 비밀'이라는 검은 도장이 찍혀 있었다. 서류를 들여다보던 성민이 소스라치게 놀랐다. 다름 아닌 장성택의 반당적 체제 전복 행위를 조사하는 작전 방안이었다. 작전명도 '장성택 일당 제거 작전'이라는 내용을 영문으로 표기한 것이었다. 온몸이 떨렸다. 김원홍이 안락의자에 몸을 실으며 말했다.

"대상이 장성택이니만큼 이 작전은 극비밀리에 진행해야 하네. 장성택 해외 자금줄과 재산 은닉 실태, 세력 확장 상황은 이미 다른 팀이 샅샅이 캐고 있어. 자네가 해야 할 일은 장성택의 부화방탕한 생활과 사회적 여론을 조사하는 것이야. 그 양반 아직도 기운이 뻗쳐서 돌아치더군."

김원홍의 얼굴에 잔인한 비웃음이 스쳤다. 느릿느릿 찻잔을 기울이는 양이 거대한 작전에 임하는 긴장감이 전혀 없어 보였다. 성과를 확신한 여유와 배포가 느껴졌다. 하지만 성민이 심장은 뛰쳐나올 듯 날뛰었다. 보위부장의 특별 신임을 받는다는 흥분이 아니라 사건이 주는 충격과 압박감에 온몸에 소름이 돋았다.

"이건 백두혈통과 관련된 엄청난 작전이 아닙니까?"

"정확히 말해서 장성택은 백두혈통이 아니라 가지에 붙은 기생충이지. 왜, 두려운가?"

"그게 아니라 상대가 장성택인 만큼 만약의 역풍을 대비하여 방어 장치를 마련해야 하지 않겠는가 하는 생각입니다."

"그 방어란 철저하고 빈틈없는 작전의 완성이 아니겠나. 우리가 자체 판단으로 이런 중차대한 일을 벌일 수 있다고 생각하는가? 장성택은 최고 존엄의 고모부지. 하지만 보위성은 최고 수뇌부의 명령을 따르는 친위 부대야. 영명하신 김정은 동지께서는 우리나라에서 일어나는 모든 일에 대해, 산간벽지에서 바늘 떨어지는 소리까지 들어야겠다고 우리 보위성에 힘을 실어 주셨어. 내 말의 뜻을 알겠는가?"

"네, 잘 알겠습니다."

"문건을 봐서 알겠지만 지금 장성택의 반혁명 전복 기도가 속속 드러나고 있어. 그자가 사적인 자리에서 본인이 김정은 동지께 '야, 자' 하고 반말을 한다고 자랑삼아 떠벌렸어. 자기가 아니면 김정은 동지는 아무 일도 할 수 없는 철부지 애고 꼭두각시라고 말한 증거가 확보됐어. 심지어 항간에까지 이런 무엄한 말이 떠돌고 있는 엄중한 상황에서 최고 존엄이 장성택의 속셈을 모를 것 같은가? 역지사지로 자네라면 피가 거꾸로 솟지 않겠나?"

성민이 대답 없이 구두 뒤축을 소리 나게 붙이며 차렷 자세를 취했다. 김원홍이 고개를 끄덕이며 조금 격앙된 어조로 말을 이었다.

"실지 이 나라의 경제 명맥은 장성택이 다 쥐고 있어. 잘나가는 대표적인 무역업체는 다 장성택 돈줄이지. 대성 지도국, 대흥 관리국, 모란 지도국, 당 38호, 39호실 산하 지도국들과 우리 보위성 산하였던 세관 총국마저, 총정치국 조직부 산하 54국까지 모조리 말이야. 당 행정부 소속이 아닌 무역업체들까지 장성택 검은 손이 뻗었단 말일세. 이게 뭘 의미하는지 알아? 정치는 곧 돈이야. 지금 공화국은 무소불위의 권력을 장악한 장성택의 나라로 언제 바뀔지 모를 준엄한 시기란 말일세. 우리는 지금 백두의 혈통을 지키기 위한 총, 포성 없는 전쟁 중이야."

"넷, 무슨 말씀인지 잘 알겠습니다. 작전 구상을 짜고 곧 보고드리겠습니다."

보위부장 방을 나선 성민이 손바닥에 질퍽하게 땀이 배었다. 뻣뻣한 다리를 천천히 움직이며 생각을 가다듬었다. 장성택을 겨냥한 소탕전 후반부에 자신이 투입되었음을 알았다. 작전이 상당히 진행된 상태이고 장성택 목에 걸린 올가미가 서서히 조이는 중임을 알 수 있었다. 얼핏 삼촌을 언급하는 걸 봐선 이번 작전에 중앙당 조직부와 은밀한 커넥션이 있는 게 틀림없고, 성민이 이용물일 수 있다는 생각이 들었다. 하지만 김원홍을 독대함으로써 이미 주사위는 던져졌다. 이 일에 발을 담그는 건 일생일대 위험한 도박일 수 있고 출세 일로의 동아줄이 될 수 있었다. 설사 앞에 파멸이 기다린다 해도 되돌릴 생각이 없었다. 오히려 이름할 수 없는 의욕이 솟구쳤다. 장성택에 대한 개인적인 복수심이 아직 마음속 깊이 시퍼렇게 도사리고 있다는 사실에 놀랐다.

성민은 자신이 맡은 장성택 여성 편력과 동시에 반당적 체제 전복 행위를 은밀히 따로 조사했다. 담당이 아니지만, 이상하게 여겨지는 일이 한둘이 아니었다. 무슨 일이든 확신하기 전에는 직성이 풀리지 않는 성민은 이 작전의 정확한 진위를 파악하고 싶었다. 그래야 맡은 사건에 대한 노선을 세울 수 있었다.

장성택 여성 편력은 짐작보다 엄청나고 지저분했다. 예술계 미인으로부터 미성년 소녀에 유부녀까지 직업군도 다양하고 십수 명이 되었다. 여자를 만나게 된 경로와 방법도 다양했다. 미경이처럼 본인이 직접 찜한 여자도 있고, 아랫사람들이 앞다투어 상납한 여자가 많았다. 여자를 좋아하는 장성택 눈에 드는 가장 확실한 방법을 아첨꾼들은 기막히게 알고 있었다. 파고들수록 장성택의 인격에 대한 경멸이 열 물처럼 치솟았다. 장성택이 별로 대단한 사람이 아니라는 환멸이 클수록 그가 반체제 전복을 꾀하였다는 게 의심스러웠다.

끈질긴 추적 끝에 성민이 내린 결론은 장성택에게 반혁명 전복 기도는 애초에 없었다는 평가였다. 장성택에게는 반체제 활동을 위한 상투적인 비밀결사 모임조차 없었다. 정변을 위해 은닉한 근위부대 같은 건 더구나 없었다. 그에게는 최고 권력에 대한 야망이나 반체제 투쟁을 이끌 담대함이 보이지 않았다. 그가 정말로 체제 전복을 꿈꾼다면 가히 영웅이라 할 수 있었다. 한쪽 편에서 보면 반혁명 종파분자이지만, 다른 쪽 편에서 평가하면 혁명가였다. 하지만 장성택은 그 어떤 정치적 신념이나 정의로운 기치를 위해 목숨 걸고 싸우는 혁명가가 아니었다. 단지 최고 수뇌의 고모부인 자기에게 감히 도전할 자는 없으며, 자신은 그 누구도 건드릴 수 없는 절대 권력이라는 오만과 자만감이 꽉 차 있을 뿐이었다. 그는 무소불위의 권력과 호화 사치에 도취된 우유부단한 호색한에 불과했다.

장성택 주변을 둘러싼 인물 군상을 파 보아도 굵직한 권력에 붙어 출세와 돈을 노리는 오합지졸들뿐이었다. 썰물이 나간 바위 위에 다닥다닥 붙은 섭조개처럼 칼날을 휘두르면 추풍낙엽처럼 날아 떨어질 아첨꾼 기회주의자들뿐이었다. 보고서에는 반혁명 무리가 장성택을 '1번 동지'로 지칭하였는데 이는 장성택을 수령급으로 추앙한 반역 행위라고 했다. 하지만 성민이 보건대 그 호칭은 별 의미 없어 보였다.

그러나 장성택의 모든 활동은 반당 반혁명 행위로 귀결되었다. 소위 반혁명 무리의 소탕 작전은 막바지로 치닫고 있었다. 보고서에는 장성택이 앞에서는 당과 수령을 받드는 척하면서 뒤에서는 동상이몽, 양봉음위하는 종파 행위를 일삼았다고 했다. 나라의 경제와 인민 생활 향상에 막대한 지장을 주었고, 국가 재정 관리 체계를 혼란에 빠뜨리고 나라의 귀중한 자원을 헐값으로 팔아 버리는 매국 행위를 저질렀다고 죄목을 꼽았다. 박남기에게 죄를 뒤집어씌운 화폐 개혁을 장성택이 주도한 일이라 했다. 성민이 조사한 여성 편력이 포함되어 부화방탕한 생활이 하나의 죄목으로 추가되었다.

작전 마감은 신속하게 아무 저항 없이 진행되었다. 장성택 팔다리인 측근부터 재빨리 잘라 냈다. 장성택 옆에 붙어 있던 노동당 행정부장 리용하 제1부부장과 장수길 부부장이 분파와 월권행위, 당의 유일적 영도 체계 거부 등의 혐의로 먼저 처형되었다. 장수길과 리용하에 대한 공개 총살을 평양 교외 강건 군관학교 사격 훈련장에서 당과 군부의 간부들을 데려다 놓고 집행했다.

이날 장성택이 총살 현장에 불려 나갔다. 고위 간부들이 타는 버스가 아니라 직원이 타는 일반 버스에서 내렸다. 옆에는 건장한 사나이 둘이 태연히 붙어 있었다. 장성택은 이미 가택 연금 상태였다. 반죽음이 되어 말뚝에 묶인 두 사람의 사형에 4신 고사기관총 8정이 동원됐다. 강력한 파괴력에 갈기갈기 찢긴 사형수들 신체 잔해를 화염방사기가 흔적 없이 불태워 버렸다. 장성택은 앉은 자리에서 오줌을 지리며 기절했다. 구역질하며 구토물을 옷에 묻힌 사람이 여럿 되었다. 참가한 모든 간부가 극도의 공포로 얼굴이 퍼렇게 경색되었다.

장성택은 그대로 보위부 지하 감방에 끌려와 자백을 토설했다. 평생 안락한 호화 사치에 물들은 장성택은 육체가 으스러지는 고문대 앞에서 공포에 질렸다. 처음엔 내가 누구인데 감히 이따위로 대하냐고 속 빈 소리를 질렀지만 돌아오는 건 매질이었다. 태도를 바꾸어 내 조카 김정은을 만나게 해 달라고 애원했다. 최고 존엄을 감히 내 조카라고 했다고 또 개자식 소리를 들으며 주먹세례를 맞았다. 가죽 장갑을 낀 고문 요원의 주먹질 몇 번에 장성택은 모든 걸 체념했다. 예심원이 요구하는 대로 술술 다 불었다. 그때 받아 낸 진술서에는 이런 내용이 있었다.

"정변의 수단과 방법에 대해 진술한다면, 인맥 관계에 있는 군대 간부와 측근을 내몰아 그들 수하에 장악된 무력으로 정변하려고 하였습니다. 인민 보안 기관 인맥도 정변에 이용하려 하였습니다. 정변 시기는 딱히 정한 것이 없습니다. 경제가 더 어려워지고 국가가 붕괴 직전에 이르면 저 장성택이 총리가 된 다음 지금까지 확보한 자금으로 생활 문제를 풀어 주려 했습니다. 그렇게 되면 인민과 군대는 장성택 만세를 부를 것이고 자연히 정변은 순조롭게 성사될 것으로 생각했습니다."

누가 봐도 허술하기 짝이 없는 정변 작전이었다. 진술 내용 자체가 소탕 작전에 참여한 보위부 요원들이 만든 시나리오임을 성민은 알고 있었다. 예심을 마친 장성택은 조선노동당 정치국 확대 회의에서 해임안이 채택된 후, 공개적으로 체포되어 끌려갔다. 이 모든 상황이 북한 역사상 처음으로 중앙TV로 공개되었고, 전 국민이 경악했다. 이 장면 역시 계산된 연출일 뿐, 장성택 사건은 이미 마감된 상태였다.

장성택 제거 작전은 최고 권력을 위해 필요한 숙청이었고 결론을 내리고 시작한 작전이었다. 그 후, 장성택이 총살되었는지 정치범 관리소로 끌려갔는지는 알 수 없었다. 장성택 행적은 극비밀에 붙여졌다.

작전을 마치고 성민은 한동안 일에 대한 회의와 허탈감에 시달렸다. 그토록 증오하던 장성택에게 복수한 셈이 되었으나 마음이 더 무거웠다. 수령의 고모부마저 가차 없이 쳐 내는 권력의 비정함과 무상함에 전율이 돋았다. 권력 중심부를 파고들면서 가난한 민생 위에 군림하는 거대한 권력이 얼마나 부정의하고 타락하였는지를 들여다볼 수 있었다. 부귀영화와 이권 다툼으로 온갖 모략과 권모술수가 판을 치는 상층부 내면은 썩은 냄새가 진동하는 더러운 늪 같았다.

경제 발전이나 국민을 위한 정책은 애초에 없었다. 권력 유지를 위한 광적이고 살벌한 기만극이 판을 칠 뿐, 미래가 보이지 않는 것에 절망했다. 도대체 무슨 혁명을 한다는 것인지, 사회주의가 무엇인지, 당과 수령을 위해 목숨 바칠 충성을 서약한 자신이 가소롭게 여겨졌다. 그 무슨 사명감이요, 당성 혁명성 따위가 부질없는 자기기만이고 서푼짜리 활극 같았다. 걷잡을 수 없는 자괴감과 허무함에 모든 것이 뒤죽박죽으로 혼란스러웠다. 하지만 휠 안에 들어선 다람쥐처럼 걸음을 멈출 방도가 없었다.

4.

장성택 숙청 후, 살벌한 후 폭풍이 연이어 몰아쳤다. 장성택 일가족은 물론 그에게 매달렸던 많은 사람이 폭탄에 부서진 잔해처럼 무자비하게 지옥으로 내던져졌다. 장성택 누이인 장계순과 매형인 전영진 쿠바 대사, 형 장성우의 사위인 최웅철과 조카인 장용철 말레이시아 대사와 그의 두 아들 태령과 태웅이 곧 평양으로 끌려와 처형됐다. 장성택 일가족의 아들딸, 손자 손녀까지 전부 연좌제로 처형되었다. 최웅철은 한때 큰 인기를 누리던 영화배우였다. 장성택 숙청으로 인생을 망친 사람 중 가장 비참한 처지에 놓인 이들은 장성택이 데리고 놀던 여자들이었다.

장성택 여자들에 대한 조사를 마치고 보고서를 제출하기 전, 성민은 미경의 아파트 주변에 매복했다. 명단에 장악된 여자들 뒤에는 철저히 미행이 따라붙었다. 그날 미경을 감시하는 담당 요원을 따돌리고 성민이 미행을 자처했다. 작전 마감에는 미경이 주택에 감금되었지만, 사건 추진 중에는 촬영소에 다니고 있었다. 작전 비밀과 은밀성을 보장하기 위해서였다.

밤이 퍽 깊어서야 미경을 태운 검은 승용차가 아파트 앞 도로 옆에 멈추어 섰다. 그때까지 장성택이 하사한 승용차를 타고 다녔다. 차에서 내린 미경이 고개를 숙이고 어깨가 처져 아파트 경비실 쪽으로 천천히 걸어왔다. 경비원이 미경의 얼굴을 보자 말없이 차단 봉을 올려 주었다. 미경이 사는 집은 경비실을 지나 자그마한 구내 공원 끝 쪽에 자리한 동이었다.

미경이 공원 중심에 들어섰을 때 성민이 검은 그림자처럼 뒤에 바싹 따라붙었다. 뭔가를 느낀 미경이 뒤를 돌아보며 비명을 지르려는 순간, 성민이 장갑 낀 손으로 미경의 입을 막으며 다른 손으로 허리를 감싸 안았다. 미경이 별로 저항 없이 성민에게 몸을 실었다. 강도든 뭐든 마음대로 하라는, 될 대로 되라는 체념이 미경의 태도에서 느껴졌다. 실신한 듯 늘어진 미경을 끌고 가 공원 으슥한 구석 쪽 나무 의자에 앉혔다. 꽤 큰 단풍나무가 의자 뒤에서 두 사람을 가려 주었다. 성민이 의자에 마주 앉으며 미경이 어깨를 자기 쪽으로 돌려놓았다. 아파트 창문에서 내비치는 조명과 푸른 달빛이 눈을 감은 미경의 창백한 얼굴을 환히 비쳤다.

"놀라지 말고 눈을 떠 봐. 나야, 성민이야."

그제야 화들짝 몸을 떨며 미경이 눈을 떴다. 찬찬히 쳐다보며 가는 비명을 질렀다. 성민이 "쉿!" 하고 손가락으로 입을 가렸다.

"정말 성민 동무예요?"

미경이 떨리는 소리로 물었다. 성민이 눌러쓴 모자를 조금 제쳤다. 미경이 헉 숨을 들이그으며 눈을 크게 치떴다. 얼핏 보기에 미경의 미모는 여전했다. 하지만 분위기는 완전히 달라졌다. 맑고 순수했던 눈빛은 서글픔과 요염함이 뒤섞여 탁하게 흐려져 있었다. 물오른 버들가지처럼 싱싱하고 탄력 넘치던 몸매는 흩어져 내리는 목화송이처럼 풍만해져 있었다. 숨소리가 높아지고 유난히 불룩한 앞가슴이 빠르게 오르내렸다. 도톰한 입술이 물고기 입처럼 벙긋거렸지만, 말소리가 나오지 않았다.

"왜 찾아왔냐고? 긴말할 새 없으니 이제부터 내 말 잘 들어요. 가까운 시일 내에, 아니 빠를수록 좋아. 당장 조용히 잠적해 버려요. 평양을 떠나서 그 어디든 당분간 찾지 못할 곳으로 숨어 버리라고. 이유는 묻지 말고 날 믿는다면 시키는 대로 해요."

"성민 동무가 보위성에 배치받고 대위로 승진했다는 소식 들었어요."

미경이 생뚱맞은 말을 했다. 아직 성민을 잊지 않고 있음이 말 한마디에서 드러났다. 미경이 어깨를 거칠게 흔들며 성민이 버럭 화를 냈다.

"내 말 못 들었어? 이따위 회포나 나누자고 찾아온 줄 아오? 지금이 마지막 기회란 말이요. 되도록 깊은 산골로 멀리멀리 숨어 버려요. 급하다니까."

미경의 가지런한 흰 치아가 달빛에 반짝였다. 환히 웃는 얼굴을 바싹 들이대며 성민을 찬찬히 쳐다보았다.

"이게 무슨 행운이람. 성민 동무를 가까이에서 보다니. 이젠 당장 죽어도 원이 없겠어요. 그런데 당신은 여전히 순진하구먼요. 아직도 날 사람 취급해 주고 걱정하시다니."

성민이 흠칫 고개를 젖히며 이맛살을 찌푸렸다.

"허튼소리 할 새 없다니까. 구체적으로 말할 수 없지만, 지금 사태가 심각하단 말이오."

미경이 다시 생긋 웃으며 심드렁한 어조로 무심하게 말했다.

"알아요, 드디어 저에게 종말이 다가오고 있다는 것을요. 요즘 피부로 육감으로 느끼고 있어요. 하지만 제가 뭘 할 수 있겠어요? 도망치라고요? 숨으라고요? 어디로요?"

"젠장, 숨을 데를 마련해 주길 바라는 거요?"

"아니요, 제 말은 숨을 필요가 없고 도망칠 수 없다는 걸 말하는 거예요. 평양에서 나서 자라고 시외로 나가 본 적이 없는 제가 무슨 수로 도망쳐요? 제 얼굴은 전 국민이 다 알고, 모두가 손가락질하는 타락한 계집인데 어디에 숨을 수 있죠? 제 동생처럼 탈북한다면 모를까. 하지만 저 같은 건 탈북할 재주가 없거니와 불쌍한 부모님을 두고 숨을 수 없어요. 제 벌은 제가 받아야 부모님이 조금이나마 안전하지 않겠어요. 저의 운명은 이미 정해졌지요. 가련하고 추하게 나락으로 떨어지겠지요. 발버둥 친다고 운명에서 벗어날 수 있을까요? 더 비참해지느니 빨리 끝장내고 싶어요."

짙은 허무와 절망의 입김이 향수 냄새와 함께 미경의 몸에서 풍겼다.

"이런 답답한 사람을 봤나. 그따위 감상에 빠져 있을 때가 아니란 말이오. 당신은 지금 생사의 갈림길에 서 있다고. 당장 내 말대로 하라니까, 당장!"

미경이 고개를 살래살래 저으며 설핀 미소를 지었다. 그윽이 바라보는 커다란 눈동자에 눈물이 가득 고여 찰랑거렸다.

"고마워요. 진심으로요. 죽어서도 이 고마움을 잊지 않을 거예요. 그리고 제발 나 같은 거 말끔히 잊어 주세요. 마지막 부탁이에요."

어찌할 사이 없이 미경이 자리에서 일어나 어둠 속으로 사라졌다. 머리를 움켜쥔 성민이 바윗돌처럼 오랫동안 그 자리에서 움직이지 않았다.

장성택 숙청에 대해 전 세계 언론이 요란을 떨 무렵, 장성택 여자들이 보위부 감방으로 줄줄이 끌려왔다. 미경이 역시 지하 독방에 물건처럼 던져졌다. 다른 여자들은 울며불며 발버둥 쳤지만, 미경은 마치 기다리고 있었다는 듯 조용히 체포에 응했다고 했다. 그녀들은 반혁명 분자 장성택의 그늘 밑에서 부화방탕하고 안락한 생활을 누렸으며, 반역자의 영향을 받아 사상적으로 타락했다는 죄목을 뒤집어썼다. 장성택과 실낱같은 인연이 있어도 잠재적 반역자로 분리되는 상황에 장성택의 여자라는 그 자체가 죽어 마땅한 죄목이었다. 연좌제는 가족에게 가장 가혹하게 적용되는데, 그녀들을 가족 계열에 들여세웠다.

정치범 감투를 썼기에 그녀들을 배제한 채 속전속결로 재판이 마무리되었다. 진짜 가족은 아니기에 간신히 총살은 면했지만, 모두 정치범 수용소행으로 판결이 내려졌다. 14호 개천수용소, 15호 요덕수용소, 16호 화성수용소, 25호 청진수용소, 네 곳의 완전 통제 구역으로 분산해 보내도록 명령이 떨어졌다. 미경을 포함한 네 명의 젊은 여자들이 요덕 수용소로 가게 되었다.

성민이 자진하여 요덕 수용소로 가는 호송차 책임자로 나섰다. 곧 진급할 터이니 굳이 궂은일에 나설 필요가 없다고 부장이 만류했다. 맡은 일이니 마무리까지 하겠다고 고집을 부렸다. 남다른 책임감으로 여기고 부장이 흔쾌히 승낙해 주었다. 호송차를 따라가는 게 별 의미는 없지만, 미경의 마지막을 바래다주고 싶었다. 자기에게 일말의 책임이 있다고, 자기 여자를 지키지 못한 못난 놈이라고 늘 자책했다. 미경이 곤경에 처했을 때 더 신속하게 움직였다면, 장성택보다 빠르게 문제를 해결했다면 운명이 달라지지 않았을까. 수백, 수천 번을 반복한 뼈 아픈 질문이고 후회였다.

파랗게 얼어붙은 하늘이 서리 찬 한기를 쏟아 내는 12월 어느 날, 검은 막을 씌운 화물차 한 대가 설 분위기로 흥성거리는 평양 도심을 빠르게 빠져나갔다. 미경을 태운 호송차였다. 요덕 수용소행은 성민을 호송 책임자로 군관 한 명과 병사 둘, 모두 네 명이 한 팀이 되었다. 적재함에 쇠로 된 뼈대를 세우고 방수 천으로 가림막을 씌운 일반 화물차였다. 전문 호송차는 몇 대 안 되는데 동시에 여러 곳으로 가니 화물차를 임시 동원했다. 화물칸 한쪽으로 긴 나무 의자가 고정돼 있었는데, 호송원들 자리였다. 성민이 보조석에 앉게 되었지만, 일행 군관에게 자리를 양보하고 일부러 뒤쪽 호송 칸에 탔다.

성민이 차에 올랐을 때 두 팔을 결박당하고 눈을 가린 여자 넷이 나란히 바닥에 앉아 있었다. 호송 군인들은 두툼한 개털 외투로 꽁꽁 무장했지만, 여자들 옷은 한겨울 추위를 막기에 허술해 보였다. 도중에 죄수들이 얼어 죽는 걸 피하려고 허술한 모포 몇 장을 올렸다. 여자들 얼굴은 추위와 공포로 파랗게 질려 있었다. 아직도 흘릴 눈물이 남았는지 젊은 여자 셋이 몸을 옹송그리고 기대앉아 슬프게 흐느끼고 있었다. 미경이만이 고개를 숙이고 묵묵히 앉아 있었다. 개자식, 저 어린애들을, 성민이 속으로 부르짖었다.

차가 평양을 벗어나자 성민이 여자들 결박과 안대를 풀어 주라고 지시했다. 미경의 결박을 풀어 주던 병사가 누구인지 알아보고 얼결에 탄성을 지르다가 성민이 엄한 눈빛에 쭈뼛했다. 안대를 치웠지만, 미경은 눈을 뜨지 않았다. 창백한 얼굴은 무표정하게 굳어졌고 고요했다. 맥을 놓은 채 차가 흔들리는 대로 몸을 맡기고 있었다. 성민이 근엄한 얼굴로 말이 없자 병사들이 헛기침을 지으며 힐끔거렸다. 홀

찍거리던 여자들이 울음을 그치고 호송차 안에는 무거운 침묵이 가
라앉았다.

적재함 양옆으로 검은 장막이 쳐지고 뒤쪽만 터놓아 호송차 안은
컴컴했다. 미경이 고개를 들지 않아서인지 몇 시간을 달렸는데 성민
을 알아보지 못했다. 성민이 탔으리라 생각조차 못 한 듯싶었다. 다
행이었다. 호송 도중에 희롱이나 당하지 않게 지켜 주는 게 고작이니
차라리 모르기를 바랐다. 정치범 수용소에서 미경이 겪을 수난을 생
각하면 억장이 무너졌다. 더 괴로운 건 자기의 손으로 미경을 지옥에
밀어 넣었다는 자책이었다. 장성택 여자로 낙인찍혀 세상에 알려졌
기에 도저히 명단에서 뺄 수 없었다. 머리 터지게 모색했지만, 미경
을 구원할 방도를 찾지 못했다. 적막함을 이기지 못한 병사 둘이 저
들끼리 숙덕거렸다.

"저 끝에 앉은 여자 말이야. 그 영화배우 맞지?"

"맞아, 난 영화배우 실물 처음 봐. 근데 되게 이쁘다."

"흥, 아무리 이쁘면 뭐 해? 이제 안에 들어가면 굶주린 수캐들이
늑대처럼 달려들겠는데."

"하긴 거기 가면 짐승보다 못한 취급을 당한다며, 인간이기를 포
기해야 한대."

"그러니 저 아름다움이나 고고함이 곧 넝마처럼 너덜너덜해지겠
지."

"아쉽다. 저 인물에 뭐가 모자라 장성택 노리개가 돼서 이 꼴을 당
한담."

"그만하지 못해? 지금 비밀 누설하고 있다는 거 몰라?"

성민이 얼결에 소리를 질렀다. 목소리를 알아들은 미경이 번쩍 고개를 쳐들고 몸을 일으켰다. 이어 "아." 하고 가는 탄성을 지르며 그 자리에 털썩 무너졌다. 손으로 입을 막고 끄극 숨을 들이그으며 온몸을 떨었다. 자기들 말을 듣고 죄수가 운다고 생각한 병사들이 당황하여 성민의 눈치를 보았다. 성민이 입술을 깨물고 미경을 쏘아보았다. 이름할 수 없는 원망이 뜨거운 불방망이처럼 속에서 치밀었다. 어려움이 닥치자 떠날 생각부터 하였던 미경이 너무 미웠다. 성민에게 의지하려 했다면 장성택의 그물에서 벗어날 수 있지 않았을까. 부질없는 생각이요, 원망이었다. 미경을 향한 끝이 없는 애달픈 미련에 화가 치밀었다.

길이 험해 예상했던 시간보다 일정이 늦어졌다. 점심 식사는 운전칸에 보관했던 도시락으로 대강 때웠다. 죄수들에겐 옥수수 주먹밥 하나씩 차례졌다. 미경이 자기 주먹밥을 옆에 여자에게 넘겨주었다. 이 속도로 간다면 밤이 퍽 깊어서야 요덕 수용소에 도착할 수 있었다.

호송차는 저녁이 되어서야 양덕 고개에 들어섰다. 호송차가 산 고개 밑에 이르렀을 때, 두 여자가 멀미로 구역질을 했다. 하는 수 없이 차를 세우고 여자들을 차 뒤쪽에 붙여 앉혀 밖에다 토하게 했다. 멀미하는 여자 둘은 바닥에 쓰러졌다. 병사가 모포 두 장을 던져 주자 제일 어린 여자가 쓰러진 여자들에게 모포를 씌워 주고 그 옆에 붙어 앉으며 울음을 터뜨렸다.

옆에 여자들이 토하고 울고 난리를 쳤지만, 미경은 꼼짝하지 않고 뭔가를 골몰히 생각하고 있었다. 성민이 말없이 모포 한 장을 내밀었다. 미경이 고개를 숙여 고마움을 표하며 모포를 옆에 앉은 여자에게 더 씌워 주었다. 성민이 모포를 쓰라고 눈짓했지만, 미경은 고개를 흔들며 밖으로 시선을 돌렸다. 동그랗게 뚫린 차 뒤쪽으로 하얀 설경이 빙빙 에돌며 물러가고 있었다. 산속의 좁은 도로는 점점 가팔라졌다. 눈 쌓인 고갯길을 오르느라 호송차가 용을 쓰고 있었다. 자동차 엔진이 힘에 부쳐 지르는 비명만이 고요한 산속의 적막을 흔들었다. 무료함에 지친 두 병사가 담요를 뒤집어쓰고 장총에 기댄 채 끄덕끄덕 졸고 있었다. 호송하는 죄수가 여자들이라 방심하였다.

문득 성민이와 미경의 눈이 마주쳤다. 불꽃이 튀었다. 미경이 허리를 곧추세우고 눈빛을 번뜩이며 차 밖을 손가락으로 가리켰다. 어쩌려고? 성민의 눈이 커지며 묻는 표정을 지었다. 미경이 침을 꼴깍 삼키며 두 손을 가슴에 모으더니 간절한 표정으로 연신 차 밖을 눈짓했다. 옆에서 조는 병사들을 주시하며 성민이 어리둥절한 표정으로 눈을 치떴다. 이 산속에서 뭘 어쩌겠다는 건지 의도를 가늠할 수 없었다. 도망쳐 숨으라고 간곡하게 말할 때는 꿈쩍하지 않다가 정치범 수용소를 코앞에 두고 이제야 탈출하겠다는 건가? 이 겨울 산속에서 탈출은 위험하고 불가능한 일이라 성민이 고개를 흔들었다. 미경이 입술을 옥 물며 애원하듯 고개를 조아렸다.

성민은 잠시 고민에 잠겼다. 수용소로 끌려가느니 어찌 되든 일단 탈출하고 보는 건 어떨까. 호송 도중 탈출은 감히 생각 못 한 일이었다. 하지만 용기를 낸 미경의 선택을 도와주고 싶었다. 부득부득 호송차를 따라온 보람이 있는 듯싶었다. 성민이 고개를 끄덕이면서 기웃거렸다. 미경이 활짝 웃으며 절하듯 고개를 깊이 수그렸다. 성민이 만약을 생각해 바지 주머니에서 가스라이터를 꺼내 차 바닥에 놓고 미경이 쪽으로 툭 찼다. 미경이 얼른 라이터를 손에 쥐고 다시 고개를 끄덕였다.

고갯마루에 가까워지면서 차는 벌벌 기다시피 했다. 속도가 더뎌지며 휘발유 냄새와 눈가루가 호송차 안으로 밀려들었다. 길옆으로는 아찔한 낭떠러지가 보이고 맞은편은 깎아지르는 듯한 벼랑이었다. 세 명의 여자는 담요를 머리까지 뒤집어쓰고 엉켜 있었다.

겨울의 짧은 해가 완전히 넘어가며 산등성이 너머가 불길에 휩싸인 듯했다. 거대하게 펼쳐진 붉은 노을이 하늘을 핏빛으로 물들이고 있었다. 문득 미경이와 마지막으로 만났던 대동강 변의 저녁노을이 떠올랐다. 미경이도 그때를 떠올린 듯 두 볼로 눈물이 줄지어 흐르고 있었다.

다음 순간, 미경이 자동차 뒤쪽으로 살며시 다가갔다. 성민이 앞은 자리에서 두 눈을 부릅뜨고 미경을 주시했다. 고개를 돌려 성민을 바라보던 미경이 적재함 밖으로 몸을 날렸다. 병사들은 여전히 담요를 뒤집어쓰고 정신없이 졸고 있었다. 차에서 떨어지느라 넘어졌던 미경이 자리에서 비칠거리며 일어섰다. 빨리 도망쳐. 어서 숨어. 속으로 부르짖으며 성민이 상체를 앞으로 기울이고 힘껏 손짓했다. 하지만 미경이 까딱 움직이지 않고 이쪽을 바라보더니 낭떠러지 쪽으로 바싹 붙어섰다. 그제야 미경의 의도를 알아챈 성민이 벌떡 일어서며 벽력같은 소리를 질렀다.

"안 돼!"

놀란 병사들이 화닥닥 깨어나며 허겁지겁 총을 들었다. 하지만 이미 때는 늦었다. 성민이 쪽으로 얼굴을 돌린 채 미경이 새처럼 두 팔을 펼치고 컴컴한 낭떠러지로 몸을 날렸다. 붉은 저녁노을이 드넓은 자락을 넘실대며 미경을 감싸 안았다.

베이초센 마마

1.

나의 마마는 베이초센 출신이다. 즉, 북한 출신, 탈북 여성이다. 아주 어렸을 때는 엄마가 북한 출신이라는 걸 몰랐다. 아이들 누구나 그러하듯 나는 엄마를 제일 좋아했다. 엄마만큼 나를 사랑한 사람이 없기 때문이었다. 게다가 엄마는 내가 보건대 동네에서 제일 예뻤다. 엄마가 나를 향해 웃어 줄 때면 통통한 볼에 보조개가 옴폭 들어가고 눈이 초승달처럼 곱게 휘어 반짝였다. 볼이며 이마에 뽀뽀해 주던 엄마의 입술은 따뜻하고 말랑했다. 잠자리에 누우면 엄마는 나를 껴안고 부드러운 목소리로 자장가를 불러 주었는데, 아직도 생생히 기억하고 있다.

"자장, 자장, 우리 아기 잘도 잔다. 남의 아기 잘못 자고 우리 아기 잘도 잔다."

어릴 때 가장 많이 들은 말은 "그 녀석 누굴 닮았는지 똘똘하게 잘 생겼다."였다. 어른들이 그런 말을 할 때마다 나는 큰 소리로 답변했다.

"내가 엄마를 닮아서 그래요."

나는 진지하게 사실을 이야기했는데, 내 말에 사람들이 왜 폭소를 터뜨리는지 이해되지 않았다. 가장 잊히지 않는 어린 시절 기억은 집 뒷산 쪽으로 허둥지둥 도망치는 엄마의 모습이었다. 엄마는 홀렁한 바지에 급하게 걸친 윗옷과 헝클어진 긴 머리카락을 날리며 정신없이 뛰어가곤 했다. 내 나이 다섯 살인가 되었을 때, 도망치는 엄마의 뒤를 기를 쓰고 따라가며 울었던 기억이 또렷했다. 엄마는 달리는 도중 돌아가라고 연신 손짓했고 나는 엄마를 놓치고 마을 길에 주저앉아 발버둥 치며 목 놓아 울었다. 엄마는 밤늦게 집으로 돌아와 나를 끌어안고 울었다. 나는 엄마의 팔을 안고 자다가 소스라치게 잠에서 깨어나 엄마를 찾곤 했다. 조금 나이를 더 먹고 엄마가 공안만 나타나면 도망간다는 걸 알게 되었다. 그다음부터 마을에서 애들과 놀다가 공안이나 오토바이가 나타나면 집을 향해 힘껏 달려갔다.

"엄마, 공안이 와요. 도망쳐요. 빨리요~"

내가 대문 밖에서부터 소리치면 엄마는 서둘러 집 뒷산으로 도망치곤 했다. 벽돌로 쌓은 우리 집 울타리 뒷면에는 아이들이나 드나들 작은 문이 하나 있었다. 어쩌면 엄마가 이 집에 왔을 때부터 생겼을 수 있었다. 엄마가 도망치는 일 외에 집 뒤 작은 나무 문은 별로 쓸 일이 없었다. 산에 숨어 있다가 밤이 깊어 집으로 돌아온 엄마는 나를 꼭 껴안아 주며 속삭였다.

"우리 아들이 엄마를 지켜 주네. 고마워, 내 새끼."

엄마한테서는 풀잎 향기가 풍겼고 이슬에 젖은 옷자락은 축축했다. 엄마에게서 느껴지는 어둠과 숲의 냄새가 을씨년스러웠지만, 엄마를 지켜 냈다는 뿌듯함에 어깨를 으쓱했다. 특히 따뜻한 입김을 내 머리에 쏟으며 내 새끼라고 속삭이는 엄마의 목소리가 듣기 좋았다. 그럴 때마다 반드시 엄마를 지켜 내리라 다짐했다. 엄마가 왜 공안만 보면 도망치는지 그 이유는 몰랐다. 하지만 상관없었다. 엄마를 지키는 데 이유 따위는 필요 없었다. 엄마를 괴롭히는 공안이 미워서 괜히 째려보곤 했다.

내가 초등학교에 들어갈 무렵 나의 엄마가 베이초셴, 북한 출신 탈북자라는 사실을 알게 되었다. 내가 학교에 입학하는 데 엄마의 신분이 문제 되어 아빠와 할아버지가 골머리를 앓았기 때문이었다. 그때까지 나는 출생신고가 되어 있지 않았다. 아버지가 중국 사람이어서 얼마든지 출생신고가 가능했지만, 그렇게 되면 엄마가 탈북자라는 게 드러나 거액의 벌금을 물어야 했다. 더 큰 일은 엄마가 공안에 잡힐 위험이 있었다.

아빠와 할아버지가 어떻게 손을 썼는지 나는 무사히 초등학교에 다녔다. 그때 나는 탈북자가 중국에서 태어난 사람이 아니고 다른 나라에서 온 사람임을 어렴풋이 알았다. 하지만 엄마가 탈북자라는 게 그때까지 나의 성장에 부정적인 영향을 미치는 일은 없었다. 엄마가 중국말을 유창하게 잘하기에 지구 어디에 붙어 있는지 모를 북한이라는 엄마의 나라는 별로 실감 나지 않았다.

베이초셴 마마지만 나에게는 그냥 엄마였다. 매일 세끼 밥을 해 주고 옷을 챙겨 입혀서 학교에 바래다주고, 집에 오면 숙제하라고 잔소리하고 숙제 검열하고, 여느 애들 엄마와 다른 게 하나 없었다. 어

린 나의 눈에 비친 엄마는 한시도 쉬지 않고 부지런히 일했다. 농사
철에는 늘 밭에서 살았고, 집 청소며 음식이며 빨래를 도맡아 했다.
할머니가 풍을 만나 몸을 잘 움직이지 못하는 바람에 병시중까지 들
었다. 동네 어른들이 베이초센 여자가 마음이 착하고 살림을 참 깐지
게 잘한다고 칭찬했다. 그런 소리를 들으면 기분이 무척 좋았고, 베
이초센이라는 말이 긍정적으로 들렸다.

아빠는 장애인이었다. 원래는 동네에 소문난 멋쟁이 젊은이였는
데 총각 때 공사장에서 일하다가 다리를 다쳤다. 한쪽 다리를 쓰지
못해 의족을 했고, 허리가 아파 늘 약을 달고 사셨다. 그래서 농사는
엄마와 할아버지가 도맡아 했다. 아빠는 방에 누워 있는 시간이 많았
는데, 늘 신경질을 부렸고 쩍하면 엄마에게 화를 냈다. 엄마는 몇 마
디 대꾸하다가 못 들은 척 자리를 피하기 일쑤였다. 어린 나의 눈에
그러는 엄마가 안쓰러워 보였고 아빠가 불만스러웠다. 그래서인지
어릴 때부터 엄마를 보호하고 싶은 마음이 생겼다. 엄마는 종종 나의
머리를 쓰다듬으며 중얼거렸다.

"예쁜 내 새끼 때문에 엄마가 산다. 네가 아니었으면 어떻게 살았
을까?"

그 말의 의미를 썩 후에야 알게 되었다. 엄마가 오로지 나에게 마
음을 의지한다는 걸 느낌으로 알았다. 나는 엄마를 무척 따랐고 엄마
가 웃으면 같이 웃고 엄마가 울면 같이 울었다. 초등학교에 들어가서
까지 엄마와 같이 자겠다고 해서 할아버지한테 야단을 맞았다. 학교
에서 돌아오면 대문을 열어젖히며 엄마를 요란하게 불러 댔다. 엄마
가 집에 있어야 마음이 놓였고, 밭이나 다른 데 있으면 가방을 집어

던지고 정신없이 찾아다녔다. 저녁을 먹고 엄마가 아버지가 있는 방에 들어가는 것을 보고서야 마음 놓고 나의 방에 가서 자곤 했다.

나의 무의식에는 엄마가 도망치거나 공안에 잡혀갈 수 있다는 걱정이 깊이 잠재되어 있었다. 베이초센 마마는 언제든 나의 곁을 떠날지 모른다는 두려움이 어린 나를 늘 불안하게 했다. 같은 학교에 다니는 동창 아이의 엄마도 베이초센 출신인데 공안에 붙들려 갔다가 북한이라는 자기 나라로 끌려갔고, 몇 년이 지났지만 오지 않았다. 그래서 엄마에게 더 집착했다. 엄마를 공안으로부터 지키는 건 나에게 초미의 관심사이고 중요한 일이 되었다. 하지만 그때까지는 엄마가 베이초센 출신인 게 나의 삶에 얼마나 커다란 파장을 몰고 오는지 잘 알지 못했다.

어린 내가 그토록 비상한 노력을 기울였지만, 어느 날, 끝내 불행이 닥쳐왔다. 그날 엄마가 아빠 방으로 들어가는 걸 보고 잠이 들었던 나는 누군가 대문을 두드리며 떠드는 소리에 깨어났다. 할아버지가 대문을 열자 전짓불을 번쩍이며 공안이 들이닥쳤다. 이어 아빠 방에서 어른들 사이에 실랑이가 일고 엄마의 울음소리가 터져 나왔다. 나는 얼른 잠자리에서 일어나 거실로 나왔다. 외출복을 입은 엄마가 두 명의 공안에게 팔을 잡히고 거실에 서 있었다. 나는 새된 소리로 엄마를 부르며 달려갔다. 내가 얼마나 세게 밀쳤는지 공안 한 사람이 엄마의 팔을 놓치고 비칠거렸다. 나는 엄마를 등으로 막아서며 공안을 쏘아보았다.

"우리 엄마 데려가지 말아요. 내가 가만두지 않을 거예요."

이어 엄마의 팔을 붙들고 서 있는 다른 공안의 손등을 깨물었다. 공안이 비명을 지르며 한 걸음 물러섰다. 방 안에서는 아빠가 무언가를 부수는 소리가 들리는데, 할아버지가 후들거리는 손으로 백 원짜리 돈다발을 내밀었다.

"지금은 삼천 원밖에 없소. 벌금을 낼 테니 우리 며느리를 놓아주시오. 손자를 봐서라도 말이오."

손등을 물린 공안이 나를 흘겨보며 돈을 내미는 할아버지 손을 물리쳤다.

"그건 우리 소관이 아닙니다. 우리는 불법 체류자인 저 베이초센 여자를 데려오라는 상부의 지시를 받았을 뿐입니다. 계속 이렇게 나오시면 더 불리할 수 있습니다. 일단 가서 조사를 받고 그다음 조처하시오. 어서 가자고요."

엄마가 나를 그러안고 귀에다 속삭였다.

"주명아! 걱정하지 말고 기다려. 살아 있는 한 반드시 우리 아들한테 돌아올 테니까. 엄마 믿지?"

"엄마! 빨리 와야 해!"

나는 울음을 터뜨리며 고개를 끄덕였다. 공안에게 두 팔을 잡힌 엄마가 대문 밖에 서 있는 공안 차에 올라탔다. 할아버지와 할머니가 따라나서고, 나는 울면서 엄마를 실은 차를 따라 달렸다. 차바퀴가 뱉어 내는 흙먼지가 얼굴에 들씌워지고 매연이 코를 찔렀지만 아랑곳하지 않고 차 불빛이 반딧불만큼 작아질 때까지 달리고 또 달렸다. 그날만큼은 엄마가 베이초센 출신인 게 너무 원망스러웠다.

엄마가 붙잡혀 간 날 밤에 나는 자지 않고 울며 아빠에게 빨리 가서 엄마를 데려오라고 떼를 썼다. 아빠가 회초리를 들어서야 나의 방으로 달려가 숨었다. 하지만 울음을 멈추지 않고 목이 쉬도록 엄마를 불렀다. 내가 악을 쓰며 울어야 할아버지와 아빠가 돈을 마련해 엄마를 데려온다고 생각했다. 벌금을 내겠다던 할아버지 말을 듣고 돈을 내면 엄마를 공안에서 데려올 수 있는 줄 알았다. 다음 날 아침에 나는 내가 아끼던 권총이랑 축구공, 새로 산 신발을 아빠에게 내밀었다. 이따위 건 필요 없으니 이걸 팔아서 빨리 엄마를 데려오라고 했다. 아빠가 고개를 외로 틀고 코를 훌쩍거렸다.

아빠는 기대 이상으로 엄마를 데려오기 위해 애를 썼다. 매일 오토바이를 몰고 공안으로 갔다. 하지만 매번 얼굴이 흙빛이 되어 돌아왔다. 이번에는 벌금이 통하지 않는다고 했다. 어른들 말로는 엄마가 한국행을 시도해서 붙잡혔다고 했다. 동네의 탈북 여성과 한국행을 모의했는데, 그 집에서 눈치채고 공안에 신고했다. 엄마와 함께 잡힌 탈북 여성은 자녀가 없어 시집과 사이가 좋지 못했고 몇 번이나 도망치려다 실패했다. 엄마는 그 여자의 이야기에 이런저런 맞장구를 쳐주었을 뿐인데 어이없게 그 집 가족 싸움으로 불똥을 맞게 되었다고 할아버지가 말했다.

한국이 어디인지, 한국행이 뭘 의미하는지 다 알 수 없었지만, 엄마가 나를 버리고 도망칠 생각을 했으리라고 추호도 의심하지 않았다. 엄마는 그 빌어먹을 동네 베이초센 여자 때문에 억울하게 걸렸다고 생각했다. 어찌 됐든 엄마는 끝내 집으로 돌아오지 못하고 북한이라는 모국으로 끌려가게 되었다. 어른들 말로는 북송이라고 했다.

엄마가 북송되던 날, 나는 아빠의 오토바이를 타고 수백 킬로 길을 달려 북·중 국경 지역으로 갔다. 처음엔 아빠 혼자 가려 했지만, 내가 하도 같이 가겠다고 떼를 쓰자 데리고 갔다. 북송 시간을 놓칠까 봐 어둑어둑한 새벽에 집을 떠났고, 아침에 도착했다. 엄마가 북송되는 장소에는 넓은 강이 흘렀다. 압록강이라고 했다. 강 너머가 엄마의 나라 북한이라고 했다. 강에는 커다란 다리가 가로질러 있었다.

중국 쪽 다리 입구 옆에 아담한 건물이 하나 있었는데 세관이라고 했다. 강 너머 엄마 나라 쪽 다리 끝에는 총을 멘 사람이 두어 명 보이고 이쪽처럼 건물이 있었다. 다리 옆에는 아빠와 나처럼 서성이는 사람이 몇이 되었다. 우리처럼 베이초센 여자와 가족인 사람들이었다. 아빠가 주변 사람에게 물어보니 북송되는 사람들이 아직 다리를 건너지 않았다고 했다.

나는 강 너머 엄마의 나라를 유심히 바라보았다. 어린 내가 보이게 옹기종기 모여 앉은 집들이며 칙칙하고 초라해 보이는 도시에서는 어딘가 불길한 기운이 느껴지고 무척 후져 보였다. 내가 선 중국쪽은 집집이 빨갛고 파란 기와를 얹고 반듯한 포장도로로는 자동차며 오토바이가 쉴 새 없이 다니는 게 무척 활기차 보였다. 하지만 엄마의 나라 쪽에는 차나 오토바이는 별로 보이지 않고 사람들이 등에 짐을 지거나 손수레를 끌고 다니는 게 보였다.

엄마가 굶어 죽지 않기 위해 중국으로 왔고 아빠에게 시집왔다는 말을 들은 바 있었다. 엄마가 저 나라에 들어가 굶어 죽지 않을까 걱정되었다. 내가 쌀을 한 자루 사서 엄마에게 보내자고 하자 아빠가 고개를 저으며 괜한 짓이라고 했다. 강을 넘어가면 물건이든 돈이든

다 빼앗긴다고 했다. 엄마 나라에서는 왜 남의 물건을 함부로 빼앗는다는 건지 이해되지 않았다.

한참을 기다려서 해가 중천에 떴을 때 버스 하나가 다리목에 도착했다. 주변에서 서성이던 사람 몇이 우르르 몰려갔다. 나는 아빠를 부축해 그쪽으로 다가갔다. 다음 순간 나는 소스라쳐 놀랐다. 버스에서 손과 발이 묶이고 밧줄로 줄레줄레 연결된 사람 여러 명이 비칠거리며 내렸다. 모두 여자였다. 세 번째 여자가 엄마라는 걸 알아보았다. 머리가 헝클어지고 얼굴이 창백했지만 분명 엄마였다. 나는 쏜살같이 달려가 엄마에게 매달렸다.

"엄마! 가지 마! 집에 가자! 우리 엄마 팔 풀어 달란 말이야!"

깜짝 놀란 엄마가 나의 머리에 볼을 비비며 울었다.

"아들, 기다리라고 했지. 엄마가 꼭 다시 온다니까. 약속할게."

"정말이야? 엄마, 다시 올 거지? 정말 올 거지?"

당황한 공안이 나를 엄마에게서 떼어 내며 주위를 둘러보았다.

"보호자 누구요? 애를 데려가시오! 당장!"

아빠가 다가와 나를 꼭 붙들었다. 그리고 엄마를 보고 고개를 끄덕이며 집 전화번호를 잊지 말라고 말했다. 아빠의 눈에서 눈물이 흐르고 밧줄에 묶인 여자들이 훌쩍거리며 울었다. 공안이 여자들 등을 떠밀자 마치 이어달리기하듯 발을 맞추어 다리 위를 걸어갔다. 울음소리가 더 높아지고 다리 주변에 모여든 사람들이 흥분하여 웅성거렸다.

엄마 나라 쪽에서 총을 멘 남자 두 명이 다리 중간에 다가오더니 여자들을 인계받았다. 뭐라 꽥꽥 소리 지르는 소리가 똑똑히 들렸다.

무슨 말인지 알아들을 수 없으나 무척이나 위협적이고 난폭한 욕설 같았다. 그쪽 다리 끝까지 여자들을 끌고 가더니 검은 풍을 씌운 자동차에 태웠다. 총을 쥔 남자가 여자의 엉덩이를 발로 차는 게 보였다. 매를 맞는 여자가 엄마가 아닐까 조마조마했다. 이어 엄마를 실은 자동차는 저쪽 세상 그 어딘가를 향해 사라져 버렸다. 그렇게 나는 열한 살에 엄마와 생이별했다. 지금도 엄마가 끌려가던 그 다리가 괴물 같은 모양이 되어 악몽으로 나타나곤 했다.

2.

하루에 수십 번 찾던 엄마를 부를 수 없다는 게 얼마나 슬프고 우울한 일인지 나는 잘 알고 있다. 엄마가 북한으로 끌려간 뒤 엄마의 옷을 내 방에 가져와 냄새를 맡으며 울었다. 내가 엄마를 지켜 주지 못한 거 같아 한스러웠다. 나의 머리를 쓰다듬던 엄마의 다정한 손길, 안아 주던 그 힘 있고 따뜻한 품의 감각은 오랫동안 나의 가슴을 그리움으로 쓰리게 했다.

엄마와의 생이별은 나를 빠르게 철들게 했다. 다른 애들이 게임을 할 때 나는 인터넷으로 엄마의 나라 북한에 대한 자료를 찾아보았다. 이제 겨우 열두 살 초등학교 4학년생이지만, 북한이 가난하고 낙후한 나라여서 많은 사람이 중국으로 살길을 찾아왔다는 걸 알게 되었다. 엄마는 그중 한 사람이었다. 그들을 탈북자라고 부르며 매우 불쌍한 사람들임을 인식하게 되었다. 엄마가 더 가여웠고 매일 그 나라에서 다시 도망쳐 오기를 빌었다.

나의 간절한 기도가 통했는지, 엄마와 헤어진 지 일 년 반이 되었을 때, 기적처럼 엄마가 나타났다. 그날은 주말이어서 내가 학교에 가지 않는 날이었다. 아침에 밥을 먹는데 집 거실에 놓인 전화벨이 울렸다. 왠지 전화를 받고 싶어 얼른 달려가 전화를 들었다.

 "여보세요. 어머, 너 주명이냐? 나야! 엄마야!"

 엄마의 목소리를 알아들은 나는 왕 울음부터 터뜨렸다. 엄마를 부르며 악악 소리를 지르며 울었다. 아빠가 나의 손에서 전화를 빼앗았다. 엄마는 어젯밤에 강을 넘었고 지금 북 중 국경 지역 마을 어느 집에 2천 원을 주기로 하고 숨어 있다고 했다. 아빠는 할아버지를 향해 "이천 원 빨리요."라고 소리치면서 불편한 다리를 빠르게 끌며 급히 방으로 들어가 옷을 입었다. 할아버지가 서둘러 돈 2천 원을 꺼내 가지고 왔다. 만약의 경우 엄마가 올 걸 대비하여 집에는 늘 현금이 보관되어 있었다. 나는 옷을 입고 아빠를 따라가겠다고 나섰다. 아빠는 만류하지 않고 나를 뒤에 태우고 오토바이 시동을 힘껏 켰다.

 엄마는 북송되던 그 다리에서 멀지 않은 강가 마을에 숨어 있었다. 몇 시간 걸려 엄마가 알려 준 집 주소에 가 보니 노부부가 살고 있었다. 그 집에 도착하자 아빠는 마당에 나온 할아버지에게 고맙다고 인사하며 돈부터 내밀었다. 집주인 할아버지는 자신이 밖에서 망을 볼 테니 어서 들어가 안사람을 만나고 무사히 데려가라고 했다. 신발을 차 버리고 방에 뛰어든 나는 주춤하고 멈추어 섰다. 방 안 벽에 기대어 앉아 있는 여인은 엄마가 아니었다. 다시 찬찬히 보니 엄마가 맞았다.

 엄마는 너무나 몰라보게 변해 있었다. 누군가 칼로 엄마의 얼굴에서 살을 모조리 베어 낸 듯 통통하던 볼살이 흔적 없이 사라지고 광대뼈가 솟고 눈이 움푹 들어가 있었다. 가느다란 목은 당장 부러질 듯 위태로웠고 집주인 할머니 옷으로 보이는 헐렁한 윗옷 사이로 앙상한 목뼈가 드러났다. 입술이 터 갈라져 부풀어 있었고 눈물이 흐르는 얼굴은 누렇게 떠 있었다. 윤기 나던 검은 머리는 사라지고 검불 같은 누런 머리카락이 헝클어져 있었다. 허수아비처럼 생명력이 느껴지지 않는 엄마의 몸은 당장이라도 와장창 부서져 버릴 듯싶었다. 다만 나를 향해 웃고 있는 초승달 눈만이 엄마임을 알아보게 했다.

두 팔을 벌리고 나를 부르는 엄마에게 와락 매달린 나는 몸부림치며 울었다. 나를 안은 엄마의 깡마른 몸에서 뼈마디가 아프게 느껴졌다. 엄마는 꺽꺽 목멘 울음을 울며 아들 때문에 죽지 않고 기를 쓰고 살아왔노라 했다. 아침에 하도 개가 짖어서 나가 보니 대문 앞에 엄마가 쓰러져 있었다고 했다. 처음엔 송장인 줄 알고 기겁했다고 했다.

긴장이 풀려 그런지 엄마는 제대로 서지 못했다. 아빠와 내가 부축해서 오토바이 가운데 앉히고 내가 뒤에서 엄마를 그러안았다. 엄마의 체취는 내가 이전에 맡던 냄새가 아니었다. 어딘가 퀴퀴하고 불결한 냄새였다. 하지만 무슨 상관이랴. 꿈처럼 엄마가 내 앞에 나타났는데, 나는 엄마의 얇아진 허리를 뒤에서 그러안으며 다시는 엄마를 빼앗기지 않겠다고 굳게 다짐했다.

집에 와서 찬찬히 보니 새 둥지 같은 엄마의 누런 머리카락에는 하얀 점 같은 게 가득 박혀 있어 소름이 돋았다. 나는 처음 보는 거였다. 아빠의 말이 머리 피를 빨아 먹는 기생충이 낳은 알인데 서캐라고 했다. 엄마가 무안을 타며 얼굴을 붉혔다. 감옥 안이 너무 불결해 어쩔 수 없었다고 변명하듯 말했다. 우리 집 방만 한 곳에 서른 명이 갇혀 있었는데, 너무 좁아 서로 몸을 겹치고 잠을 잤다. 감방에는 화장실이 있어 오물 냄새가 심했는데, 몸을 씻지 못했다. 위생이 불결하니 이와 빈대가 득실거리고 전염병에 죽은 사람이 많았다. 엄마가 그 감옥에서 살아 나온 건 기적이었다.

엄마는 북한 감옥에 일 년 반을 갇혀 있으며 영양실조에 맹장에 탈이 났는데, 치료 시기를 놓쳐 맹장이 곪아 터졌다. 어쩔 수 없이 병보석으로 나와 수술을 받았다. 퇴원 후 엄마의 언니 집에서 며칠 치료를 받다가 몸을 움직일 수 있게 되자 죽기 살기로 다시 강을 넘었다. 병을 만나 죽을 고비를 넘겼지만, 그 덕에 다시 탈북할 수 있었다.

집에 와서 엄마는 수술 후유증으로 한동안 열을 내며 심하게 앓았다. 제대로 회복하지 못하고 도강하는 바람에 장이 유착되고 염증으로 자칫 복막염이 올 수 있었다. 집에서 멀지 않은 병원에 입원하여 치료를 받았다. 어떻게 사람을 이 지경으로 만들 수 있냐고 의사가 몸서리를 쳤다. 두어 달 동안 치료를 받으며 몸보신을 하자 엄마는 빠르게 회복되었다. 점차 예전의 모습으로 돌아왔고, 서너 달 지나서는 간단한 집안일을 하게 되었다.

엄마가 목숨 걸고 다시 탈북하여 찾아오자 아빠의 태도가 달라졌다. 이전처럼 엄마에게 화를 내지 않았고, 살뜰히 대해 주었다. 아빠가 직접 엄마의 머리를 짧게 깎아 주고 어디서 구했는지 참빗으로 하얀 서캐를 뽑아 주었다. 아빠가 농담을 잘한다는 걸 그때 처음 알았다. 알고 보니 아빠는 장애인이 된 자신의 울분을 애꿎은 엄마한테 풀었었다. 잃고 나서야 엄마의 소중함을 절실히 느꼈다. 엄마가 정상으로 돌아오자 우리 집에는 웃을 일이 많아졌다. 나는 한동안 등교하면 쉬는 시간에 공중전화로 집에 전화를 걸어 엄마가 있는 걸 확인하곤 했다. 학교에서 집으로 돌아올 땐 정신없이 달음박질쳤다. 대문을 열어젖히면서 엄마를 요란하게 불러 댔고 김이 서린 부엌에 엄마가 서 있는 모습을 보면 너무 좋아 소리를 지르곤 했다. 하지만 또 다른 불행이 어린 나에게 닥쳐왔다.

엄마가 완전히 정상으로 돌아온 해 겨울에 아빠가 교통사고를 당했다. 아빠 오토바이와 화물차가 추돌했다. 사고는 전적으로 화물차 잘못이었다. 운전기사가 음주 운전으로 역주행하여 아빠 오토바이와 정면으로 부딪쳤다. 그해 가을에 우리 집 암말이 새끼를 낳았는데, 그 새끼를 팔고 오는 길이었다. 피 흘리며 쓰러진 아빠의 품에서 백 원짜리 지폐 묶음이 비죽이 나와 있었다. 의식을 잃은 아빠를 급히 병원으로 옮겼지만 수술받기 직전에 숨을 거두었다. 운전기사는 감옥에 가야 했는데, 그 집에서 수만 원의 보상금을 들고 와 사정하자 할아버지가 합의해 주었다. 운전기사를 감옥에 보내느니 보상금을 받아 산 사람은 살아야 하지 않겠냐는 입장이었다.

할아버지는 보상금으로 들어온 돈 절반을 나의 이름으로 된 통장을 만들어 예금했다. 엄마에게는 몇천 원인가 주었다. 이때 나는 엄마가 아빠의 아내인데 주도권이나 발언권이 없는 게 화가 났다. 엄마는 베이초센 출신이어서 법적으로 아내로 등록되지 않았다.

더 큰 사달은 아빠가 사망한 지 몇 달 후, 그해 봄에 일어났다. 어느 날부터인가 우리 동네에서 몇십 킬로 떨어진 곳에 사는 백부가 나타나 할아버지와 다투기 시작했다. 백부는 우리 집에 나타나면 엄마가 있는지부터 살폈다. 엄마가 밭에 일하러 나갔다는 걸 확인하고 할아버지와 대화를 시작하였다. 처음엔 그냥 어른들 의견 분쟁이겠거니 했는데 말이 오가는 과정에 나의 이름이 자주 들리자 귀가 솔깃해졌다.

그날 나는 학교에 가려고 집을 나섰다가 백부가 자전거를 타고 마을 길에 들어서는 걸 보았다. 얼른 도로 집으로 들어가 내 방에 숨었다. 백부가 왜 내 이름을 거론하며 할아버지와 다투는지 알고 싶었다. 백부는 집에 들어서자 엄마가 있는지부터 확인했다. 엄마는 그 시간에 밭에 일하러 가고 없었다. 백부가 나타나자 할아버지가 거실로 나오며 소리를 질렀다.

"글쎄, 그건 안 된다고 했잖니. 버젓이 제 어미가 있는데 백부 집에서 주명을 키운다는 게 말이 되냐? 주명을 봐서도 그렇게 할 수 없다."

"아버지도 참, 주명은 호적상으로 저의 아들이에요. 친아빠가 없으면 당연히 우리가 키워야지요. 불안정한 홀어미 손에서 자라는 거보다 법적으로 부모인 우리 손에서 자라는 게 낫잖아요. 집사람이 주명을 데려오면 잘 키우겠다고 얼마나 기다리는지 몰라요."

"너의 호적에 주명을 올린 건 정말 너의 자식으로 만들려는 게 아니라 애가 당장 초등학교에 가야 하는데 출생 등록을 하지 못해서 부득이하게 취한 조치가 아니냐. 제발 주명을 욕심내지 마라. 주명은 절대로 너의 집으로 가지 않을 거다. 애가 얼마나 제 어미를 따르고 좋아하는데, 주명이 엄마가 허락할 리 없고."

그제야 나는 무사히 초등학교에 가게 된 사연을 알게 되었다. 백부는 결혼한 지 십수 년이 지났는데 자식이 없었다. 그래서 나를 백부네 자식으로 올리고 출생신고를 했다. 이어 백부의 볼멘소리가 터져 나왔다.

"주명이 엄마가 걸림돌이군요. 솔직히 그 여자는 베이초센 출신이라 호적에 없는 여자예요. 언제 또 잡혀갈지 모르고, 남편이 없으니 도망갈 수 있잖아요. 여기저기 탈북자 여자들이 도망갔다는 소리, 아버지는 못 들으셨어요.?"

"아니야, 주명이 어미는 아들을 두고 절대 도망갈 여자가 아니야. 자식에 대한 애착이 유달리 큰 여자라니까."

"아버지, 그러지 말고 주명이 엄마 아직 젊은데 다른 남자한테 시집보내자고요. 그게 주명이 엄마를 위해서 좋은 일 아닌가요?"

"또 그 소리냐? 지금 우리 집 형편에 주명이 어미 없으면 안 돼! 애 어미가 농사를 주관하고 일꾼을 수소문해 들이고 집안일을 도맡아 하고 있어. 네 엄마 병시중은 누가 들고? 주명이 엄마처럼 착한 여자가 어디 있다고. 나는 힘이 다 빠지고 이전 같지를 않아."

"아버지네 집 일은 제가 도와드리겠다고 했잖아요. 정 힘드시면 저의 집과 합치든지요. 솔직히 주명이 엄만 호적상 남이라고요. 남에게 집안을 다 맡긴다는 게 말이 돼요? 그래서 내가 벌써 알아봤는데 주명이 엄마 정도면 2만 원만 부르면 데려갈 사람이 많아요."

"뭐라고? 그럼 넌 주명이 엄마를 팔아먹을 생각까지 한 거냐?"

"당연하죠. 그럼 뭐 공짜로 주명이 엄마를 보내려고요? 우리도 돈을 주고 사 오지 않았어요? 한족 여자를 데려오자면 그보다 몇 배로 돈을 줘야 해요. 어차피 여자를 들이자면 돈을 여자네 집에 주는 게 세태인데, 우리 손에 있는 여자를 공짜로 남에게 준다는 건 바보짓이에요. 지금 탈북한 여자가 없어서 탈북자 몸값이 보통 3만 원이라는데 2만 원이면 싸게 부르는 거지요, 뭐."

나는 하마터면 방문을 차고 나가 백부에게 뭔가를 던질 뻔했다. 하지만 용케 참았다. 이런저런 큰일을 겪으며 조숙해진 나는 이럴 땐 정면에서 싸우기보다 상대의 속셈을 정확히 알고 대책을 세우는 편이 낫다는 걸 본능적으로 알고 있었다. 백부가 다시 할아버지를 설득하려 들었다.

"아버지, 주명이 엄마가 또 우리 집에서 공안에 붙들리면 이래저래 힘들잖아요. 그렇게 신분이 불안한 여자가 평생 주명이를 지켜 줄 수 있겠어요? 차라리 누이 좋고 매부 좋게 다른 남자한테 시집보내는 게 그 여자를 위해서 좋은 일이라니까요. 네? 아버지!"

할아버지가 대꾸 없이 방으로 들어가 버렸다. 백부는 다시 오겠노라고 의기양양하여 소리치고 가 버렸다. 나는 전신에 소름이 돋아 몸을 옹송그렸다. 어른들의 비정하고 무자비한 세계가 혐오스럽고 무서웠다. 어떻게 식구였던 엄마를 다른 남자에게 팔아먹을 생각을 다 하지? 게다가 할아버지까지 이렇다 대꾸를 하지 않다니, 침묵은 일종의 긍정이 아니던가. 당장이라도 할아버지에게 들이대고 싶었지만, 곰곰이 생각해 보았다. 이제 엄마를 지킬 사람은 나밖에 없었다. 일단 엄마에게 이 엄청난 사실을 알려 주어야 했다. 나는 가만히 집을 나와 엄마가 일하는 밭으로 달려갔다.

밭에서 엄마는 일꾼들과 함께 씨붙임을 하고 있었다. 백부가 어떤 비열한 음모를 꾸미는지 모르고 구슬땀을 흘리며 밭일을 하는 엄마를 보자 의분이 솟구쳤다. 내가 나타나자 엄마가 밭머리로 달려 나왔다.

"아들, 학교에 가지 않고 왜 여기로 왔어?"

말은 그렇게 하지만 마치 기다리고 있었다는 듯 나를 꼭 안아 주었다. 엄마가 이래서 좋았다. 나의 어떤 행동이든 섣불리 탓하지 않았다. 아주 어릴 때도 늘 내 의견을 들어 주고 그럴 수 있다고 고개를 끄덕여 주었다. 당시 내 나이가 열네 살이고 중학교 1학년생이어서 키가 엄마와 비슷했지만, 엄마는 학교에서 돌아오거나 밖에서 놀다 들어오면 꼭 안아 주시곤 했다. 엄마의 환한 웃음과 행동에서 나에 대한 무한한 사랑과 신뢰를 가슴 벅차게 느꼈다. 나를 마치 어른 대하듯 의지하는 그 믿음을 나는 충분히 알고 있었다. 나는 방금 백부와 할아버지가 나눈 대화를 토 하나 틀리지 않고 다 전했다. 말하다 보니 감정이 격앙되어 목소리가 떨려 나왔다. 엄마의 얼굴이 눈에 띄게 해쓱해지더니 몸을 휘청거렸다. 더럭 겁이 나서 부축하자 엄마가 서글픈 미소를 띠고 눈을 슴벅였다.

"엄마, 괜찮아. 아들! 중요한 일을 알려 줘서 정말 고마워. 그렇다면 엄마는 더는 할아버지 집에 있을 수 없게 되었구나. 주명아! 엄마, 어쩌면 좋을까?"

엄마는 나에게 엄청난 결정을 내려 달라고 했다. 엄마가 던진 공이 부담스럽거나 싫은 게 아니라 오히려 의기가 솟구쳤다. 신중히 생각해 보았다. 백부가 저렇게 기승을 부리는 이상 할아버지는 결국 맏아들 편이 될 확률이 높았다. 엄마가 백부의 마수에서 벗어나려면 집을 나가는 수밖에 없었다. 그렇다면 나는? 나는 단호한 어조로 말했다.

"엄마, 그럼 나와 함께 집을 나가요. 난 엄마가 가는 곳은 그 어디든 따라갈 거에요. 나 이젠 중학생이에요. 키도 힘도 어른이나 마찬가지예요. 얼마든지 엄마를 지켜 드릴 수 있어요."

"어머, 정말? 엄마는 내 아들 주명이와 함께라면 그 어디든 무섭지 않아. 하지만 넌 올해 중학교에 입학했는데 학교를 그만둘 수 없잖아."

"그럼 엄만 내가 백부의 자식이 되는 거 보고만 있을 거예요? 실망이에요."

나는 일부러 입을 쑥 내밀고 고개를 외로 틀었다. 엄마가 당황해하며 나의 어깨를 쓰다듬었다.

"그게 아니라, 미안해서 그래. 엄마가 베이초센 사람이라서 미안하고 힘이 없어 미안해."

"누가 그런 말 듣겠대요? 난 어디든 엄마와 같이 가겠단 말이에요."

"정말 확실하게 결심한 거니?"

엄마가 진중한 눈빛으로 찬찬히 바라보았다. 나는 입을 감쳐물고 고개를 힘차게 끄덕였다.

"그럼요, 사나이 이름으로 맹세해요. 내가 반드시 엄마를 지켜 드린다니까요. 엄마는 어디로 갈지나 정하세요."

엄마는 환하게 웃었는데 눈에서는 눈물이 줄줄 흘러내렸다. 왜 우냐고 묻자 아들이 너무 장하고 고마워서 운다고 했다. 산처럼 의지가 된다고 했다. 나는 어깨를 으쓱했다.

"봐요, 역시 여자는 보살펴야 할 존재라니까요."

엄마는 나의 손을 꼭 잡고 밭머리에서 조금 떨어진 산자락 쪽으로 가서 마른 풀잎 위에 앉았다. 그리고 마치 친구에게 하듯 나의 어깨에 팔걸이를 하고 나직하나 진중한 어조로 말했다.

"그렇다면 이제 엄마가 갈 길은 오직 하나뿐이야. 한국으로 가는 길!"

나는 한국이라는 나라 이름을 익히 알고 있었다. 엄마는 한국에 대해 간단히 설명해 주었다. 원래 한국과 북한은 같은 민족이 사는 하나의 나라였는데 전쟁을 하고 중국과 대만처럼 북과 남, 두 개로 갈라졌다고 했다. 엄마가 태어나고 자라난 북한은 사람이 굶어 죽는 가난하고 낙후한 나라지만, 동족의 나라인 한국은 엄청나게 발전하고 잘사는 나라라고 했다. 그래서 많은 북한 사람이 한국으로 갔다고 했다. 중요한 건 한국에 가면 엄마가 당당하게 국적을 가질 수 있고, 나 역시 엄마의 아들로 한국 사람으로 살 수 있다고 하셨다.

"그런데 한국으로 가는 길이 쉽지 않아. 목숨을 걸어야 하는 길이야."

나는 장난치듯 엄마의 어깨를 툭 밀치며 웃었다.

"걱정하지 말아요. 내가 엄마를 반드시 지킬게요. 한국으로 어떻게 가면 되는데요?"

목숨을 걸어야 하는 길이라는 말이 별로 실감 나지 않았고, 엄마와 먼 여행을 떠나듯 마음이 몽실몽실해졌다. 그 어떤 고난도 엄마와의 이별보다는 힘들지 않다는 생각이었다. 하지만 엄마는 눈을 가늘게 뜨며 무거운 한숨을 내쉬더니, 나무 꼬챙이를 집어 들고 바닥에 작은 동그라미를 그린 다음 아래로 길게 선을 그었다.

"우리는 이제 이렇게 멀고 먼 남방 쪽으로 가서 안전하게 숨어야 해. 엄마가 불법 체류자이기 때문이야. 그리고 우리를 한국으로 인도하는 브로커를 찾아야 해. 다행히 엄마에게는 한국에 먼저 간 친구 전화번호가 있어. 그 친구에게 도움을 요청하면 브로커를 보내 줄 수 있어."

"그럼 그렇게 해요. 엄마! 뭐가 문제인데요?"

"문제는 무사히 남방 쪽으로 가는 건데 그 길이 쉽지 않아. 그리고 돈이 있어야 해. 근데 엄마한테는 겨우 3천 원밖에 없어."

엄마가 또 깊은 한숨을 내쉬었다. 나는 엄마의 손을 흔들며 눈을 끔뻑했다.

"엄마도 참, 내 통장에 3만 원이 있잖아요. 아빠의 유산 절반을 내 앞으로 예금한 걸 모르세요?"

"그건 네가 앞으로 요긴하게 쓸 돈이지 이런 일에…."

나는 엄마의 말을 성급하게 가로챘다.

"이보다 더 중요한 일이 어디 있다고요. 나도 이젠 다 컸어요. 난 열네 살이어서 학생증과 도장만 가지고 가면 은행에서 돈을 찾을 수 있어요. 그러니 그 돈으로 안전하게 남방으로 가요. 네? 엄마!"

엄마가 왈칵 울음을 터뜨리며 나의 목을 그러안았다.

"고맙다, 내 아들. 엄마를 믿어 줘서 고마워. 그래, 가자! 한국에 가서 새롭게 공부하고 대학에 다니고, 우리 행복하게 살자. 우리 어떻게든 한국에 가서 살자!"

엄마와 나는 길을 떠날 구체적인 방도를 의논하였다. 일단 마을을 벗어나는 게 문제였는데 우리 동네는 버스가 하루에 세 번 정도밖에 서지 않았고, 버스 정류장까지 15분이나 걸어가야 했다. 빨리 동네를 벗어나려면 택시를 불러야 했다. 나의 핸드폰에는 위챗이 깔려 있었고 택시는 집 떠나기 전날 저녁에 내가 예약하기로 했다. 그 와중에 엄마는 씨붙임을 끝내고 가자고 했다. 삼 일이면 끝낸다고 했다. 몸이 불편한 할아버지, 할머니가 걱정되어서였다. 백부가 엄마를 팔아먹을 궁리를 하는 데 대한 분노가 있을 법도 한데, 엄마는 마지막까지 착하게 마음을 썼다.

이제 집을 떠나면 언제 다시 올지 기약할 수 없기에 나는 싱숭생숭하여 잠이 잘 오지 않았다. 내가 태어나서 자랐고 조부모가 사는 집이라 애착이 깊었다. 아빠가 장애인 처지에 대한 울분으로 신경이 예민했지만, 나에게만큼은 애정을 듬뿍 주었다. 특히 엄마는 헌신적인 사랑을 아낌없이 주었다. 어린 나이에 엄마의 북송과 아빠의 사망 같은 엄청난 일을 겪었지만 크게 애정 결핍을 모르고 비교적 반듯하게 성장할 수 있었다. 조부모가 그 빈자리를 대신해 주었기 때문이었다. 나는 식구들에게 불만이 없었다. 그래서 정작 집을 떠나자니 이래저래 마음이 무겁고 미안했다.

하지만 결심을 바꿀 생각은 전혀 없었다. 당시는 나의 선택이 잘한 일인지 잘 알 수 없었지만, 두 번 다시 엄마와 떨어지기 싫었다. 조부모님이 아무리 나를 사랑해 주고 백부가 나의 법적인 보호자라지만 결코 엄마를 대신할 수 없었다. 후에 알게 된 일이지만 엄마 친구는 엄마에게 한국에 들어오라고 몇 번이고 권유했다. 하지만 엄마는 북송되어 부득이하게 내 곁을 떠나게 된 거 외에는 스스로 나를 떠난 적이 없었다. 오로지 나를 위해서였다.

며칠 후, 엄마와 나는 만단의 준비를 하고 각기 집을 나와 약속한 장소에서 택시를 타고 할아버지 집을 유유히 떠났다.

3.

집을 떠날 때만 하여도 나는 한국으로 가는 길이 그토록 위험한 길인 줄 미처 몰랐다. 택시를 타고 연변으로 나온 우리는 만약을 대비해 다른 택시를 갈아타고 밤새 달려 다음 날 오전에 심양까지 바로 들어갔다. 그때까지는 별일 없었다. 심양에서 은행을 찾아 돈 3만 원(당시 한국 돈 5백만 원)을 현금으로 모두 뽑았다. 심양 변두리에 자리 잡은 자그마한 여관에 짐을 푼 엄마와 나는 일단 거기서 쉬면서 한국과 연계하기로 했다. 엄마는 할머니 이름으로 개통한 핸드폰을 가지고 있었고 나는 내 명의의 핸드폰이었다. 만약 할아버지가 공안에 손자의 가출을 신고하였다면 추적당할 수 있기에 핸드폰을 모두 꺼 놓았다. 엄마는 공중전화를 이용해 한국 친구에게 전화를 걸었다. 다행히 한국 친구와 순조롭게 연락이 되었다. 엄마의 친구는 탈북 브로커를 연결해 주겠으니 좀 기다려 달라고 했다.

심양에서 이틀을 기다려서 한국에 있는 엄마의 친구한테서 여관 전화로 연락이 왔다. 위해로 이동하여 다시 전화하라고 했다. 위해에 탈북 브로커가 있는데 뱃길로 한국까지 가는 루트라고 했다. 엄마와 나는 선택의 여지가 없었다. 한국 친구가 시키는 대로 다음 날 아침 위해로 가는 버스에 몸을 실었다. 그때까지는 얼굴 인식이 일반화되지 않아 지금보다는 덜 위험했다. 엄마는 나의 속옷에 천을 덧대 주머니를 만들고 그 안에 돈을 모두 보관하게 했다. 만약 엄마에게 무슨 일이 생기면 넌 학생증을 내보이고 빠져나와 뒤돌아보지 말고 집으로 가라고 신신당부했다. 엄마를 안심시키려 고개를 끄덕였지만 나는 절대로 혼자 도망칠 생각이 없었다. 무조건 엄마와 함께하리라 굳게 다짐했다.

위해에 도착한 다음 날, 우리는 한국 친구가 정해 준 위치에서 탈북 브로커를 만났다. 조선족이었다. 엄마하고는 한국말로 대화했다. 탈북 루트는 어선을 타고 공해상까지 나가 마중 온 한국 배에 옮겨 타는 방식이라고 했다. 일단 배에 오르려면 선금으로 한 사람당 5천 원씩 내야 했다. 엄마와 나의 몫으로 1만 원을 내고 한국에 도착하여 정착금을 타면 한국 돈 800만 원을 갚아야 했다. 다행히 우리가 가지고 있는 돈 일부로 선금이 가능했다. 엄마는 이 모든 과정을 나와 신중히 의논하였다. 늘 최종 결정은 내가 내리는 듯하여 어린 나이지만 엄청난 책임감과 자존감을 느꼈다.

며칠 후, 우리는 위해의 어느 한 선착장 부근에서 브로커를 다시 만났다. 선착장에는 크고 작은 배들이 닻을 내리고 물 위에서 흔들리고 있었다. 배들 사이로 작은 파도가 밀려왔다 밀려갔다 하며 숨바꼭질을 했다. 나는 두려움보다 흥분으로 가슴이 벅찼다. 이제 여기서 배를 타고 한국으로 가면 나와 엄마는 완전한 자유를 얻게 되었다.

지금까지 여정에 별문제가 없었기에 좀 긴장했지만 어린 나는 낭만적인 기분이 더 컸다.

우리는 부둣가에서 기다리다가 날이 어두워서야 브로커를 따라 선착장 끝에 있는 작은 배에 올라탔다. 배에 타기 전 브로커는 용변을 말끔히 보고, 될수록 물을 많이 마시지 말라고 했다. 한번 타면 밖으로 나오기 힘들다고 했다. 퀴퀴한 냄새가 진동하는 허술하기 짝이 없는 배에 올라타자 나의 낭만적인 기분은 싹 가라앉았다. 갑판에 올라서자 중국 사람이 콰이를 외치며 계단을 가리켰다.

떠밀리다시피 계단을 내려서니 어둑어둑한 선실이 나타났다. 널브러진 담요며 선원들 옷이 보였다. 선원 하나가 비스듬히 누워 풀풀 담배를 피우고 있었다. 브로커는 선실로 들어갔다. 우리가 선실로 따라 들어서려 하자 뱃사람이 앞을 막으며 손짓으로 계단을 따라 밑으로 내려가라고 했다. 계단 몇 개를 더 내려가자 선실 밑에 기름내가 진동하는 기관실이 보이고 계단 옆으로 쪽문이 보였다. 삐걱대는 쪽문을 열자 작은 짐칸이 나타났다. 고기 그물이나 냉동한 고기를 보관하는 장소라고 했다. 그 안은 더 답답하고 숨이 막혔다. 해묵은 고약한 냄새에 갓 잡은 생선 비린내와 디젤유 냄새가 합쳐진 형언할 수 없는 악취가 머리를 어지럽혔다.

투박한 나무 기둥에 매달린 등잔이 석유 냄새와 검은 연기를 뿜어대며 짐칸의 어둠과 밀고 당기기를 하고 있었다. 짐칸에는 이미 여러 사람이 타고 있었다. 그들은 돈을 벌려는 목적으로 한국에 밀입국하기 위해 배를 탄 중국 사람들이었다. 나와 엄마는 중국말을 유창하게 하여 그들과 어울리는 데 별로 이상하지 않았다. 같은 목적으로 배를 탄 이들이어서 그런지 좁혀 앉으며 우리 모자에게 앉을 자리를 내주었다. 열 명이 넘는 사람들이 모두 무릎을 꼬부리고 **빽빽**이 앉았다.

위층에서 쿵쿵거리며 분주히 오가는 소리가 들렸다. 한 참 후, 한 사람이 쪽문을 열고 고개를 들이밀더니 삼십 분 후에 배가 출발한다고 소리쳤다. 사람들은 약속한 듯이 부스럭거리며 멀미약을 꺼내 마셨다. 엄마와 나도 멀미약을 꺼내 마셨다. 배는 삼십 분이 아니라 한 시간은 실히 걸려서야 심하게 몸을 떨며 출발했다. 멀미약을 먹어서 그런지 졸음이 밀려왔지만 이를 악물고 참았다. 엄마는 머리를 흔들며 졸음을 쫓았다. 엄마를 꼭 그러안고 앉아 있던 나는 저도 몰래 잠들었다.

몇 시간이 흘렀는지, 앉은 자리에서 곤두박질치며 잠에서 깨어났다. 짐칸 여기저기서 날카로운 비명이 터졌다. 배가 몹시 요동치며 삽시간에 사람들을 뒤엉켜 놓았다. 멀미약 깰 시간이 되었는지 누구라 없이 왝왝 욕지거리했다. 배 흔들림은 갈수록 심해졌다. 배 안의 사람들은 아예 맥을 놓고 배가 흔드는 대로 짐짝처럼 여기저기 던져졌다. 사람들끼리 서로 부딪치면서 비명만 지를 뿐 누구를 탓할 형편이 아니었다. 사람들이 토해 낸 토사물이 사방에 뿌려져 시큼털털한 냄새가 풍기고 옷에 묻었지만 어찌할 방도가 없었다. 모두가 파도가 휘젓는 대로 이리저리 부딪치고 뒹굴었다. 이러다 배가 침몰하여 죽는 게 아닐까 생각하고 있을 때, 선원 하나가 쪽문을 열고 나타났다. 그 사람은 쪽문에 무릎을 대고 앉아 간신히 몸을 유지하고 있었다.

"여긴 공해상인데, 파도가 심해서 그런지 약속했던 한국 배가 나타나지 않았소. 젠장, 부산 부두가 코 앞인데 어쩔 수 없소. 위해로 돌아가야 하니 그리 아시오."

순간, 멀미에 지쳐 쓰러졌던 사람들이 동시에 아우성을 쳤다. 선금은 돌려주냐는 말이 제일 많았고, 언제 다시 배가 뜨는지 묻는 소리가 뒤엉켰다. 선원은 대답 없이 쾅 쪽문을 닫고 올라가 버렸다. 엄마는 내 팔을 붙들고 "괜찮아."라는 말을 거듭 속삭였다. 배가 무사히 위해 부두에 도착해서 다시 기회를 잡으면 되니 걱정하지 말라고 다독였다. 나는 엄마의 말에 고개를 끄덕이며 이를 악물고 어지러움을 참으려 했다. 두 시간 가까이 파도와 씨름하던 배는 날이 희붐하게 밝아 올 무렵, 위해 부두에 도착했다.

아까 왔던 선원이 쪽문을 열어 주며 오늘 황천길 가지 않은 걸 천행으로 여기라고 했다. 선장이 엄청 유능하기에 고물단지 같은 배로 파도를 헤치며 부두까지 올 수 있었다고 했다. 서로 엉켜 짐칸에 널브러졌던 사람들이 어디서 그런 힘이 생겼는지 벌벌 기면서 갑판으로 나왔다. 그리고 갑판 한쪽에 머리를 싸쥐고 앉아 있는 브로커에게 다가가 선금을 돌려 달라고 고아댔다.

브로커가 둘러선 사람들을 흘겨보며 배가 공기를 마시고 갔다 왔냐고 맞받아 소리쳤다. 고용한 선원에게 값을 지급하여 돌려줄 돈이 없다고 했다. 며칠 후 배가 뜨는데 한국에 갈 생각이 있으면 다시 선금을 지급해야 한다고 했다. 사람들이 욱 달려들어 브로커의 멱살을 틀어쥐고 돈을 내놓으라고 소리쳤다. 갑판에 올라온 엄마는 상황을 살피더니 어서 여기서 빠지자고 했다. 선금이 아깝지만 받을 가능성이 없고 일단 몸을 피하는 게 급선무라고 했다. 후에 한국 친구와 연락하여 다음 방도를 모색해야 한다고 했다. 오랜 탈출의 경험으로 엄마는 사태 파악이 빠르고 용의주도했다. 나는 고개를 끄덕이며 엄마의 손을 잡고 앞장서 배에서 내렸다.

하지만 이미 때는 늦었다. 배에서 싸움이 일자 누가 언제 신고했는지 공안 차가 사이렌 소리를 질러 대며 선착장에 멎어 섰다. 이어 공안 차 문이 열리고 무장한 경찰 네댓 명이 우르르 쏟아져 내렸다. 배 위에서 싸우던 사람들이 그제야 비칠거리며 배에서 내려 도망치기 시작했다. 브로커가 잽싸게 일어나 어둠 속으로 사라졌다. 나는 엄마의 손을 끌고 달려오는 경찰을 피해 선착장 위로 달리기 시작했다. 사방에서 호각 소리가 울리고 전짓불이 번쩍거렸다.

엄마는 얼마 달리지 못하고 풀썩 주저앉았다. 도저히 뛸 수 없다고 했다. 내가 등을 들이대고 업히라고 하자 엄마가 나를 밀치며 너부터 도망가라고 했다. 절대 혼자 도망가지 않겠다고 고집을 부리자 엄마는 사방을 살피더니 선착장 계단 밑을 손으로 가리켰다. 흐릿한 가로등 불빛에 계단 옆쪽 작은 하수구가 보였다. 나는 머리를 끄덕이고 엄마를 질질 끌다시피 하여 계단을 내려와 하수구에 이르렀다. 걸쭉한 오수가 흘러내리는 하수구에서 코를 찌르는 악취가 풍겼다. 엄마가 앞장서 하수구에 허리를 굽히고 들어갔다. 나는 뒤따라 하수구에 들어갔다. 차가운 오수가 선득하게 다리를 휘감았다. 아직 봄이라 밤 날씨가 찼다. 하지만 긴장으로 심장이 튀어나올 듯 뛰어 추운 감을 못 느꼈다. 엄마와 나는 숨을 죽이고 바깥 상황을 주시했다.

우리가 방금 서 있던 자리까지 경찰이 달려와 전짓불로 사방을 두리번거렸다. 서성이던 경찰이 손전등을 번쩍이며 계단 쪽을 살펴보더니 이쪽으로 걸음을 옮겼다. 엄마와 나는 하수구 안쪽으로 뒷걸음

치며 몸을 떨었다. 날카로운 전짓불이 어둠을 찌르며 계단을 거의 내려왔을 때 갑자기 장대 같은 비가 쏟아졌다. 경찰은 흠칫 걸음을 멈추고 뭐라 투덜거리더니 공안 차가 있는 쪽으로 발걸음을 돌렸다. 참으로 고마운 소낙비였다. 엄마와 나는 안도의 숨을 내쉬며 동시에 비칠거렸다. 엄마는 나를 꼭 껴안으며 아들을 고생시켜 정말 미안하다고 했다.

한참 후, 공안 차가 떠나는 소리가 들리고 부두는 다시 고요해졌다. 철썩철썩 방파제를 들이치는 파도 소리만 어두운 공간에 가득 찼다. 억수로 쏟아지는 비가 오히려 우리를 안심시켰다. 날이 점점 밝아 와 마냥 하수구에 숨어 있을 수 없었다. 엄마와 나는 살그머니 나와 텅 빈 선착장 쪽을 한참 동안 바라보았다. 비로소 온몸에 묻은 오물이 보였다. 비가 우리의 옷이며 손에 묻은 오물을 조금씩 지워 내고 있었다. 엄마와 나는 웅덩이에 고인 물에 대강 손과 발을 씻고 몸의 오물을 털어 냈다. 둘이 동시에 연거푸 재채기했다.

엄마는 등에 지고 있던 가방에서 옷을 꺼내 나의 어깨에 씌워 주고 자신도 걸쳐 입었다. 우리는 사방을 살피며 부두에서 빠져나와 거리에 나섰다. 비가 뜸해지기 시작했다. 완전히 날이 밝아서 보니 우리의 몰골이 말이 아니었다. 그런대로 오물을 씻어 냈지만, 물이 뚝뚝 떨어지는 옷이 몸에 착 달라붙고 퀴퀴한 냄새가 났다. 우리가 묵었던 여관으로 가자면 버스를 타야 하는데, 이 모양으로 버스를 탈 수 없었다. 새벽이라 택시 잡기가 힘들었다. 길가에서 덜덜 떨며 한참을 기다려 겨우 택시를 잡아탔다. 택시 기사는 무슨 냄새가 이리 심하냐고 투덜대며 우리를 흘겨보았다. 다행히 목적지까지 거리가 꽤 되어 택시비를 많이 받을 수 있어 그런지 내리라는 말은 안 했다.

여관에서 엄마는 이틀을 열을 내며 앓았다. 나는 다행히 괜찮아 주변 약국에서 약을 사 엄마에게 먹였다. 한국 친구에게 전화하자 그 날따라 파도가 심해 일이 성사되지 못해 미안하다고 했다. 그러면서 이번엔 바다가 아니라 육지로 탈북 루트를 바꾸자고 했다. 그러면서 곤명까지 알아서 올 수 있냐고 했다. 이번 역시 선택의 여지가 없었다. 우리와 연결된 유일한 선은 엄마의 한국 친구였고, 그가 소개하는 브로커를 따라나설 수밖에 없었다. 이번에는 한국에 있는 브로커가 먼저 비용을 대고 한국에서 정착금을 받으면 물어 주기로 했다. 탈북 비용은 일 인당 한국 돈 350만 원이었다.

엄마의 열이 떨어지자 곤명을 향해 길을 떠나기로 했다. 주변 가게에서 새 옷을 사 입고 간단한 생활필수품을 사서 가방에 챙겼다. 나의 명의로 핸드폰을 새로 장만하고 그때부터는 핸드폰으로 한국 친구와 연락을 주고받았다. 곤명까지는 너무 멀어 택시로 이동하기 어렵기에 버스를 탔다. 배를 타며 1만 원을 어처구니없이 날렸지만, 아직 2만 원이 남아 있어 얼마든지 이동할 수 있었다. 다행히 나의 학생증으로 버스표 2장을 샀다. 무엇보다 안전이 문제였다. 직행버스는 없고 세 번을 갈아타야 했다.

장거리 버스는 2층짜리인데 위층은 누워 가게 된 침대였다. 엄마와 나는 제일 뒤쪽 침대에 나란히 누웠다. 곤명까지 가는 데 두 번 공안이 버스에 올라 신분증 검열을 했다. 나는 학생증을 내보이며 일부러 울먹이는 소리로 엄마가 감기에 걸려 몹시 앓는다고 했다. 엄마는 이불을 뒤집어쓰고 기침을 하며 끙끙 앓는 소리를 냈다. 약속하지 않앉는데 나와 엄마는 저절로 임기응변이 나왔다. 천만다행으로 경찰은 매번 그냥 넘어갔다. 경찰이 차에서 내리면 엄마는 나의 손을 꼭 잡고 미안하다고 했다. 내가 퉁명스럽게 미안하다는 소리는 제발 하지 말라고 속삭이자 엄마가 얼굴에 활짝 미소를 지었다. 곤명까지 이틀이 걸리는 장거리 운행 기간 우리는 한시도 긴장을 놓을 수 없었다.

곤명에 도착하여 여관에 자리를 잡고 사흘을 기다려 한국 친구가 소개하는 브로커와 연계되었다. 브로커를 따라 어느 안가로 가니 여덟 명의 탈북자가 대기하고 있었다. 대체로 여자들이고 남자는 나와 할아버지 한 분뿐이었다. 할아버지는 국군 포로 출신이라고 했다. 모두 한국말을 하는데 나만 한국말을 몰랐다. 험난한 노정을 같이해야 할 일행이어서 그런지 여자들은 한국말로 이런저런 이야기를 스스럼없이 나누었다. 엄마의 말로는 먹고살기 위해, 자유를 찾아 북한을 도망쳐 나온 용감한 사람들이라고 했다. 여자들은 가방에서 간식을 꺼내 나에게 건네주었는데 인정이 많아 보였다. 할아버지는 밥을 먹을 때면 반찬을 내 앞으로 내밀며 뭐라고 다정하게 말을 건넸다. 엄마의 통역에 의하면 험한 길을 가자면 든든히 먹어야 한다고, 조금만 참으면 좋은 세상에 가게 된다는 말씀이라고 했다.

그들 중 대부분이 옷소매나 안주머니에 작은 봉지를 숨기고 있었다. 그녀들은 비장한 표정으로 봉지를 내보이며 뭔가 심각한 이야기를 나누었다. 나는 엄마에게 저 봉지에 뭐가 있냐고, 감기약이냐고 물었다. 처음엔 그렇다고 대답하던 엄마가 구석진 곳으로 나를 데리고 가서 귀에다 대고 비상이라고 했다. 비상이 뭐냐고 묻자 엄마는 가는 한숨을 내쉬며 먹으면 즉사하는 독약이라고 했다. 나는 깜짝 놀라며 그 위험한 약을 왜 가지고 다니느냐고 물었다.

엄마는 자신이 북송되었다 돌아왔을 때가 생각나느냐 물었다. 나는 생생히 기억났다. 맹장이 터져 합병증으로 죽을 뻔했던 상황을 엄마는 하늘이 준 행운이라고 표현했다. 병보석으로 감옥에서 풀려났기에 다시 탈북할 기회를 잡았다. 그러지 않았다면 엄마는 감옥에서 영양실조나 병으로 이미 죽었다. 북한 감옥은 인간의 상상을 초월하는 지옥이었다. 모진 매질과 굶주림, 혀를 빼물고 늘어질 때까지 시키는 강제 노동으로 차라리 죽느니만도 못한 고초를 겪어야 했다.

그래서 탈북자들은 북송당할 위기에 처하면 죽을 각오로 독약을 가지고 다녔다. 엄마의 나라 북한은 나에게 괴물 같은 악마의 나라로 인식되었다. 엄마는 만약 공안에 잡히면 학생증을 보이며 엄마에게 납치되어 간다고 말하라고 했다. 그럼 집에 갈 수 있으니 반드시 그래야 한다고, 그게 엄마를 위하는 거라고 신신당부했다. 나는 비로소 한국으로 가는 길이 목숨을 건 일이라는 엄마의 말이 실감 났다.

안가에서 하루를 자고 다음 날 새벽, 열 명의 탈북 일행은 소형 버스에 올랐다. 모두 자그마한 배낭을 하나씩 들고 올랐다. 만약을 생각해 나의 속옷 주머니에 중국 돈 1만 5천 원을 꽁꽁 싸서 숨기고 엄마는 나머지 잔돈을 따로 건사했다. 라오스 미얀마 국경을 거쳐 태국까지 들어가야 했다. 태국 정부의 협력하에 한국 정부가 마련한 수용소가 방콕에 있었다. 태국에서 경찰서에 자수하면 불법 체류자를 추방하는 형식으로 벌금을 내고 한국으로 들어갈 수 있었다.

곤명에서 미얀마 국경까지는 약 2시간이 걸렸다. 우리는 버스를 타고 국경을 넘는 동안 세 번이나 차에서 내려 걷고 타기를 반복했다. 초소가 나타나면 차만 길을 따라가고 사람은 산으로 에돌아 걸어 다시 차를 만나 타곤 했다. 우리를 태운 버스는 저녁에 라오스 어느 산간 지역에 당도했다. 처음 보는 라오스 전통 가옥이 산자락에 띄엄 띄엄 몇 채 앉아 있었다. 아래층은 음식을 만들거나 작업을 할 수 있는 트인 공간이고 위층이 사람이 자거나 기거하는 공간이었다. 2층 바닥은 널판으로 되어 있었는데, 짬 사이로 밑이 내려다보이고 걸을 때 삐걱 소리가 났다. 짚으로 만든 가림막이 벽 대신 빙 둘러쳐져 있었다. 이런 곳에서 사람이 산다는 게 이상하게 여겨졌다. 내가 살던 고향은 5월이면 봄이라 저녁이면 쌀쌀한데, 이곳은 몹시 습하고 더웠다.

우리 일행은 위층 한쪽에 나란히 누웠다. 엄마와 나는 맨 구석에 꼭 껴안고 누웠다. 브로커는 만약의 경우 경찰이 나타나면 신호에 따라 산으로 피신하라고 했다. 그래서 일행은 모두 옷을 입고 배낭을 베고 긴장하여 자리에 누웠다. 다행히 다음 날 아침까지 아무 일이 일어나지 않았다. 브로커는 조그마한 소형 짐차를 끌고 나타났다. 우리는 아침에 삶은 감자로 대강 끼니를 때우고 모두 자동차 짐칸에 올라탔다. 열 명이 타자 짐칸은 꽉 찼다. 여기서부터는 브로커가 현지인으로 바뀌었다. 여기까지 우리를 데리고 왔던 브로커가 돈다발을 건네는 모습이 보였다.

자동차는 울퉁불퉁한 비포장도로를 한참 달려 꽤 넓은 계곡물이 흐르는 곳에 멈춰 섰다. 계곡 맞은편은 울창한 수림이 우거진 산으로 곧장 이어졌다. 계곡에는 삐뚤삐뚤한 통나무 세 개가 나란히 묶이어 걸쳐져 있었다. 그 위험하기 짝이 없는 통나무 위를 걸어 계곡을 건

너야 했다. 브로커 말이 계곡을 지나 앞의 험준한 산릉선을 따라 5킬로 정도를 가다가 반대편 기슭에 내려서면 보트가 기다린다고 했다. 그 보트를 타고 메콩강을 따라 몇십 킬로를 달려 태국 강변에 도착한다고 설명했다.

브로커는 그곳 지형에 익숙한 듯 곡예사처럼 양팔을 펼치고 재빠르게 통나무 다리를 건넜다. 그리고 우리 쪽을 향해 건너오라고 손짓했다. 통나무 다리 밑으로 세차게 흐르는 거센 물살에 모두 겁을 먹고 망설였다. 브로커가 뭐라 투덜거리며 다시 이쪽으로 건너와 나의 손을 잡았다. 내가 아직 아이이니 건너도록 도와주려는 거였다. 내가 브로커의 손에 엄마의 손을 잡아 주며 나는 괜찮다고 하자 엄마가 기어이 내 손을 브로커에게 내밀었다. 브로커가 짜증 섞인 소리를 지르더니 내 손을 덥석 잡고 통나무 위에 올라섰다. 엄마가 뒤에 바투 붙어 섰다. 나는 한 손으로 브로커 손을 쥐고 다른 손을 뒤로 돌려 엄마 손을 잡았다. 통나무는 몹시 미끈거렸고 수시로 발이 삐끗했다. 다행히 셋 다 무사히 통나무 다리를 건넜다.

우리가 건너서는 걸 보자 여자들이 두 명씩 손을 잡고 건너기 시작했다. 한 팀씩 차례로 다리에서 땅으로 뛰어내렸다. 제일 마지막 조는 할아버지와 나이 많아 보이는 아줌마였다. 그런데 다리 중간쯤 와서 갑자기 아줌마가 더는 못 가겠다고 엉엉 울었다. 아줌마는 할아버지 손을 놓고 통나무 위에 엎드려 부들부들 떨었다. 할아버지는 아줌마 뒤에 서서 일어나라고 고함을 질렀다. 브로커가 마중 나가 엎드린 아줌마를 일으켜 세워 잡고 건너기 시작했다. 아줌마는 브로커 팔에 바짝 기대어 우들우들 떨며 끌려오다시피 걸었다. 모두 안도의 숨을 내쉬는 순간, 누군가 새된 비명을 질렀다. 뒤에서 잘 따라오는가 싶던 할아버지가 발을 헛디뎌 허우적거리다가 통나무에서 떨어졌다. 순식간에 벌어진 일이었다. 한 손에 아줌마를 붙잡은 브로커는 보면서도 어쩌지 못하고 헤엄쳐 나오라고 소리만 질렀다. 우리 일행은 발을 동동 구르며 비명만 질렀다.

통나무에서 계곡물까지 거리는 불과 삼사 미터 정도로 그리 높지 않았다. 하지만 워낙 물살이 빠른 산골 물이라 순식간에 할아버지를 휘감아 아찔하게 먼 아래까지 떠밀어 보냈다. 작은 돌멩이만큼 작아진 할아버지의 허연 머리가 물 위에 두어 번 더 솟구치다가 더는 보이지 않았다. 브로커가 아줌마를 데리고 통나무 다리에서 내려섰을 때는 이미 할아버지 모습이 흔적 없이 사라진 후였다. 여자들이 몰려들어 할아버지를 구해 달라고 했지만, 브로커는 늦었다고 고개를 흔들었다. 좀 더 아래로 가면 폭포가 있는데, 이미 할아버지는 폭포에서 떨어졌을 거라고 했다.

일행 중 할아버지 가족이나 동행자는 없었다. 한국에 먼저 정착한 할아버지의 딸이 브로커를 통해 데려가는 중이라는 거 외에는 할아버지 이름조차 몰랐다. 국군 포로로 북한에서 평생 멸시와 고생을 당한 할아버지였는데, 죽기 전에 고향 땅을 밟으려 고령의 몸으로 탈북길에 나섰다가 비참하게 객사하고 말았다. 여자들이 훌쩍훌쩍 울면서 말없이 브로커를 따라 발걸음을 옮겼다.

할아버지를 잃은 일행은 말이 없어졌다. 끝내 고향 땅을 밟지 못하고 계곡물에 쓸려 간 할아버지를 생각하면 지금도 슬픔을 금할 수 없었다. 엄마는 그 할아버지처럼 메콩강에 빠지거나 몽골의 사막 모래밭에 묻혀 무주고혼이 된 탈북자가 수없이 많다고 했다. 묵묵히 3시간 정도 산행하고 반대편 골짜기에 내려서자 거대한 강이 펼쳐졌다. 메콩강이었다. 버들 숲이 우거진 강기슭에 보트 하나가 흔들리며 대기하고 있었다. 우리는 한 사람씩 보트에 올라탔다. 태국으로 가는 마지막 여정이었다. 메콩강에서 경찰에 붙잡히지 않고 무사히 달려 태국 쪽에 붙으면 끝이었다.

거기서부터 또 브로커가 바뀌었다. 그도 라오스 사람 같았다. 산행을 같이한 브로커가 보트 위 브로커에게 돈을 건넸다. 우리는 모든 브로커의 돈벌이 수단이었다. 브로커가 매 칸에 놓인 구명조끼를 입으라고 했다. 만약 메콩강에 빠지면 악어에게 먹힐 수 있으니 앞에 있는 손잡이를 단단히 잡으라고 겁을 주었다. 책이나 TV에서 보았던 악어의 험상궂은 입과 사나운 이빨을 상기하며 나는 몸서리를 쳤다. 서서히 강에 나선 보트는 속력을 내기 시작했다. 보트는 강 중심으로만 달렸다. 강 좌우편으로 미얀마와 라오스가 있어 강 가운데가 국경선이라고 했다. 보트는 4시간가량 쉬지 않고 달려 마침내 태국 땅 강기슭에 당도했다.

우리를 태국 땅에 내려놓은 라오스 사람은 이젠 알아서 한국으로 가라고 말하며 보트를 몰고 전속력으로 사라졌다. 태국 육지에 올라서자 여자들은 너도나도 몸에 지녔던 독약 봉지를 멀리 던져 버리며 진저리를 쳤다. 탈북자들은 태국에 오면 한국에 간 거나 비슷하게 안전하다고 말했다. 우리는 안도의 숨을 내쉬며 무리를 지어 버스 터미널로 향했다. 비로소 모두 말을 하고 웃었다.

터미널에서 방콕으로 가는 버스표를 사는데 경찰이 나타나 일행

중 대표 한 사람 나서라고 하더니 데리고 갔다. 한참 후 경찰과 함께 갔던 아줌마가 나타나 한 사람당 중국 돈 300원씩 벌금을 내야 한다고 했다. 당시 탈북자들이 태국 메콩강 지역에서 방콕으로 가는 일이 잦아지자 경찰은 척 보면 알아본다고 했다. 태국 지방 경찰은 탈북자들이 방콕으로 가는 버스를 타게 눈감아 주는 대신 벌금을 받아 냈다. 우리는 두말없이 300원씩 거두어 벌금을 내고 방콕으로 가는 버스를 탔다.

방콕에 도착한 우리는 경찰에 자수했고, 한국 정부가 운영하는 수용소에 들어갔다. 그곳에서 한 달가량 지낸 뒤 나와 엄마는 비행기를 타고 인천 공항에 도착했다. 엄마는 비행기에 탈 때부터 하염없이 눈물을 쏟았다. 이제 더는 쫓기지 않고 북송될 공포에 떨지 않아도 된다는 감격의 눈물이었다.

그때로부터 어언 10여 년 세월이 흘렀다. 나는 지금 당당한 대한민국 국민으로 살고 있다. 대학생이 되었고, 군사 복무를 마친 어엿한 대한민국 남자가 되었다. 나의 몸 절반에는 한족 피가 흐르지만 나는 엄마의 나라 대한민국을 조국이라 여기고 있다. 엄마는 한국에 와서 나를 공부시키면서 자신도 대학 공부를 하여 지금은 간호사로 일하고 있다. 한국에 와서야 비로소 엄마의 나이가 겨우 33살이라는 걸 인식하게 되었다. 엄마는 18살에 아빠에게 팔려 가 19살에 나를 낳았다. 어린 나이에 엄마가 되었지만, 끝까지 나를 품어 준 고귀한 모성의 사랑과 헌신을 나는 평생 잊지 않을 것이다. 나는 무척이나 사랑한다. 존경한다. 나의 베이초센 마마를!

죄를 묻다

1.

"참, 아까운 녀석이군." 정식이 사무실로 들어서며 혼잣말로 중얼거렸다. 느닷없이 한숨이 터져 나왔다. 돌덩어리가 들어앉은 듯 가슴이 답답하고 괜히 불안했다. 그 녀석 때문이었다.

서쪽으로 낸 네 개의 창문으로 저녁 햇살이 깊숙이 들어와 넓은 사무실 바닥에 기다란 사각형의 무늬를 나란히 그려 놓았다. 심문실에 들어서면서 작은 창문으로 빠끔히 넘어온 햇살 쪽으로 고개를 돌리고 한껏 숨을 들이긋던 녀석의 모습이 떠올랐다. 몇 달 동안 지하 감방에 있었으니 햇빛과 맑은 공기가 그리웠을 테지. 밝은 빛에 눈을 찌푸리는 녀석의 얼굴이 백지장처럼 창백했고 슬쩍 건드리면 부서져 내릴 듯이 위태로워 보였다. 짙은 죽음의 그림자가 녀석의 온몸에서 너울거리고 있었다.

그럴수록 녀석의 미모가 처절하게 빛이 났다. 머리가 더부룩했지만, 바싹 여윈 몸에 걸친 냄새나는 죄수복마저 훤칠한 키의 준수한 이목구비를 다 가리지 못했다. 사진보다 실물이 훨씬 미남이었다. 남들이 가기 힘든 평양 명문대에 갔으면 그 좋은 머리로 착실히 공부나 하지, 무엇 때문에 이런 곳에 왔단 말인가. 녀석을 보면서 정식이 머리에 떠오른 첫 생각이었다. 자식 가진 부모의 본능적인 안타까움이었으리라.

최종 심문을 진행한 도 보위부 지하 감방 세 명의 중죄인 중 유독 눈에 밟히는 녀석이었다. 제일 어린 데다 무척 총명한 아이였다. 문건에 의하면 녀석은 도의 인재양성학교인 제1고급중학교에서 손꼽히는 수재였고 김책공업대학에 수석으로 입학했다. 방학 기간 집에 내려와 한국 영화 수십 편을 USB에 대량으로 복사하다가 현장에서 적발되었다. 대학에 다니는 3년 동안 평양이며 이 도시에 한국 영화를 가장 많이 퍼뜨린 중범죄자였다.

녀석은 미혼모의 외아들이었다. 문건에 그 아이의 아버지에 대한 자료가 전혀 기록되어 있지 않았다. 어미가 일면식 없는 사람에게 겁탈당해 임신하고 낳은 아이로 되어 있었다. 출생부터 불우한 녀석이었다. 그 애는 자신의 출생 사연을 알고 있을까? 그래서 삐뚤어져 나간 것일까? 녀석의 어미는 아들이 보위부에 체포되던 날 까무러쳤는데, 영영 깨어나지 못했다. 예심원의 말에 의하면 엄마가 자기 때문에 죽었다는 걸 알고 며칠을 울며 벽에 머리를 찧어 간수가 밤새 곁을 지켰다고 했다.

심문실에 마주 앉은 녀석의 얼굴에는 인생을 해탈한 듯한 섬뜩한

고요와 무게가 엿보였다. 어린 나이에 보위부 감방에서 끔찍한 절망과 좌절을 겪으면 멍청해지거나, 혹은 일찍이 늙은이가 되거나 했다. 모든 걸 포기한 듯 무표정한 얼굴이었다. 정식의 질문에 지나칠 정도로 솔직하게 기계적으로 대답했다. 문서에 적혀 있는 내용이지만 그동안 USB에 복사해 팔아먹은 한국 영화의 제목을 글자 하나 틀리지 않고 줄줄 내리 읊었다. 무려 99편이나 되었다. 마지막 제목까지 다 말하고 난 녀석이 중얼거렸다.

"아쉽네, 한 편만 더 있으면 백 편을 채우는 건데."

정식이 아연하여 눈을 크게 떴다. 멍한 표정으로 앉아 있던 녀석의 입에서 그런 도발적인 말이 튀어나올 줄은 몰랐다. 자신의 죄를 가중할 그런 위험한 말을 하는 죄수는 거의 없었다. 흔히 죄수들은 이 마지막 심문에서 어떻게든지 자신의 죄를 약하게 하려고 온갖 방법을 다 썼다. 눈물을 짜는 건 기본이고, 간절한 표정과 떨리는 목소리 등 온갖 표현 방법을 동원하여 죄를 뉘우쳤다. 용서해 준다면 뼈를 깎는 자세로 충성을 바치겠노라고 비굴하게 애원했다. 보위부 감방에서는 공식적인 재판이 아니라 이 마지막 심문에서 운명이 결정된다는 걸 알기 때문이었다. 물론 그렇다고 정해진 운명이 크게 달라질 수는 없었다. 하지만 실낱같은 희망에 필사적으로 매달리는 건 죄수들의 본능이었다.

그러고 보니 녀석은 좀 달랐다. 녹아내릴 듯 기운 없어 보였지만 반쯤 내리감은 크고 부리부리한 눈에는 조롱기 어린 웃음기가 찰랑댔다. 죄수다운 공포나 비굴함, 지어낸 죄책감 같은 건 별로 느껴지지 않았다. 수척해져 더 날카로워 보이는 예리한 턱을 당당히 쳐들고 있었다. 죽음을 각오한 자의 거침없는 모습이었다. 영리한 녀석이니 아무리 설설 기어 봤자 소용없음을 알고 객기를 부리자는 걸까? 하지만 이제 겨우 스물한 살밖에 되지 않는 솜털이 가시지 않은 청년이었다. 정식의 둘째 딸과 같은 나이었다. 저절로 터지는 한숨을 얼버무리려 감추며 정식이 일부러 엄한 어조로 말했다.

"너 지금 여기가 어디라고 감히 빈정거리는 거야? 얼마나 엄중한 죄를 지었는지 아직 모르겠는가?"

"왜 모르겠습니까. 퇴폐적인 자본주의 황색 바람을 퍼뜨려 사회주의 건전한 사상과 미풍을 흐림으로써 〈반동 사상문화 배격법〉을 어긴 주범으로 시범에 걸렸죠. 한국 영화를 수많이 보았고, 또 복사하여 숱하게 팔아먹었으니 어찌 살아남길 바라겠습니까."

당장 쓰러질 듯 의자 등받이에 위태롭게 기대앉은 녀석의 입에서 뜻밖에 맑고 되알진 목소리가 울려 나왔다. 마치 연설하듯 유창하고 감미로운 운율이었다. 한국 영화에서 많이 들어 본 한국 말투 그대로였다. 정식이 저도 몰래 한탄조의 말을 꺼냈다.

"왜 그랬어? 공부나 할 게지, 이따위 위험한 일을 왜 벌인 거야?"

이제 와서 그런 질문이 무슨 소용이 있냐는 듯 녀석이 입맛만 다셨다.

"이런 건방진, 당장 대답하지 못할까!"

정식이 언성을 높이자 양옆에서 지키던 호송원 둘이 순식간에 달려들어 녀석의 두 팔을 비틀었다. 심문 도중 죄인이 불손한 말을 하거나 바른 자세를 취하지 않으면 이를 제지 시키기 위해 호송원 둘이 대기하고 있었다. 녀석이 가는 비명을 질렀다. 괜찮으니 놔두고 나가라고 정식이 눈짓을 했다. 호송원들이 사라진 출입문 쪽을 흘깃 보면서 녀석이 남의 이야기를 하듯 심드렁한 어조로 말을 꺼냈다.

"그럼 어떻게 합니까? 지방 출신이 평양에서 대학을 다니려면 밑 빠진 독에 물 붓기로 돈이 드는데, 우리 엄마가 그걸 어떻게 감당하냐고요. 그래서 머리를 좀 굴렸죠. 맘이 보내 준 생활비로 가능한 한국 영화를 많이 사서 그걸 USB에 복사해서 팔았죠. 정말 신나게 돈을 벌었죠. 처음엔 대학 다니는 데 필요한 돈이나 벌려고 시작했지만, 공부고 뭐고 다 때려치우고 직업처럼 그 일을 하고 싶을 정도로요."

"지금 내 앞에서 잘했다고 자랑하는 거야?"

"아니요, 어쩔 수 없었다는 걸 말하는 겁니다. 돈이 없으면 아무리 공부를 잘해도 대학 공부를 꼬아 낼 수 없으니 어쩌겠습니까. 외국에서는 공부를 잘하면 장학금을 준다는데 그런 게 없으니 자연히 머리가 돈 버는 쪽으로 돌아가는 수밖에요. 뭐 여자애들처럼 몸을 팔 수는 없고 말입니다."

순간 평양대학에서 공부하는 두 딸을 떠올리며 정식이 책상을 탕 쳤다.

"이놈이? 어디서 감히 그따위 망발을! 너 지금껏 이따위 식으로 예심을 받은 거야?"

"그럴 리가요. 그랬다간 이미 죽어 이 자리에 없겠지요. 저는 첫날부터 깔끔하게 죄를 인정했습니다. 예심원이 몰랐던 죄까지, 그러니까 그전에 팔아먹은 한국 영화까지 다 불었거든요. 그래 봤자 거기서 거기 아니겠어요. 그래서 예심 과정에서 별로 매를 맞지는 않았습니다. 차라리 죽는 게 낫지, 매는 끔찍하게 싫거든요."

녀석이 목을 움츠리며 장난스레 고개를 흔들었다.

"이런 방자한 자를 봤나. 지금 이 자리가 어떤 자리인지, 내가 누군지 알기나 하고 함부로 떠들어 대는 거야?"

녀석이 씩 소리 없는 웃음을 지으며 공손히 대답했다.

"알죠. 제 운명이 결정될, 아니 언제 죽일지를 결정할 마지막 심문 자리죠. 선생님은 저의 목숨줄을 쥐고 있는 높은 간부님이시고요. 눈치 백 단인 우리 죄수들은 마지막 심문에 제일 높은 분이 오시고, 대체로 신사적으로 대해 주신다는 걸 알죠. 어쩌면 인간적인 대화가 가능하다는 것도요."

"지금 나하고 인간적인 대화를 하고 싶은가?"

정식이 어느새 녀석의 대화에 끌려가고 있었다. 죄수들을 심문하면서 늘 냉철했고 감정이 이입된 적이 없었다. 녀석이 처음이었다. 어쩌면 처음 서류를 보았을 때부터 측은지심이 생겼던 걸까. 죄수에 대한 전에 없는 동정심에 적잖게 당황했지만, 녀석에게는 특별히 호기심이 동했다. 직업적인 타성으로 녀석의 숨겨진 심리가 궁금했다.

"좋아, 오늘은 너 하고 싶은 말을 어디 한번 솔직히 해 봐!"

순간 녀석의 두 눈이 반짝 빛났다. 나른하게 늘어져 있던 자세가 사라지고 온몸의 탄력이 살아났다.

"정말 저의 솔직한 생각을 말씀드려도 됩니까? 선생님께 몹시 거슬리는 말을 하면 고문하지 않겠습니까? 이왕 죽음은 각오했지만, 매 맞는 건 정말 끔찍하게 싫거든요."

"쓸데없는 소리 말고 어서 하고 싶은 말 솔직히 해 봐!"

정식이 거듭되는 재촉에 녀석의 얼굴이 환해졌다.

"아까 돈 때문에 한국 영화를 팔았다고 했는데요. 순전히 그 때문만은 아니었습니다. 한국의 문화는 한번 빠지면 도저히 헤어 나올 수 없었어요. 그냥 아랫동네 사람 사는 이야기인데 한국 영화를 보면 마음이 벅차오르고 심장이 떨렸어요. 눈물이 쏟아졌고요. 왜 그럴까, 생각해 봤어요. 자유와 문명에 대한 동경이었죠. 갈망이었어요."

빠르게 말을 뱉어 낸 녀석이 잠시 가쁜 숨을 몰아쉬었다. 얼굴이 붉게 상기되어 있었다. 정식의 코가 찡해 왔다. 다 헤아리기 벅찬 청순하고 아름다운 청춘의 열정과 의협심, 매력이 그 아이에게서 강렬하게 뿜겨져 나왔다. 정식이 애써 호흡을 가다듬으며 부러 무뚝뚝한 어조로 말을 했다.

"계속해 봐!"

"솔직히 저는 자신을 중죄인이라고 생각하지 않아요. 오히려 조르다노 브루노가 된 심정이랄까. 그렇게 자신을 위안하고 있어요. 이게 저의 솔직한 속생각이에요."

정식이 녀석의 얼굴을 지긋이 노려보며 조르다노 브루노가 누구인가를 떠올리느라 온 정신을 집중해 기억을 헤집었다. 마침내 그 녀석보다 먼저 입을 열 수 있었다.

"저런, 설마 그 유명한 16세기 이탈리아 학자와 너를 동일시한다는 건가. 종교적 처벌로 화형을 당한 그 학자처럼 너에게 진리가 있다. 뭐 이런 능지처참당할 말을 하자는 거야?"

"헐, 죽기 전에 이런 대화를 나눌 수 있다니, 선생님께 진짜로 감사드립니다. 사실 저 같은 게 무슨, 진리까지는 모르겠고요. 왠지 저의 죽음이 그리 창피하게 생각되지 않는다는 겁니다. 그래요, 분명 그래요."

중죄인이 감히 이런 말을 하다니. 대화할수록 놀라운 녀석이었다.

"그러니까 그 말은 지금 너의 죄를 부정한다는 소린가?"

"부정한다기보다 좀 억울해서요."

"억울하다고? 조사가 잘못되었다는 건가?"

"그보다는 어쩌면 역사가 저의 죄를 다르게 평가할 수 있다는 위로를 자신에게 하고 싶어요. 하긴 죽은 다음에 무슨 소용이 있다고요."

녀석이 엄청난 말을 서슴없이 뱉어 내고는 입을 꾹 다물며 고개를 외로 틀었다. 너무나 당돌한 예상 밖의 말에 대꾸할 말을 찾지 못했다. 정식이 입이 평 뚫린 채 굳어졌다. 배짱인지 어리석은 건지 분간이 가지 않았다. 날아가는 새를 떨굴 수 있는 권력 앞에서 감히 그런 말을 하다니, 녀석은 분명 범 무서운 줄 모르는 하룻강아지였다. 그래서 엄청난 범죄를 저지른 걸까. 다른 죄수 같았으면 이런 불손한 말을 절대 용납하지 않겠지만, 왠지 녀석에게는 관용을 베풀고 싶었다. 녀석의 말을 꼬투리 잡을 생각은 애초에 없었다. 정식이 일부러 녀석의 말을 못 들은 척 무시하고 대꾸 없이 서류만 뒤적였다.

도 보위부 최종 판결 회의에서 〈반동 사상문화 배격법〉에 걸린 중죄인들에게 사형을 내릴 건지 아니면 정치범 관리소로 보낼 건지를 두고 논의했다. 도에서 판결을 일단락 확정 지은 다음, 최종 문건을 중앙에 보고하고 결론을 받아야 했다. 정치범은 배제하고 보위부 예심원과 판사와 검사, 도당과 도 보위부 해당 간부 몇이 모여서 형을 결정했다. 총살로 판결을 내리자는 쪽으로 의견이 우세했다.

특히 녀석을 적발한 수사과장이 죄인 세 명 모두를 총살로 판결해야 한다고 강경하게 나왔다. 〈반동 사상문화 배격법〉 시범으로 강하게 처벌해야 한다는 주장이었다. 정식이 별다른 의견을 내지 않고 침묵했다. 하지만 머릿속으로는 어떤 형벌이 녀석에게 덜 고통스러울 건지를 줄곧 생각했다. 총살을 면하고 정치범 관리소에 가면 명은 얼마간 연장될 수 있지만 죽느니만 못한 삶을 살게 되었다. 정식 앞에서 보여 주었던 녀석의 마지막 호기마저 처절하게 짓밟힐 수 있었다. 짐승으로 변해야 하는 관리소 생활을 하느니 차라리 총살당하는 게 낫지 않을까. 왜 이런 고민을 하는지 돌이킬 새 없이 혼자 생각에 몰두했다. 그사이 총살로 판결을 내리자는 쪽으로 의견이 모였다.

다음 날, 정식의 책상 위에는 중앙에 보고할 판결문과 이번 사건으로 공을 세운 수사과장과 예심원 등 몇 명의 진급 문건이 나란히 놓여 있었다. 세 목숨의 죽음을 선언한 침침하고 무거운 문건과 출세로 들뜬 세 명의 행운이 담긴 가벼운 문건은 똑같이 하얀 종이 서류였다. 정식은 두 문건에 사인하면서 묘한 기분이 들었다.

역사가 자신의 죄를 다르게 평가할 수 있다던 녀석의 퉁명스러운 말이 생각났다. 앳된 젊은이를 죽임으로써 줄레줄레 출세하게 되는 사람들. 특히 눈동자가 유난히 빠르게 움직이는 수사과장의 기름한 얼굴이 얄밉게 떠올랐다. 도 보위부장이 지나치게 성품이 너그러워 이 일과 별로 어울리지 않는 분이라는, 칭찬인지 헐뜯는 소리인지 애매한 뒷말을 하고 다닌다는 걸 알고 있었다. 경계해야겠다고 생각했던 작자였다. 하지만 공이 확실하고 중앙에까지 보고된 사안이라 특별한 이유 없이 태클을 걸 수는 없었다.

한 달 뒤, 중앙에서는 도에서 제기한 판결보다 더 강력한 처벌을 하도록 명령이 떨어졌다. 〈반동 사상문화 배격법〉의 중요성과 지엄함을 알리기 위한 차원에서 주민들을 모아 놓고 공개 총살을 하도록 구체적인 지시가 내려졌다. 형 집행 날짜가 보름 뒤로 빠듯하게 정해졌다. 그사이 공개 총살 장소를 정하고 어떤 주민들을 형 집행 장소에 불러 모을 건지 등 준비해야 할 일이 적지 않았다. 한편으로 이번 사건으로 진급하게 된 인사들을 축하하는 정례적인 행사가 벌어졌다. 바쁜 와중이지만 이상하게 녀석에게 자꾸 관심이 쏠렸다. 영특한 젊은이가 길을 잘못 들어 불쌍하게 됐다는 안타까움이 문득문득 정식을 흔들었다. 수많이 취급한 중죄인 중 한 사람에 불과하다고 마음을 다잡았지만, 바득바득 다가오는 공개 총살에 신경이 쓰였다. '정치범에게 동정을 느끼다니, 늙어 가는가 보다.' 정식이 마음속으로 한탄했다.

2.

공개 총살 집행을 하루 앞둔 날 저녁, 도 보위부장 집을 지키는 경호 소대장한테서 전화가 왔다. 웬 수상한 할머니가 며칠째 부장을 만나겠다고 집 주위를 배회하기에 현장 숙소에 잡아 두었다고 했다. 할머니가 도 보위부장에게 긴히 전해 드릴 비밀 이야기가 있다면서 심지어 최정식이라는 이름까지 알고 왔다고 했다.

누구인지 왜 찾아왔는지 알 수 없으나 등골이 싸한 느낌이 들었다. 뭔가 불길한 예감이 들었다. 일하면서 본능적인 촉이 지닌 영험함을 적지 않게 경험한 정식이기에 자신의 예감을 늘 존중했다. 마침 특별한 일정이 없었던 터라 경호원에게 그 할머니를 데리고 있으라고 이르고 곧바로 승용차에 몸을 실었다.

집에 도착한 정식이 곧바로 소대장의 안내를 받으며 경호원들 숙소 쪽으로 향했다. 보위부장의 집을 지키는 경호원 넷이 교대로 자고 휴식하는 여덟 평 정도의 단층 건물이었다. 보위부장 주택으로 들어가는 커다란 철문에서 몇 미터 떨어져 자리하고 있었다.

숙소 출입문을 열고 들어서니 자그마한 알루미늄 가마가 걸린 아궁이 있는 부엌이 나타났다. 부엌과 방 사이 칸막이가 있고 미닫이를 열면 단칸 온돌방이 나타났다. 일반 살림집 구조와 별반 다르지 않았다. 직사각형 방 안 한쪽 벽으로 네모난 창문이 나 있고 다른 벽에는 앉은뱅이책상과 옷장 하나가 나란히 놓여 있었다. 젊은 사내들만 지내는 방 안이라 퀴퀴한 담배 냄새가 배어 있었다.

책상 앞에 다소곳이 앉아 있던 머리 하얀 여인이 정식이 들어서자 얼른 자리에서 일어났다. 단아한 얼굴을 한 후리후리한 몸매의 여인이었다. 나이는 육십 대 후반으로 보이는데, 단정한 자세와 진중한 눈빛에서 그윽한 기품이 느껴졌다. 정식을 찬찬히 바라보던 여인이 눈길을 내리깔며 고개를 깊이 숙여 인사했다. 정식이 정중히 허리 굽혀 맞인사를 했다.

"저를 만나러 오셨다고요? 쉽지 않았을 텐데, 무슨 일로 오셨는지요?"

정식의 질문에 여인이 말없이 옆에 서 있는 경호원을 둘러보았다. 경호원을 내보내고 장판 방에 방석을 깔고 마주 앉았다. 여인이 잠시 망설이더니 품속에서 사진 한 장을 꺼내 놓았다. 모서리에 보풀이 인 오래된 흑백사진이었다. 사진 속에는 웬 젊은 남녀 한 쌍이 나란히 앉아서 앞을 응시하고 있었다. 파마한 긴 머리를 뒤로 늘어뜨린 사진 속 젊은 여인이 꽤 예쁘장했는데 앞에 앉은 여인과 매우 비슷했다.

"어르신 젊었을 때 사진인가요? 그런데 이걸 왜?"

"아닙니다. 저의 딸입니다. 그 옆에 앉은 젊은이를 좀 봐 주세요. 그 젊은이가 누군지 모르시겠습니까?"

정식이 사진을 눈앞에 가까이 대고 한참 들여다보았다. 무척 낯이 익었다. 다음 순간 눈을 치뜨며 여인을 쳐다보았다. 그리고 다시 사진을 들여다보았다. 사진 속 젊은이는 바로 젊었을 때 자신이었다.

"아니, 이게 어떻게? 제가 왜 이 여기에 있는 겁니까?"

여인이 헉 김빠진 소리를 내더니 대번에 눈물을 좔좔 쏟아 냈다.

"왜 이러시는 겁니까? 무슨 사연인지 어서 말씀해 보세요."

정식의 재촉에 여인이 콧물을 들이켜며 고개를 절레절레 저었다.

"그리 감감 잊으셨습니까. 하긴 기억 못 하실 수 있다고 각오는 했습니다. 섭섭하지만, 이해는 합니다. 오래전 일이고 겨우 하룻밤이었으니까요."

여인이 이상한 말만 계속 중얼거렸다. 뭔가 좋지 않은 예감을 느끼며 정식이 정신을 가다듬었다.

"무슨 말씀인지 전 잘 모르겠는데요? 어떻게 제 사진을 가지고 계시는지, 제가 왜 어르신 딸과 이 사진 안에 있는지 말씀해 보세요."

"정말 깡그리 잊으셨군요. 하지만 저의 딸은 그때의 잠깐 인연에 평생 얽매여 살았지요. 이십이 년 전 젊은 보위원이었던 부장 어른이 저의 시형 간부 문건 가족 친척 신원 조사차로 저의 집에 오셨댔지요. 저의 시형이 도 보위부에서 높은 자리로 오르면서 말입니다. 당시 저의 남편이 차 사고로 돌아가고 저는 진료소 소장으로 있으면서 교원대학을 졸업하고 읍 인민학교 선생으로 일하는 딸과 둘이 살고 있었지요. 사진 속 딸하고 말입니다. 이래도 기억이 안 나십니까. 저의 집에 오셨던 일을 말입니다."

기억났다. 캄캄한 밤하늘을 가르며 번쩍이는 번개처럼 정식의 머리를 세게 두드리며 순식간에 당시의 일들이 선명히 떠올랐다. 시골 마을의 아담한 주택에서 인상 좋은 아주머니가 지어 준 푸짐한 저녁을 먹었던 일이며, 아주머니 딸이 일하는 학교에 찾아갔던 그 밤의 일들이 새록새록 다 생각났다.

그때 평양보위대학을 졸업하고 도 보위부에 배치받은 지 얼마 안 되었던 정식은 인사과에서 일했다. 다른 부서 상사지만 보위대학 선배의 신원 조사를 위해 현지 출장을 갔었다. 지금은 전화나 전산으로 신원 조사를 하지만 그때는 직접 현지로 사람이 가서 확인했다. 선배 동생의 집이었다. 동생이 사망하고 마을 진료소 소장인 미망인이 이십 대 딸을 데리고 살고 있었다. 부락 당비서를 만나 선배 동생의 사망 사고 경위를 구체적으로 확인한 후, 시형의 승진 소식을 알려 주고 인사를 나눌 겸 아주머니 집으로 갔다. 집에 도착하니 미리 연락을 받았는지 푸짐한 저녁상을 차려 놓고 기다리고 있었다.

그런데 저녁을 다 먹고 날이 어두워지도록 그 집 외동딸이 들어오지 않았다. 집에서 학교까지 십오 리가 넘는다며 안절부절못하던 아주머니가 집을 나서려 했다. 마을로 들어오는 길은 외통길이어서 읍쪽으로 가다 보면 딸을 만날 수 있다고 했다. 정식은 그냥 앉아 있을 수 없었다. 읍에서 걸어왔기에 초면 길이 아니었다. 아주머니를 만류하고 정식이 손전등을 들고 나섰다.

그날따라 하늘에 구름이 잔뜩 끼어 코를 베어 가도 모를 정도로 캄캄했다. 양옆의 옥수수밭 사이로 자동차 한 대가 지나갈 정도의 길이 어슴푸레 보였다. 사람의 키를 넘는 옥수숫대가 초가을 바람에 몸을 비벼 대는 소리가 몹시 을씨년스러웠다. 남자인 정식도 혼자 걷기 꺼려지는 으슥한 시골길이었다. 외롭게 어둠을 헤집는 손전등 불빛에 의지해 신경을 도사리고 앞을 주시하며 걸었다. 마주 오는 발소리만 들리면 눈을 부릅뜨고 노려보며 물었다. "혹시 진료소장 따님이신가요?" 몇 사람이 지나쳤지만, 처녀는 나타나지 않았다. 학교에 일이 많아 집에 오는 걸 포기하지 않았을까. 이런 밤길에 어느 간 큰 여자가 나서겠는가. 하지만 나선 김에 일단 학교까지 가 봐야 했다.

한 시간 정도 걸으니 읍 마을이 나타났다. 읍 거리에 막 들어서려는데 마주 오는 인기척이 들렸다. 하얀 윗옷을 입었는데 틀림없이 여자 같았다. 혹시 진료소장 따님이 아니냐고 묻자 여자가 뚝 걸음을 멈추었다. 가늘게 누구시냐고 되물었다. 정식이 자기소개를 하고 어머니 부탁으로 마중 나왔다고 하자 여자가 반가운 비명을 지르며 안길 듯 달려왔다. 어둠 속이라 별로 부담 없이 둘이 나란히 걸을 수 있었다.

길 절반쯤 걸었을 때 갑자기 비가 쏟아지기 시작했다. 날이 몹시 흐렸는데 미리 우비를 챙기지 못한 자신을 탓하며 정식이 윗옷을 벗어 처녀에게 주었다. 처녀가 몇 번을 사양했지만, 정식의 고집을 꺾지 못했다. 점점 비가 더 역수로 쏟아졌다. 두 사람은 온몸이 흠뻑 젖어서야 집에 도착했다. 아주머니는 미안해 어쩔 줄 몰라 했고, 정식은 따님이 감기에 걸릴 수 있다고 걱정해 주었다.

하지만 그날 밤, 정작 고열을 내며 몸살을 앓은 건 주인집 딸이 아니라 정식이었다. 아주머니는 약 보관함을 뒤져 약을 먹이고 찬물을 담은 그릇을 들고 윗방으로 들어와 수건으로 찬물 찜질을 해 주었다. 이때 누군가 그 집 문을 두드렸다.

"선생님, 소장 선생님! 아이고, 우리 며느리 당장 해산하게 생겼시우. 지금 배를 붙안고 뱅뱅 돌아간다니까요. 아유, 이를 어째요. 선생님, 빨리 가 봐 주세요!"

"아직 해산 날짜가 좀 남았잖아요."

"모르겠시우. 하지 말라는데 낮에 기를 쓰고 깨를 털더니만 일을 낸 것 같아요."

어쩔 수 없이 아주머니는 찬물 찜질을 하던 수건을 딸에게 넘겨주며 정식을 돌보라고 부탁한 후, 마을 사람을 따라 산모 해산을 도우러 갔다.

그렇게 그 집에는 정식이와 처녀 두 사람이 남게 되었다. 자기로 인해 손님이 감기에 걸렸다고 미안해하면서 처녀는 정성스레 간호했다. 짙은 어둠이 휘감은 호젓한 방 안에 오롯이 피 끓는 두 청춘만이 있는 밤은 위험하기 그지없었다. 어디서 시작되었는지 알 수 없는 불길이 서서히 타오르기 시작했다. 정식이 끝내 순간의 욕망을 이기지 못했다. 처녀가 수줍음으로 얼굴을 붉혔지만, 사내의 손길을 뿌리치지 않았다. 그때 정식은 이미 결혼하여 딸이 하나 있었고, 아내가 둘째를 임신한 상태였다. 정신없이 욕정을 태운 후, 혀를 깨물며 후회했지만 이미 때는 늦었다.

날이 훤히 밝아서야 집에 돌아온 아주머니는 아무런 눈치를 채지 못하고 딸에게 아침을 부탁하고 그대로 쓰러져 잠들어 버렸다. 새 생명을 탄생시키느라 어지간히 힘들었던 모양이었다. 아주머니가 잠든 게 오히려 다행스러웠다. 정식이와 처녀 둘 다 눈길을 마주치지 못하고 아침상 앞에 거북하게 마주 앉았다. 정식은 아침을 먹는 둥 마는 둥 하고 처녀에게 깊이 머리를 숙였다.

"고맙습니다. 그리고 죄송합니다. 용서해 주십시오."

정식은 도망치듯 그 집을 나왔다. 읍 담당 보위원을 만나 도 보위부로 가는 자동차 편을 부탁할 생각이었다. 처녀가 종종걸음으로 뒤따라 나섰다. 학교에 출근해야 한다고 했다. 차라리 잘됐다고 생각한 정식이 걸으면서 거듭 미안하다고 용서해 달라고 했다. 처녀가 얼굴을 붉히며 새침한 어조로 말했다.

"모욕하지 마세요. 그쪽이나 저도 잘못한 거 없어요. 하룻밤 일로 그쪽 발목 잡을 생각 없으니 걱정하지 마세요. 대신 읍 사진관에 가서 저하고 사진 한 장만 찍어 주세요. 그리고 성함만은 알고 싶어요."

정식은 처녀의 의도를 알 수 없었으나 차마 거절할 수 없었다. 그렇게 남긴 사진이었다. 하지만 처녀의 이름은 종시 기억나지 않았다. 다행히 여인이 먼저 딸의 이름을 말했다.

"우리 명심이는 이미 이 세상 사람이 아닙니다."

"네? 따님이 아직 오십이 안 되는 나이겠는데 어쩌다…."

"죽은 지 얼마 안 됐어요. 최근 기막힌 일을 당해 심장 마비로 그만…."

지친 듯 덤덤한 어조였다. 입술을 씰룩이는 여인의 얼굴에 눈물이 비 오듯 흘러내렸다.

"하지만 부장 어른이 꼭 알아야 할 일이 있어서 어렵게 찾아왔지요."

정식은 대답 없이 고개를 숙이고 생각을 정리했다. 사진 속 딸이 이미 죽었는데 왜 찾아왔을까. 설마 자신의 딸이 그 가을밤의 짧은 인연을 붙들고 불우하게 살다가 갔다는 영화 같은 인생사를 들고 온 걸까. 피해 보상을 바라고 왔다면 섭섭지 않게 해서 빨리 돌려보낼 생각이었다. 아무리 젊었을 때 하룻밤 불장난이라지만 여태껏 큰 흠 집 없이 잘 유지해 온 자신의 이미지에 과거 일로 흙물이 튀게 할 수는 없었다. 정식이 조심스레 입을 열었다.

"찾아오신 용건이, 그러니까 저에게 뭘 바라고 오신 겁니까?"

여인이 말없이 품속에서 다른 사진 몇 개를 더 꺼내 놓았다. 그중 하나를 집어 들었다. 강보에 싸인 갓난아기의 사진이었다. 처음에 내놓은 정식의 사진과 아기 사진의 뒷면을 보여 주었다. 둘 다 날짜가 적혀 있었다.

"아기 사진에 찍힌 날짜는 이 애가 태어난 날이지요. 이쪽은 두 사람이 사진을 찍은 날이고요. 이 두 날짜의 차이를 계산해 보십시오. 정확히 42주입니다."

"지금 무슨 말씀을 하시자는 겁니까?"

"이 애가 부장 어른의 아들이라는 말을 하는 겁니다. 제 손주가요."

"뭐라고요? 이 애가 내 아들이라고요?"

여인이 다른 사진을 내밀었다. 소년단 넥타이를 매고 찍은 사진과 좀 더 큰 모습, 대학생 교복을 입고 찍은 사진이었다. 눈망울이 부리부리한 잘생긴 녀석이었다. 정식의 심장이 후드득 급발진하며 호흡이 빨라졌다. 갑자기 내 아들이라니? 아들이 태어나지 않아 연이어 딸만 셋을 보았다. 준수한 젊은이를 보면 나에게 저런 아들이 하나 있었으면 하는 생각을 종종 했었다. 그래서 그 녀석에게 각별하게 관심이 갔던 게 아닐까. 하지만 선뜻 믿을 수 없었다. 아닌 밤중에 홍두깨처럼 갑자기 나타난 여인의 말을 어떻게 바로 받아들일 수 있단 말인가. 평생 의심부터 하고 따지고 또 따지는 일을 해 온 정식이었다. 침착성을 되찾은 정식이 도로 사진을 내밀며 일부러 무뚝뚝한 어조로 물었다.

"이 아이가 정말 내 아들이라면 왜 지금껏 나타나지 않았습니까?"

놀라지 않고 별로 감흥이 없어 보이는 정식의 덤덤한 얼굴을 원망어린 눈길로 바라보면서 여인이 깊은 한숨을 내쉬었다.

진료소장은 자기 딸이 손님과 하룻밤을 같이 지냈다는 걸 전혀 몰랐다. 딸이 갑자기 먹성이 좋아졌길래 그냥 귀엽게만 보았다. 하지만 의사의 감으로 딸이 임신했다는 걸 곧 알아차렸다. 집안이 발칵 뒤집혔다. 얌전한 딸이 처녀의 몸으로 임신한 사실은 그야말로 기절초풍

할 대형 사고였다. 하루빨리 결정을 내려야 했다. 다행히 엄마가 진료소장이라 감쪽같이 애를 지울 수 있었다. 하지만 딸은 절대 애를 지울 생각이 없었다. 하룻밤이지만 그 남자를 잊을 수 없다는 어처구니없는 말을 하였다.

여인은 하는 수 없이 시형을 찾아갔다. 딸이 임신한 사실은 말 못 하고 신원 조사 왔던 보위원이 어떤 사람이냐고 물었다. 사윗감으로 마음에 들어 왔노라고 둘러댔다. 시형이 한발 늦었다면서 그 친구 이미 결혼해서 딸이 있고, 아내가 둘째를 임신했다고 알려 주었다. 아이의 아버지가 절대로 딸의 사람이 될 수 없다는 사실에 여인은 절망했다. 소리 소문 없이 아이를 지우는 방법밖에 다른 길은 없었다.

집으로 돌아온 여인이 딸을 앉혀 놓고 모든 사실을 알려 주면서 당장 수술하자고 했다. 엄마가 의사라서 기구만 가지고 오면 집에서 얼마든지 애를 지울 수 있으니 불행 중 다행이었다. 하지만 딸은 눈물을 흘리며 이미 생긴 생명을 없앨 수 없다고 고집을 피웠다. 아이를 기르며 평생 혼자 살겠다는 정신 빠진 소리를 했다. 남녀가 하룻밤에 만리장성을 쌓는다지만 난생처음 본 사내가 딸의 마음에 그처럼 깊이 자리 잡은 것에 질겁했다. 그렇다고 세파를 겪어 보지 못한 딸의 순진한 생각에 장단을 맞출 수는 없었다. 설득을 거듭했지만, 딸이 완강히 고개를 젓자 마침내 방구석에 있는 파리채를 집어 들고 딸의 등을 내리쳤다. 자식에게 처음으로 해 본 매질이었다.

그날 밤, 딸은 죄송하다는 편지를 남기고 집을 나가 버렸다. 학교에는 딸이 중병에 걸려 중앙의 큰 병원으로 보냈다고 통보했다. 사방에 수소문하며 그렇게 찾았는데 나타나지 않던 딸이 해산을 앞두고 엄마에게 편지를 보내왔다. 정작 혼자 아이를 낳자니 겁이 났다고 했다. 딸은 그 마을에서 이백 리 정도 떨어진 고장에 숨어 있었다. 딸을 보살펴 준 사람은 딸의 고등학교 친구였다. 여인은 어쩔 수 없이 사는 고장을 옮기고 딸과 함께 사생아인 손주를 기르며 지금껏 살았다.

"그러니까 어르신은 이 아이를 저에게 맡기려고 찾아오셨는가요?"

만약 이 애가 자기 아들이라면 마다할 이유가 없었다. 그렇게 간절히 바라던 아들이 하늘에서 공짜로 떨어진 거나 마찬가지였다. 가슴이 설레고 입안이 말라 들었다. 그렇노라고, 딸이 죽었으니 이젠 손주를 아버지에게 맡기러 왔노라고 대답해 주기를 긴장하여 기다렸다. 하지만 여인은 대답 없이 망설이다가 갑자기 호곡을 터뜨렸다.

"아이고, 부장 어른! 살려 주세요. 불쌍한 내 손주를 살려 주세요. 부장 어른은 살릴 수 있어요. 부장 어른의 아들을 제발 살려 주세요!"

"무슨 소리예요? 그 애가 혹시 중병에라도 걸렸는가요?"

"아닙니다. 그게 아니라, 애가 한국 영화를 팔아먹다가 보위부에 잡혀갔어요. 제발 애를 구원해 주세요. 다 제 탓이에요. 제가 손주 뒷바라지를 제대로 못 해서….."

순간 눈앞에 별빛이 번쩍이며 윙 바람 소리가 귀를 울렸다. 정식이 목덜미를 움켜잡으며 신음을 냈다. 쇠꼬챙이가 머리를 찌르는 듯한 강한 두통이 밀려왔다. 불길한 예감은 틀린 적이 없었다. 머리를 흔들며 정식이 급히 대학생 옷을 입은 아이의 사진을 바싹 가까이 들여다보았다. 틀림없는 그 녀석이었다. 장난기 어린 큰 눈망울, 곧은 콧날, 한쪽 입귀를 올리며 씩 웃는 모습이 갈데없는 그 녀석이었다.

"이게 뭡니까?"

정식이 벽력같은 소리를 지르며 주먹으로 방바닥을 연달아 내리쳤다. 그 서슬에 울던 여인이 깜짝 놀라며 눈을 치떴다. 문이 벌컥 열리고 병사가 급히 뛰어 들어왔다. 정식이 손짓으로 병사를 내보내고 낮게 부르짖었다.

"왜 이제야 오는 겁니까? 체포되자 바로 찾아왔어야지요."

"이렇게 높이 출세한 줄 모르고 찾는 데 몇 달이 걸렸어요. 시형은 이미 돌아가시고 정말 어렵게 찾았어요. 제발 우리 희성이 살려 주세요."

여인이 고개를 조아리며 다시 울음을 터뜨렸다. 희성! 맞다. 문건에 적혀 있는 고희성, 그 애 이름이 선명히 기억났다. 엄마의 성을 땄다고 했다. 하지만 정식이 무슨 일을 할 수 있으랴. 내일 날이 밝으면 그 애는 공개 총살 현장으로 끌려가야 했다. 사형 집행 날짜를 중앙에서 정해 준 거라 변경할 수 없었다. 신이라면 이 상황을 바꿀 수 있을까. 불가능했다. 한참 후 꽉 잠겨 버린 목소리로 정식이 중얼거렸다.

"늦었습니다. 그 애는 이미 죽었습니다."

여인이 비명을 지르며 얼굴을 싸쥐고 방바닥에 엎드렸다. 납덩어리 같은 침묵이 드리운 방 안에 끅끅 숨이 끊어지는 듯한 여인의 울음소리만 가득 찼다. 잠시 멍하니 앉아 있던 정식이 여기서 하룻밤 쉬고 내일 집으로 내려가라고 말하며 자리에서 일어났다. 여인이 동시에 비칠거리며 일어섰다. 시내에 잡아 둔 여관이 있다고 했다. 정식이 운전사에게 여인을 여관까지 데려다주고 오라고 했다. 그리고 다시 사무실로 나가야겠다고 지시했다.

집으로 들어온 정식이 저녁을 먹지 않고 아내에게 빵이며 간식거리가 있으면 다 꾸려 달라고 했다. 평시에 입에 대지 않는 간식거리를 찾는 거에 잠깐 의아한 눈길을 보낼 뿐 아내는 말없이 간식거리를 싸 주었다. 남편의 의견을 늘 말없이 따라 주는 고마운 아내였다. 그런 아내라면 정식이 밖에서 낳은 아들을 잘 받아 줄 수 있었다. 하지만 아내에게 미안할 새 없이 녀석은 곧 이 세상을 떠나게 되었다. 정식이 아버지인지도 모르고 외로이 세상을 떠야 했다.

막내딸이 아내가 싸는 간식 꾸러미에서 자기가 좋아하는 초콜릿 과자를 얼른 꺼내며 한쪽 눈을 찡긋했다. 맏이와 둘째 딸은 평양대학에서 공부하고 집에는 막내딸만 있었다. 사내아이처럼 짓궂은 데가 있는 아이였다. 그래서 은근히 더 애정이 갔다. 없는 아들을 대신해 성격이 활달하고 장난이 심한 막내딸을 정식이 많이 아꼈다.

3.

여인을 여관에 데려다주고 운전기사가 돌아오자 정식이 간식 꾸러미를 들고 곧바로 차에 올랐다. 사무실에 들어와 간식을 책상 밑에 던져 넣고 꼬리에 불 달린 사자처럼 넓은 방을 빙빙 돌았다. 형 집행을 앞둔 죄수는 몇 배로 경계가 삼엄했다. 하지만 보위부장의 명령이면 다시 심문실로 데리고 올 수는 있었다. 다음엔 어떻게 할까. 심문실 천장에 구멍을 뚫고 아이를 새처럼 날려 보낼 수는 없을까. 머리를 쥐어뜯었지만, 그 아이를 빼낼 방법이 없었다. 이제 남은 시간은 겨우 여덟 시간이었다.

총살이 아니라 정치범 관리소행으로 판결을 내렸으면 어땠을까. 정식이 주장하면 그렇게 될 수 있었다. 일단 정치범 관리소로 보내고 차츰 힘을 써서 빼내 올 수 있지 않았을까. 하지만 중앙에서 판결을 뒤집고 총살 명령을 내리면 방법이 없었다. 초기에 알았다면 당연히 애를 구원할 수 있었다. 하지만 이미 때는 늦어 버렸다. 차라리 그 애가 내일 아침 깨어나지 못하게 하면 어떨까. 다 부질없는 생각이었다. 이미 운명은 정해져 있었다.

의자에 털썩 주저앉은 정식이 머리카락을 움켜쥐고 마구 잡아 뜯었다. 끈적끈적한 눈물이 꽉 감은 눈두덩을 비집고 나와 검붉게 질린 얼굴을 질펀하게 적셨다. 꼼짝없이 아비의 손으로 아들을 죽이게 생겼다. 너무나 가혹한 운명의 장난이 아닌가? 내가 뭘 그리 잘못했단 말인가! 인생 처음으로 느껴 보는 절망이고 좌절이었다.

그 애와 나누었던 대화가 빠짐없이 상기되었다. 이런 사건으로 죽거나 정치범 관리소로 간 이들이 한둘이 아니었다. 이들을 처벌할 때 그 어떤 동요나 의문을 제기해 본 적이 없었다. 하지만 지금은 이름할 수 없는 회의감이 정식의 심장을 난도질했다. 자신이 그토록 열을 올리며 해 왔던 일들이 서푼짜리 활극처럼 가소롭게 여겨졌다. 정식이 늑대 울음소리 같은 신음을 내며 숨죽인 울음을 길게 토해 냈다.

"내가 너를 죽였구나! 내가 살인자다! 내가 죄악이다!"

한참 후, 정식이 전화로 고희성을 심문할 일이 있으니 대기시키라는 지시를 내렸다. 심문실에 마주 앉은 녀석은 의외로 밝은 표정이었다. 내일이 사형 집행 날이라는 걸 본인은 몰랐다. 전번과 달리 녀석의 손에는 수갑이 채워지고 발에 쇠사슬이 드리워져 있었다. 간수 두 명이 바싹 붙어 서 있었다. 수갑을 풀어 주라고 지시하자 호송병이 위험하다고 망설였다. 정식이 허리에 찬 권총을 책상 위에 올려놓으며 걱정하지 말고 나가 보라고 지시했다. 녀석이 수갑 풀린 손을 주무르며 고개를 꾸벅했다.

정식이 덤덤한 표정을 지으려 애쓰며 집에서 가지고 온 빵이며 간식 꾸러미를 녀석의 무릎 위에 놓아 주었다. 녀석의 표정이 확 밝아지면서 동공이 확대되었다. 먹으라고 고개를 끄덕이자 와락 두 손을 뻗쳐 빵부터 집어 들었다. 고개를 숙인 채 연달아 입에 쓸어 넣기 시작했다. 차마 보지 못하고 정식이 고개를 돌려 버렸다. 잠깐 사이에 꾸러미 안에는 간식 포장지만 수북이 쌓였다. 혀를 길게 내밀어 입술을 감빨며 녀석이 입을 열었다.

"이유는 모르겠지만 고맙습니다. 인간다운 음식을 주는 걸 보면 혹시 제가 곧 죽나요?"

여전히 거침없는 말투였다. 묵묵히 녀석을 바라보면서 복스러운 방울코며 짙은 일자 눈썹이 막내딸과 같다는 걸 어렵지 않게 발견하였다.

"너의 죽음이 별로 부끄럽지 않다고 말했었지. 그 생각은 여전한가?"

녀석이 피식 웃었다. 오른쪽 볼 근육이 모이며 한쪽 입술 꼬리가 더 올라갔다. 그 모양이 막내딸과 비슷했다. 정식이 그렇게 웃었다.

"내가 묻지 않는가?"

"그냥 말장난이라고 쳐 주십시오. 어차피 죽으면 나의 세상은 끝

나는걸요."

"죽는 것이 무섭지 않은가?"

갑자기 녀석이 들이받을 자세를 취하는 황소처럼 사나워진 눈빛으로 쳐다보았다. 그러더니 휙 고개를 돌리며 볼멘소리를 냈다.

"왜 무섭지 않겠습니까? 그리고⋯."

녀석이 갑자기 고개를 푹 떨구었다.

"그리고 뭐?"

번쩍 머리를 쳐든 녀석의 두 눈에 눈물이 가득 고였다가 흘러내렸다. 하소연하듯 떨리는 소리를 질러 댔다.

"사실 살고 싶어요. 살아도 멋지게 살고 싶어요. 일론 머스크처럼요. 과학을 연구하고 창업을 하여 돈을 많이 벌고 우주를 날고 싶었어요. 전 자신 있었거든요."

"그런 녀석이 인생을 걸고 도박을 해?"

정식이 버럭 소리 지르자 녀석이 오히려 차분하게 대답했다.

"후회 안 하려고요. 이왕 이렇게 된 거 최소한 계집애처럼 질질 짜지는 않으려고요. 살려 주지 않을 거면서 이런 질문은 저한텐 고문이에요. 전 이미 모든 걸 체념했다고요."

정식이 어금니를 꽉 앙다물고 녀석을 노려만 보았다. 입을 열면 말이 아니라 호곡이 터져 나올 거 같았다. 제발 녀석이 더 큰 소리로 더 거친 말로 대들어 주기를 바랐다. 그럼 꽉 막힌 속이 좀 풀리지 않을까. 하지만 녀석은 슬쩍 눈치를 보더니 공손하게 고개를 숙였다.

"하지만 고맙습니다. 선생님이 베푼 인정 죽어도 잊지 않겠습니다."

곧 호송병이 들어와 녀석에게 족쇄를 채우고 데리고 나갔다. 허공에서 정식이와 녀석의 눈이 마주쳤다. 녀석의 큰 눈이 순한 사슴의 눈처럼 슴벅이었다. 문이 닫힐 때까지 녀석이 고개를 한껏 돌리고 정식을 바라보았다.

정식은 뜬눈으로 밤을 꼬박 지새웠다. 아침에 운전사에게 전화하여 어제 찾아왔던 할머니를 집까지 데려다주라고 지시했다. 출근한 보좌관에게 밤을 새워서 사무실 간이침대에서 자겠으니, 깨우지 말라고 했다. 언젠가 서랍에 넣어 두었던 수면제를 찾아서 두 알을 삼키고 침대에 쓰러지듯 누웠다. 스멀스멀 잠이 몰려오기 시작했다.

"미안하다. 비겁하고 이기적이고 못난 아비를 용서해 다오, 내 아들아!"

거듭 중얼거리는 정식의 눈가에서 눈물이 흘러 베개를 흥건히 적셨다.

정식이 수면제의 힘으로 깊은 잠에 곯아떨어진 시각에 희성은 감방에서 끌려 나와 호송차에 올랐다. 호송차 바닥 구석에 피투성이 사내 둘이 사냥해 온 짐승처럼 널브러져 있었다. 사내들 눈에는 검은 천이 가려져 있었고 입에는 재갈이 물려 있었다. 희성이 무서워 목을 움츠리는데 갑자기 건장한 남자 셋이 달려들어 매질을 시작했다. 희성이 새된 비명을 질렀다.

"매는 싫어요. 차라리 죽여요!"

희성은 곧 의식을 잃었다. 어렴풋이 정신을 차렸을 때 자신이 말뚝에 묶여 있다는 걸 깨달았다. 죽는구나. 주위를 둘러보니 캄캄했다. 눈을 부릅떴지만, 앞이 보이지 않았다. 눈에 검은 천이 가려졌다는 걸 알았다. 온몸이 쑤셔 오는데 턱이 떨어져 나갈 듯 아팠다. 재갈이 물려 있어 침이 턱으로 흘러내리는 게 느껴졌다. 아, 쪽팔리게, 꼭 이래야 했어? 이어 웅성거리는 소리가 들리고 누군가의 새된 목소리가 들려왔다.

"이 자들은 당과 수령을 배신하고 〈반동 사상문화 배격법〉을 어긴 혁명의 원수들이다. 이 자들은 썩어 빠진 자본주의 사상과 문화를 접하고 퍼뜨림으로써 건전한 우리 사회의 사상과 문화를 오염시킨 엄중한 죄를 저질렀다. 반동적인 문화적 침투로 사회주의를 무너뜨리려는 적들의 간악한 책동에 동조한 혁명의 파괴자, 배신자들이다."

이어 누구는 한국 영화를 담은 USB를 얼마나 팔았는지를 구체적으로 언급했다. 셋 중 자기가 한국 영화를 제일 많이 팔아먹었다는 사실에 희성은 스멀스멀 웃음이 치솟았다. 하지만 검은 천 안에서 눈물이 흘러내렸다. 이어 부산스러운 소음이 들리더니 아까의 그 목소리가 악을 썼다.

"가증스러운 혁명의 배신자, 반혁명분자들을 향하여 사격 준비!"

희성은 마지막으로 하늘을 보고 싶었다. 총알을 맞으면 많이 아플까? 제발 아프지 않았으면 좋겠다고 생각했다. 갑자기 온몸이 풍을 만난 듯 세차게 떨리기 시작했다. 무서웠다. 너무 무서웠다. 이어 "쏏!" 하는 마지막 구령 소리가 들리고 온몸을 휩싸는 거센 충격과 불기둥을 느끼며 희성이 고개를 떨구었다. 동시에 우레 같은 외침이 머릿속에서 메아리쳤다.

"왜? 내가 왜?"

그 봄날의 인연

1.

이혼이라니…. 경아와 헤어지라고? 세찬이 세차게 머리를 저었다. 아파트 지하 주차장에 차를 세우고 운전석에 몸을 기댄 채 지그시 눈을 감았다. 온갖 생각이 납덩어리처럼 몸을 내리눌러 일어날 기운이 나지 않았다.

"내가 한 말을 중간에서 떼어먹지 말고 그 애한테 고대로 전해라. 아버지 생각도 다를 바 없으니 잘 말해야 할 거다. 그저 하는 푸념이 아니라 이건 경고다."

어머니 말씀대로 맵짠 독촉이었다. 결혼 8년 차인데 아직 아이를 가질 생각조차 없는 며느리를 더는 용납하지 않겠다는 부모님의 강경한 의지였다. 어머니는 평생 아버지를 헌신적으로 뒷바라지해 온 전형적인 현모양처였다. 덕분에 아버지는 평범한 직원으로 시작하여 대기업 사장 자리까지 오르고 퇴직할 수 있었다. 아버지가 사회적으로 성공할 수 있었던 데는 어머니의 숨은 노력이 큰 몫을 했다는 걸 가족 모두 알았다. 그런 어머니 상식으로는 경아를 이해하기 힘들었다.

어머니에게 각인된 여성상은 자신의 삶이었다. 남편을 내세우고 자식을 잘 키우는 일이 얼마나 보람되고 중요한 일인지를 늘 입버릇처럼 말했다. 세찬의 위로 누이 둘이 있는데 이미 결혼하여 자녀가 있었다. 삼대독자 세찬이만 아직 자식이 없었다. 부모님은 친손주를 간절히 원하고 있었다. 경아가 대학을 졸업할 때까지는 그런대로 기다려 주셨지만, 대학원 공부를 또 시작하자 참고 참았던 어머니의 불만이 폭발했다.

아내는 스물여섯 나이에 한국에 와서 일 년 후 대학에 들어가고 대학 졸업 후, 일 년 동안 준비하여 다시 로스쿨에 들어갔다. 장장 8년을 공부만 하였다. 법학대학원을 졸업하려면 아직 2년이 남았고, 그 뒤 변호사 시험을 쳐서 통과하려면 몇 년이 걸릴지 기약이 없었다. 하지만 경아는 자신의 진로를 중간에 그만둔다는 생각은 꿈에도 하지 않았다.

세찬은 경아를 이해했다. 아니 이해하려 무척 노력했다. 그만큼 아내를 많이 사랑했다. 둘 다 삼십 대 중반이지만 몇 년 더 기다렸다가 아이를 가져도 괜찮을 거라고 스스로 다독였다. 하지만 언제부터인가 유모차에 태운 아기를 보면 저절로 발걸음이 멈추어졌다. 부모님은 더했다. 경아가 지금 아이를 가져도 노산이라며 걱정했다. 더 시간을 끌면 아이가 생기지 않을지 모른다며 노심초사했다. 부모님이 친손주를 포기한다는 건 상상조차 할 수 없는 일이었다.

하지만 아내는 부모님 생각보다 훨씬 더 아이를 갖는 데 관심이 멀어졌다. 예쁜 옷이나 보석, 명품 가방 같은 건 별로 관심이 없었다. 좋아하는 건 오로지 공부뿐인 듯했다. 로스쿨 과정을 힘들어하기는 커녕 오히려 즐기는 듯하였다. 경아라면 그 어떤 모습이든 사랑할 자신이 있다고 자부했던 세찬이지만 요즘은 지쳐 가고 있음을 부정할 수 없었다.

어머니를 이해시킬 명분은 점점 더 희박해졌다. 로스쿨은 사전 합의가 없었던 과정이었다. 대학 졸업 임박에 아내는 불현듯 법학대학원에 다니고 싶다고 했다. 세찬은 받아들였지만, 결혼 승인 못지않게 부모님은 반대했다. 결국엔 경아 요구대로 로스쿨에 들어갔고, 그때부터 며느리에 대한 어머니의 불만이 쌓이기 시작했다. 처음엔 부모님을 설득하려 했지만, 점차 어머니가 하는 날 선 말들을 묵묵히 듣기만 했다. 경아에게는 전하지 않았다. 별 소용이 없기 때문이었다. 얼마 전, 고부 사이에 동문서답의 아찔한 말다툼이 일어나고서야 침묵만이 능사가 아니라는 걸 깨달았다.

아들에게 여러 번 말을 했는데 반응이 없자 며칠 전 어머니는 경아에게 대놓고 도대체 무슨 생각이냐고 물었다. 여자가 결혼하면 남편을 섬기고 아이를 낳는 건 당연한 의무가 아니냐고 했다. 귀한 집 외아들에게 시집와서 대를 끊을 작정이냐고, 남편이나 시집은 안중에 없다면서, 정 공부를 하고 싶으면 애를 낳고 얼마든지 할 수 있지 않냐고 불같이 다그쳤다.

여태껏 세찬이 가운데서 가로막고 있어 처음으로 어머니의 불만을 정면으로 접하게 된 경아는 무척 당황스러워했다. 용케 웃음기를 잃지 않고 때가 되면 손주를 안겨 드릴 테니 걱정하지 마시라고, 지켜봐 달라고 응석 부리듯 말했다. 경아가 대화의 주제를 바꾸며 애교까지 피웠지만, 어머니의 굳은 얼굴은 종시 펴지지 않았다. 그날부터 경아 얼굴에는 눈에 띄게 시름이 깃들었다.

경아가 정부에서 보장해 준 임대주택을 반환하지 않는 데 대해서는 더 이해하지 못하셨다. 결혼했으면 신혼집에 들어와 같이 사는 게 정상이라고 했다. 어쩌면 맞는 말이고 당연한 요구였다. 경아는 대학원에서 지하철로 몇 정거장 안 되는 지역의 임대 아파트에서 따로 지냈다. 주중에 각기 지내고 주말에 세찬의 집에서 만나는 소위 주말부부 생활을 어언 8년째 이어 오고 있었다.

혼인신고를 미룬 것에 대해서도 며느리의 의중을 의심했다. 경아에게 딴생각이 있는 게 아니냐고 정신을 똑바로 차리라고 세찬을 다그쳤다. 말이 안 되는 억측이라고 일축했지만, 요즘은 말 못 할 불안이 슬며시 갈마들었다. 결혼식은 올렸지만, 그들은 법적으로 부부가 아니었다. 거주 등록이 따로이니 주말 동거 모양새였다. 이 모든 상황은 부모님에게 엄청난 충격을 주고 노여움이 쌓이게 했다.

경아는 탈북민에게 지급되는 여러 가지 복지 혜택을 받기 위해 혼인신고를 미루자고 했다. 공부하는 기간에 장학금과 기초 생활 수급비를 포기할 수 없다고 했다. 아내는 세찬이와 시집에 부담을 주지 않고 학비며 생활비를 자체로 해결하려는 의자가 강했다. 세찬은 아내의 주장에 동의할 수밖에 없었다. 얼마 안 되는 기자 노임으로 아내의 뒷바라지를 하기 힘들었다.

서울 중심에 자리 잡은 25평 아파트는 부모님이 신혼집으로 마련해 주신 거나 마찬가지였다. 부모님이 아끼고 모은 돈을 지원해 주셨기에 일정 대출을 끼고 분양받을 수 있었다. 금리가 올라 매달 나가는 주택 담보 대출 이자에 원금 상환이 만만치 않았다. 세찬이 기자 생활을 하면서 혼자 그 돈을 갚기에는 역부족이어서 부모님이 매달 얼마간 생활비를 지원해 주고 있었다. 퇴직하신 부모님께 아들이 생활비를 드리는 게 순리인데 거꾸로 되었다. 아직 경제적으로 독립하지 못한 셈이었다. 세찬이 어머니의 지청구를 묵묵히 듣는 이유 중 하나였다.

평생 전업주부로 살아오신 어머니는 결혼한 여자가 남편을 제치고 무슨 공부냐고 야단을 쳤다. 차라리 자그마한 찻집이라도 차린다면 도와줄 의향이 있다고 하셨다. 부모님이 결혼을 승인하신 근저에는 경아가 가부장적인 사회인 북한에서 살았기에 순수하고 순종적일 수 있다는 타산이 없지 않았다. 참한 며느리를 기대했고, 공손히 아들의 아내로 살기를 바랐다.

하지만 아내는 세찬이 깜짝 놀랄 정도로 진취적이고 야심만만했다. 경아가 그토록 사회적 성공을 추구하는 성향인 줄은 상상도 못했다. 더욱이 시부모님의 만만치 않은 압력을 8년이나 견디며 의지를 굽히지 않는 놀라운 정신력에 두려움마저 들었다. 요즘 들어 아내를 감싸는 데 한계를 절감하고 있었다. 부모님 의견을 따라 주었으면 하는 바람이 있었으나 경아 앞에서는 표현하지 못했다.

세찬이 손바닥으로 이마를 문지르며 거듭 한숨을 내쉬었다. 아무리 궁리해도 어떻게 상황을 정리할지 답이 나오지 않았다. 느릿느릿 차에서 내려 차 트렁크에서 어머니가 꾸려 주신 반찬 통을 꺼내 들었다. 금요일 저녁에 반찬을 가져가라는 어머니 전화가 왔는데, 급한 기사 작업으로 토요일 아침에 다녀오는 길이었다. 오늘따라 손에 들린 반찬 꾸러미가 무겁게 느껴졌다. 결혼해서 지금껏 어머니가 해 주신 반찬을 먹고 있었다. 처음엔 별생각 없이 받아서 먹었는데 갈수록 미안하고 부담스러웠다. 꾸러미 속에는 두 누이가 만들어 어머니에게 바친 반찬이 있었다.

주차장에서 엘리베이터를 타고 14층 번호를 누르며 세찬이 또 한숨을 터뜨렸다. 주말이라 집에는 경아가 와 있었다. 닷새 만의 만남이 반가움보다 시름이 더 컸다. 반찬을 꾸려 주시며 신신당부에 위협을 곁들인 어머니의 말을 어떻게 무난히 설명할지 난감했다. 하지만 더는 피할 수 없었다. 오늘은 어떻게든 경아와 심도 있는 대화를 나눠야겠다고 다짐했다. 부모님 입장을 중간에서 계속 전달하지 않으면 고부 사이에 더 깊은 괴리가 생길 수 있었다.

집 출입문 앞에서 잠시 망설이던 세찬이 "휴~" 하고 숨을 뿜어내며 비밀번호를 눌렀다. 문소리가 나자 "자기 왔어?" 하는 밝은 목소리와 함께 경아가 달려 나왔다. 반찬 꾸러미를 받아 바닥에 놓고 세찬이 신발을 벗을 새 없이 목에 매달리며 키스를 퍼부었다.

문밖에서의 고민을 배기가스처럼 날려 버리며 세찬의 심장이 달리기 시작했다. 발을 털어 신발을 벗어 던진 세찬이 경아를 얼싸안고 거실로 들어가 소파에 풍덩 주저앉았다. 길고 풍성한 머리를 늘어뜨리고 눈빛을 반짝이며 웃고 있는 경아는 너무 매혹적이었다. 희고 갸름한 얼굴에 조물주가 잘 빚어 놓은 서구적인 이목구비는 감탄을 자아낼 정도였다. 특히 유달리 크고 까만 눈동자는 흑진주처럼 아름다웠다. 백만 불짜리 눈이라고 세찬이 이름 붙인 그 깊은 눈동자에 빠지면 순식간에 온갖 시름을 까마득히 잊곤 했다.

세찬의 숨소리가 높아지고 경아 눈이 반쯤 감기며 붉은 입술이 살며시 벌어졌다. 달짝지근하고 나긋나긋한 경아 입술이 흡진기처럼 세찬의 기운을 빨아들이며 온몸을 나른하게 만들었다. 열어 놓은 창문으로 넘어오던 도시의 소음이 아득히 멀어지고 열띤 숨소리만 거실에 가득 찼다. 기하학적인 무늬가 새겨진 거실 바닥 패드에 바람에 흩날리는 나뭇잎처럼 옷가지가 연이어 날아 떨어졌다. 이어 두 알몸이 하나로 힘차게 밀착하며 경쾌하고 새된 비명이 방 안을 흔들었다.

경아의 희고 부드러운 육체가 춤추듯 뒤틀리며 야릇한 비명을 연발했다. 상아처럼 매끈하고 긴 팔다리가 연신 세찬의 몸을 휘감고 돌아갔다. 풍만한 젖가슴이 더욱 탱탱해졌고 오늘따라 경아의 반응이 격렬했다. 소파에서 바닥으로 다시 소파로 체위를 바꾸며 마지막까지 다 불태우고서야 둘은 부둥켜안은 채 바닥에 쓰러졌다. 땀투성이가 되어 거친 숨을 몰아쉬는 두 청춘의 눈은 무아지경 황홀함에 아득해 보였다. 세찬이 경아의 땀에 젖은 이마에 입술을 맞추며 속삭였다.

"사랑해! 사랑해!"

"나도 사랑해!"

나른해진 몸을 서로 부축해 일어나 샤워를 하고 나온 뒤에야 세찬은 복도 바닥에 방치된 반찬 통을 주방으로 들여왔다. 아까만큼은 아니지만, 반찬 통은 여전히 무거웠다. 아내에게 뭔가를 이야기해야 한다는 압박감이 달콤한 쾌락의 여운을 사정없이 날려 보냈다. 선뜻 말을 꺼내지 못하고 경아의 눈치만 살폈다. 이전에는 어머니 반찬이 맛있다고 반기던 경아가 묵묵히 반찬 통을 냉장고에 넣었다.

"어머님 또 한바탕하셨겠네."

고맙게도 경아가 먼저 말문을 열어 주었다. 반찬을 꾸려 주며 어머니가 했을 말을 훤히 꿰뚫고 있는 듯했다. 세찬이 고개를 끄덕이며 적당히 에둘러 설명했다. 경아가 식탁 의자에 앉으며 정색한 표정으로 물었다.

"자기도 어머니와 같은 생각이야?"

세찬이 입술을 감빨며 뜸을 들이다 말했다.

"결혼하면 우리끼리만 사는 게 아니라는 걸 요즘 절감하고 있어."

"기자다운 답변이네. 난 자기 생각을 물었어. 설마 내가 로스쿨 걷어치우고 이제부터 아이를 낳아 기르고 살림하며 가정주부가 되길 바라는 건 아니겠지?"

"뭘 그렇게 극단적으로 말해? 난 다만 아이를 낳고도 공부를 할 수 있다고 한 어머니 말씀에 일리가 있지 않을까 생각해 본 거지."

"당신 생각도 어머니와 같구나."

경아는 심중한 대화를 나눌 때 당신이라고 불렀다.

"부모님을 설득하는 데 한계가 있다고 말하는 거야. 나도 가운데서 사실 힘들어."

"당연히 고민이 깊겠지. 어머니는 틀림없이 내가 계속 고집을 피우면 이혼하라고 했을 테니까."

세찬이 입에서 헐 소리가 나오며 눈이 커졌다. 경아가 피식 웃으며 담담한 어조로 말했다.

"왜 그렇게 놀라? 내가 너무 정통을 찌른 거야?"

경아는 대단히 총명한 여자였다. 한국에 온 지 십 년이 채 되지 않앉지만, 문화적인 이질감이 전혀 느껴지지 않았다. 언어 습득이 굉장히 빨랐고 억양이며 완벽한 서울 여자였다. 사회적으로 통용되는 외래어는 물론 세찬이 잘 모르는 십 대 줄임 말까지 다 알고 있었다. 경아의 비상한 기억력과 독해력은 더 놀라웠다. 세찬이 읽기 만만찮은 법 경전을 어렵지 않게 습득했다. 타고난 공부 체질이었고, 변호사가 될 가능성이 충분했다. 세찬이 경아를 만류할 수 없는 이유였다.

어머니는 그래서 경아가 더 싫은 듯했다. 아들보다 며느리 능력이 뛰어난 게 불편하셨고, 가정이 아니라 자신만을 위한 능력이라면 더 반갑지 않다고 했다. 경아가 그토록 주견이 강하고 사회적 성공에 몰두할 줄은 미처 몰랐다. 처음 만났을 때 경아는 전혀 다른 모습의 아가씨였다.

2.

세찬이 경아를 처음 만난 것은 10여 년 전 봄날, 베트남 하노이에 배낭여행 갔을 때였다. 정말 오랜만에 휴가를 받고 열흘 동안 동남아 쪽으로 나 홀로 여행을 떠났다. 첫 여행지로 하노이를 정했다. 평시에 베트남 쌀국수를 좋아했기에 현지에서 식도락을 즐기고 싶었다. 짧은 여행 기간만큼은 그냥 한량처럼 구경하고 먹으며 놀리라 작정했다. 늘 옆구리에 끼고 다니던 노트북은 아예 집에 두고 혹시 특이한 경험을 하면 기록하려고 아이패드만 가방 구석에 찔러 넣었다. 홀가분한 마음으로 떠난 여행이었다.

베트남 하노이 노이바이 국제공항에 도착해 주변 식당에서 점심을 먹고 그랜드 플라자 하노이 호텔에 짐을 푸니 오후 세 시가 훌쩍 지났다. 여행 첫날이기에 일단 호안끼엠 호수를 돌아보고 그 주변에 있는 동쑤언 야시장을 구경하리라 마음먹었다. 동쑤언 시장은 호안끼엠 호수 북단에서 도보 10분 거리에 있는 하노이에서 가장 큰 재래시장이었다. 실내에 의류와 각종 생활용품 도매상들이 자리 잡고, 실외에는 채소와 과일, 생선, 육류 등의 음식 재료를 판매하고 있었다.

야시장은 호안끼엠 호수 광장에서 동쑤언 시장 앞까지 이어지는 길옆에 길게 뻗어 있었다. 야시장은 주로 주말에 열렸는데, 그날이 마침 토요일이었다. 날이 어두워지자 하노이 야시장에 불이 밝혀지고 사람들이 모여들기 시작했다. 베트남 말소리와 음악 소리가 한데 어울려 시장 안은 몹시 시끌벅적했다. 시장을 돌아보는 사람 중 현지인보다 관광객이 더 많은데, 특히 서양인들이 많았다. 관광객이 가장 많이 몰려 있는 데는 음식점이었다.

여행 첫날이라 피곤했던 세찬은 저녁이나 먹고 일찍 호텔로 돌아가 잘 생각으로 슬슬 음식점이 늘어선 쪽으로 발걸음을 옮겼다. 야시장 먹거리 시장에는 베트남 음식들과 함께 한국의 떡볶이며 어묵, 김밥도 보였다. 베트남에 와서 굳이 한국 음식을 먹고 싶지 않아 쌀국숫집으로 들어서려는데 낭랑한 목소리가 귀를 간질거렸다.

"맞습니다. 이건 고려 장수 약입니다. 노화를 늦추고 장기를 따뜻하게 해 주는 좋은 약이랍니다."

처음엔 베트남 말을 하다가 한국말을 했는데 귀에 선 억양이었다. 흠칫 걸음을 멈추고 말소리가 나는 쪽을 돌아보니 쌀국숫집 길 건너에 있는 이동식 매장 하나가 눈에 들어왔다. 환한 전등 아래 상품이 진열되어 있었는데, 매장 앞에는 뜻밖에도 한복을 곱게 차려입은 아가씨 셋이 서 있었다. 하늘거리는 선홍색 빛깔의 긴치마에 치마 색깔과 같은 빨간색으로 소매와 저고리 앞섶에 자수를 놓은 하얀 저고리를 유니폼처럼 똑같이 차려입은 아가씨들이었다. 모두 올림머리를 하고 있었다. 주로 편안한 복장인 군중 속에서 화려한 한복을 입은 아가씨들은 장미꽃 다발처럼 얼른 눈에 띄었다.

주변에 사람이 모여 있었는데, 상품을 사려는 것보다 아가씨들을 훔쳐보는 데 정신이 팔려 있었다. 특이한 한복 차림도 시선을 끌었지만 밝은 조명이 비추는 아가씨들은 한 떨기 꽃처럼 아름다웠다. 손님 부름에 이쪽저쪽으로 오가며 열심히 상품을 설명하고 있었는데, 긴 치맛자락을 날리며 날렵하게 오가는 모습이 마치 무희 같았다. 그 자태만으로 대번에 사람들 이목을 집중시켰다.

틀림없는 북한 아가씨들이었다. 후드득 심장이 뛰었다. 본능적으로 그쪽을 향해 핸드폰을 들고 연달아 사진 여러 장을 얼른 찍었다. 이어 녹음 버튼을 누르고 점퍼 앞주머니에 넣었다. 기자가 아닌 방랑객처럼 여행하려던 작심은 감감 잊고 몹쓸 놈의 직업병이 순식간에 튀어나왔다. 미디어로 탈북민이나 북한 사람을 본 적은 있지만, 눈앞에서 직접 보기는 처음이었다. 세찬이 다가서자 한 아가씨가 상냥하게 웃으며 말을 건넸다. 세찬이 한국 사람임을 짐작한 듯 대뜸 한국말을 했다.

"안녕하세요. 뭘 사시겠습니까? 이건 대동강 맥주고, 이건 백두산 들쭉 술입니다."

"아, 네, 감사합니다. 일단 구경 좀 해도 될까요?"

"어서 그러십시오."

가볍게 고개를 끄덕이는 아가씨를 얼결에 마주 보던 세찬이 순간 벌어지는 입을 다물지 못했다. 전등불이 정면으로 비추는 아가씨 얼굴에서 눈길을 뗄 수 없었다. 희고 갸름한 얼굴에 높은 콧날, 반듯한 이마 아래 깊은 눈동자, 미소를 머금은 붉은 입술, 빠르게 스캔한 아가씨의 미모에 눌려 세찬은 헛기침을 지으며 고개를 수그렸다.

세찬이 다시 눈길을 들었을 때, 아가씨는 다른 손님에게 뭔가를 설명하며 약간 모로 돌아서 있었다. 곧고 하얀 목덜미에서 잔 머리카락이 바람에 한들거렸다. 틀어 올린 검고 풍성한 머리에 꽂힌 나비 장식이 불빛에 반짝였다. 늘씬한 몸매에 휘감긴 한복 치맛자락이 바람에 날리며 향긋한 바람을 몰아왔다. 빨간 장미 색깔인 치맛자락은 금방 날개처럼 아가씨를 하늘로 날려 보낼 듯 신비로움이 느껴졌다. 세찬은 일단 맥주 한 병을 들고 아가씨 쪽으로 다가갔다. 사실 호텔 냉장고에는 저녁에 먹을 맥주가 이미 준비되어 있어 굳이 살 필요는 없었다.

"저, 여기 대동강 맥주라고 쓰여 있네요. 대동강이라면 북한 평양에서 만든 겁니까?"

그 아가씨가 살포시 몸을 돌려 마주 서더니 생긋 미소부터 지었다. 웃는 표정과 달리 또박또박 그루박아 말했다.

"북한이 아니라 조선입니다."

맑고 부드러운 목소리였다.

"아, 북조선이요?"

"네, 조선민주주의인민공화국인 조선입니다. 조선은 하나가 아닙니까?"

"아, 네, 그렇지요."

얼결에 수긍한 세찬은 헛헛한 웃음을 지었다. 아가씨가 다시 상냥한 웃음을 지으며 말했다.

"대동강 맥주는 조선의 수도 평양에서 만든 겁니다. 세계적으로 유명한 맥주이지요. 사시겠습니까?"

"아, 네, 그런데 한 가지 질문을 드려도 괜찮을까요?"

"네, 말씀하십시오."

아가씨가 다시 고개를 까닥했다. 애써 태연한 척 마주 웃었었지만, 긴장으로 입안이 말라 들었다. 술이나 파는 평범한 아가씨가 아니라 북한에서 파견한 스파이 아닐까 하는 엉뚱한 생각이 순간에 들었다. 아가씨의 제스처나 말투가 무척 세련돼 보였다.

"혹시 아가씨들은 베트남에 이 상품을 팔러 오셨는가요?"

"아닙니다. 저희는 여기서 멀지 않은 곳에 있는 〈고려 식당〉에서 일하는 봉사원들입니다."

〈고려 식당〉, 뉴스에서 본 기억이 났다. 해외에 있는 북한 식당 여종업원들에 대한 뉴스였다. 음식을 팔면서 가무를 곁들어 식당을 운영한다고 하였다. 바짝 호기심이 동했다.

"아, 이 하노이에 북한 식당이 있군요."

"북한이 아니라 조선입니다."

아가씨가 AI처럼 세찬의 말을 반복 수정하였다.

"아, 입에 올라서 그만, 미안합니다. 그럼 그 〈고려 식당〉에서 내일 식사할 수 있습니까?"

"물론입니다. 언제든지 오십시오. 저희 〈고려 식당〉에는 맛있고 영양가 높은 다양한 음식이 많답니다. 여기가 식당 위치입니다."

아가씨가 명함 하나를 내밀었다. 〈고려 식당〉이라는 명판과 주소
가 한국어와 영어로 쓰여 있었다. 명함을 받으면서 아가씨의 손가락
이 살짝 세찬의 손에 닿았다. 꽃잎처럼 부드러운 느낌이었다. 갑자기
얼굴이 화끈 달아올랐다. 얼른 맥주 한 병을 사 들고 주변 군중 속으
로 숨어들었다. 그 자리에서 한참 동안 아가씨의 모습을 훔쳐보았다.
한국의 미인과는 다른 뭔가 독특한 기운이 느껴졌다. 깊은 산속에 피
어난 도라지꽃처럼 때 묻지 않은 청초함이었다. 갑자기 그 아가씨가
가엽다는 생각이 들었다. 뛰어난 미모와 고급스러운 기품이 소란스
러운 시장 가운데서 술을 팔면서 호객이나 하기에는 너무 아까워 보
였다.

다음 날, 세찬은 면도를 꼼꼼히 하고 여느 때보다 오랫동안 거울
을 들여다보며 머리를 손질했다. 트렁크를 발칵 뒤집으며 골랐으나
신통한 옷이 없었다. 점잖으면서 세련된 옷이 있을 리 없었다. 회사
나 취재하러 다닐 때 입을 수 없었던 다양한 무늬가 새겨진 헐렁하고
편안한 옷만 골라서 넣었었다.

세찬은 대강 차려입고 호텔에서 아침을 먹은 후, 가까운 가게로
달려가 검은색 정장 바지에 하얀색 와이셔츠를 사 입었다. 기껏 신경
써서 골라 입었다는 게 영락없이 기자 차림새였다. 새 옷까지 입고
나서야 자신이 지금껏 〈고려 식당〉에 점심 먹으러 갈 준비로 돌아쳤
음을 깨달았다. 어제저녁에 대동강 맥주를 마시면서, 잠자리에 누워
서까지 동쑤언 야시장에서 보았던 그 아가씨 생각에 온통 빠져 있었
다. 점심에 〈고려 식당〉에 가면 그 아가씨를 볼 수 있다는 기대로 한

껏 들떠 있음을 인정할 수밖에 없었다.

"헐, 너 지금 뭐 하는 거야? 왜지? 그래, 북한 아가씨의 색다른 미모에 직업적인 호기심이 동한 거겠지. 아니면 뭐, 잠들었던 연애 세포라도 깨어나 그 아가씨에게 첫눈에 반하기라도 했다는 건가?"

하지만 그 아가씨는 금단의 땅 북한 아가씨가 아닌가.

"그래, 이런 색다른 경험도 여행의 묘미이니 내키는 대로 즐기는 거지 뭐. 뭘 심각하게 생각할 게 있어?"

세찬은 혼잣말로 중얼거리며 핸드폰으로 그랩 택시를 호출했다. 베트남에서 택시가 필요할 때 쉽게 호출할 수 있고 가격이 적정선이어서 한국에서 미리 그랩 앱을 설치하고 회원 가입을 했다. 그랩 택시는 빠르게 나타났다. 점심시간이 멀었는데 세찬은 〈고려 식당〉 쪽으로 가고 있었다.

〈고려 식당〉은 호안끼엠 쪽에서 꽤 먼 거리에 있었는데, 길까지 막혀 한 시간 넘게 걸려서야 식당 앞에 도착했다. 식당 건물 정면은 유리로 된 출입문이고, 그 위에 붉은색 바탕에 황금빛 색으로 새겨진 '고려 식당'이라는 한글이 눈에 띄었다. 한글 밑에는 영어로 쓰여 있었다. 출입문 양옆으로 역시 붉은색 바탕에 메뉴와 가무를 곁들인다는 광고가 줄줄이 붙어 있었다. 그냥 평범한 식당으로 보였는데, 밖에서 보는 식당 안은 어두컴컴했다.

시간이 오전 열 시 반 정도밖에 되지 않아 주변의 커피숍에 들어가 커피를 시켰다. 이전에는 별로이던 달고 향이 강한 베트남 커피가 입에 착 붙었다. 커피로 마른 입을 축이며 몇 번이고 시계를 들여다보다가 열한 시가 되자 벌떡 자리에서 일어나 〈고려 식당〉 쪽으로 걸어갔다.

밖에서 보이던 것과 달리 식당 안은 조명이 환했다. 홀에 들어서자 아가씨가 다가와 몇 분인지 묻더니 구석 쪽 2인 테이블 쪽으로 안내했다. 다른 식탁에는 벌써 손님이 흥성거리고 있었다. 의자에 앉은 세찬은 천천히 사방을 둘러보았다. 내부 인테리어는 조금 올드하면서 고급스러워 보이는 보통 식당이었다. 한 단 올라선 배식구 쪽에는 티브이가 켜져 있었는데, 북한 채널이 방영되고 있었다. 생방송인지 녹화물인지 알 수 없지만, 장중한 음악 속에 그 무슨 수령의 위대성을 설명하고 있었다. 맞은편 위쪽에 설치된 에어컨은 한국의 LG 제품인데 로고를 스티커로 가려 놓았다. 그 허접한 기만에 절로 웃음이 나왔다.

세찬은 식탁 위의 메뉴판을 볼 생각을 하지 않고 목을 빼 들고 여기저기 오가는 여종업원들을 살펴보았다. 모두가 진한 청색 원피스 유니폼을 입고 있었다. 장마당에서처럼 머리를 틀어 올렸는데, 그때와는 좀 가벼운 느낌으로 고무줄로 묶었다. 이때 옆쪽에서 인기척이 들렸다.

"안녕하십니까. 뭘 드시겠습니까?"

그 아가씨가 다가오고 있었다. 순간 세찬이 벌떡 자리에서 일어나며 부르짖었다.

"안녕하세요. 어제저녁에 뵈었던….'

세찬이 심장이 풀무질하듯 세차게 뛰었다. 아가씨도 알아본 듯 활짝 웃었다. 어금니 쪽으로 귀여운 덧니가 살짝 보였다. 세찬이 화끈 달아오른 볼의 땀을 손바닥으로 훔치자 아가씨가 앞에 있는 티슈를 집어 내밀며 덥냐고 물었다. 세찬이 어줍은 미소를 띠며 두 손으로 티슈를 받아 들었다. '소적쇠냉면'이라는 낯선 이름의 냉면과 큼직한 왕만두에 대동강 맥주를 시켰다. 음식이나 맥줏값이 꽤 비쌌고 양이 많아 다 먹을 수 없었지만 오래 앉아 있고 싶어 이것저것 주문하며 시간을 끌었다. 다른 일을 하다가 아가씨는 세찬이 잔을 비우기 바쁘게 맥주를 따라 주고 국수를 손수 비벼 주었다. 가위질을 하고 젓가락으로 국수를 휘젓는 손길이 섬세하고 우아했다. 착각인지 몰라도 시원하게 드시라는 의례적인 말에도 남다른 친근감이 느껴졌다.

그해 세찬은 벼르고 별러 온 배낭여행 전 기간을 하노이에서 그것도 〈고려 식당〉 주변을 뱅뱅 돌면서 보냈다. 처음 계획은 하노이에서 삼 일 정도 머물고, 태국으로 가려고 했었다. 찾아보면 하노이에 돌아볼 만한 명소가 많았지만, 세찬의 목적은 〈고려 식당〉 아가씨를 보려는 거였다. 매일 식당을 찾기는 멋쩍어 이틀에 한 번씩 저녁이면 식당을 찾았다. 덕분에 북한 아가씨들 공연을 볼 수 있었다. 아가씨는 공연 때 하얀 드레스를 입고 하늘색 숄을 들고 춤을 추었다. 반주 음악 노랫말을 들으니 봄 노을 피는 하늘가로 기러기가 줄지어 난다는 내용이었다.

세찬이 나타나면 아가씨는 어김없이 서빙을 해 주었다. 그사이 서로의 이름이며 나이 고향이 어딘지 등을 알 수 있게 되었다. 아가씨 이름은 경아, 나이는 스물여섯, 처음엔 상업대학 학생으로 실습을 나왔다고 했는데, 그것은 가짜 신분이었다. 학생 신분으로 봉사 실습을 나왔다고 하는 것은 손님이 물으면 해외 식당 종업원들이 답변하는 준비된 매뉴얼에 불과했다.

경아는 평양에서 나서 자랐고, 평양 예술대학 무용과 출신으로 예술단 무용수였다. 외삼촌이 당 기관 꽤 높은 직책에 있는 덕분으로 해외로 파견되었다. 물론 적지 않은 뇌물을 바쳐야 했다. 해외에 나와 몇 년 일하면 얼마간의 달러를 벌어 갈 수 있다는 타산에서였다. 아가씨는 동료들 눈을 피하면서 될수록 세찬이 곁에서 맴돌며 빠른 말투로 내밀한 이야기를 속살거렸다. 왠지 아가씨의 말투와 행동에서 감출 수 없는 초조함이 드러났다. 예리한 눈빛에서 깊은 고뇌가 느껴졌다. 세찬의 여행 날짜가 고작 열흘이며, 경아 때문에 〈고려 식당〉 주변을 맴돈다는 걸 알고 있었다.

한국으로 돌아갈 날이 사흘 남은 날 저녁, 아가씨가 서빙을 하면서 세찬이 무릎에 쪽지를 슬쩍 떨어뜨렸다. 세찬은 밥을 먹는 둥 마는 둥 식당을 나와 쪽지를 펼쳐 보았다. 내일 토요일에 전번처럼 야시장에 상품을 팔러 나가니 그곳에서 만나자는 내용이었다. 만날 수 없냐는 건의가 아니라 나와 달라는 요구였다. 주변에 숨어서 기회를 보다가 자기가 혼자 남았을 때 신호를 보내면 나타나라고 했다. 손바닥만 한 쪽지에서 뭔가 심상치 않은 기운이 느껴졌다. 무슨 탐정 영화를 찍는 기분이 들었다. 아가씨를 만난다는 설렘보다 왠지 모를 긴장감에 가슴이 두근거렸다.

호텔에 와서 잠을 설치며 아가씨에 대한 자신의 감정을 짚어 보았다. 이성으로 첫눈에 반했고, 깊이 빠졌음을 부인할 수 없었다. 여행 기간의 색다른 경험으로 여기기에는 아가씨에 대한 감정이 너무 진지하고 깊었다. 한국에서 만났다면 최선을 다해 구애했을 터였다. 아가씨와의 이별을 생각하면 가슴이 찌르르 저리며 가슴이 답답해 왔다.

세찬을 바라보는 경아의 눈빛 역시 예사롭지 않았다. 하지만 뭘 어찌할 수 있으랴. 세찬은 며칠 후 한국으로 귀국해야 하고 경아는 좁은 식당 안에서 감시를 받는 북한 아가씨였다. 아무리 감정이 절절해도 경아와는 맺어질 수 없었다. 베트남 아가씨나 세계 그 어느 나라 아가씨와 사랑을 맺을 수 있지만, 북한 아가씨는 불가능했다. 한 지맥으로 이어진 북한 땅은 다른 행성처럼 아득하게 먼 금단의 세상임을 새삼 절감했다.

이렇다 할 결론을 내리지 못했지만, 세찬은 야시장에 나갈 시간을 초조히 기다렸다. 약속을 하고 아가씨와 만난다는 자체로 가슴이 벅차올랐다. 야시장에 나가니 처음 만났을 때와 똑같이 한복 차림의 아가씨 셋이 매장을 펼치고 있었다. 크지 않은 매장에 아가씨 셋이 나오는 이유를 세찬은 알고 있었다. 화장실에 가려면 동쑤언 시장 건물 1층으로 가야 하는데 한참을 걸어야 했다. 그래서 매장을 한 사람이 지키고 꼭 둘이 화장실로 갔다. 서로를 보호하고 감시하는 차원이라고 했다.

세찬은 쪽지에 쓰인 대로 주변 옷 판매장에서 서성이며 경아 쪽을 연신 바라보았다. 경아는 바로 세찬을 알아보고 기다리라는 듯 고개를 흔들었다. 한참 후, 아가씨 둘이 시장 안쪽으로 걸어갔다. 화장실로 가는 듯했다. 경아가 세찬이 쪽을 바라보며 급히 손짓했다. 세찬이 뛰어서 다가서자 경아가 사방을 두리번거리며 속삭이듯 말했다.

"상품을 보는 척하세요. 그리고 빨리 대답하세요. 시간이 없어요. 절 어떻게 생각하세요?"

단도직입적이고 정통을 찌르는 질문에 세찬이 눈이 커졌다. 경아가 살짝 미간을 찌푸리며 말했다.

"전 많이 생각해 보았는데, 그쪽은 아닌가 봐요?"

"아닙니다. 저도 진지하게 생각해 보았습니다. 아마도 제가 경아 씨를 좋아하는 것 같습니다. 첫눈에 반했고요. 진심입니다."

"역시 남자답군요. 고마워요. 저도 그쪽이 좋아요. 세찬 동무라고 부르기는 그렇고, 뭐라고 불러 드릴까요?"

"오빠라고 불러 주세요. 제가 네 살 위니까요. 저 서른 살이잖아요. 근데 어찌해야 할지 모르겠습니다. 경아 씨와 나는 너무나 멀고 다른 세상에 있으니."

"맞아요, 세찬 오빠! 우리는 이루어지기 힘든 마음을 품었어요. 같은 민족이지만 남과 북은 적대국이고 오갈 수 없는 세상이지요. 우리가 늙어 죽을 때쯤이면 두 세상이 하나가 될 수 있을까요? 지금 우리는 합법적으로 하나가 될 수 없지요. 하지만 세상을 합칠 수 없다면 둘 중 한 사람이 그 세상을 탈출하는 방법이 있지 않을까요?"

"그게 무슨 뜻인가요?"

"말 그대로예요. 자기 사는 세상을 떠나고 싶은 사람이 탈출하는 것이죠. 전 〈고려 식당〉을, 평양을 탈출하고 싶어요. 제가 탈출하려고요. 근데 도움 없이는 안 돼요. 저의 탈출을 도와주시겠어요?"

순식간에 상황을 탈출까지 끌고 가는 박력 있는 결정에 세찬은 놀랐다. 그때도 경아는 생각이 명석하고 예사롭지 않았다. 세찬이 얼결에 고개를 끄덕였다.

"고마워요. 탈출 기회는 이 야시장에서 잡는 게 좋을 거 같아요. 두 동무가 화장실에 갔을 때, 저 혼자 남았을 때 군중 속으로 사라지는 게 제일 쉬울 겁니다. 오래전부터 야시장에서 술을 팔 때마다 막연하게 그 생각을 했어요. 중요한 건 탈출 후, 저를 안전한 곳에 보호하고 한국으로 갈 수 있는 길을 열어 주는 것이지요. 저에게 그건 엄청난 일이고 행운이에요. 세찬 오빠가 저의 은인이 되어 주신다면 전 평생 그 은혜를 갚을 거예요. 전 시간이 얼마 안 남았어요. 올가을에 그러니까 정확히 4개월 후, 전 평양으로 돌아가야 해요. 참고로 저에게는 삼천 달러의 자금이 있어요. 절 도와주시겠어요?"

경아는 마치 검사가 상황을 깔끔하게 정의하고 결론을 내리듯 세찬이 질문할 여지 없이 단숨에 탈출 계획을 설명했다. 눈물이 가득 고인 경아의 커다란 두 눈에서 강렬한 열망이 번뜩였다. 야수의 성에 갇힌 공주가 구원을 바라는 듯한 애절한 눈빛이었다. 시간의 촉박을 느낀 세찬의 말이 빨라졌다.

"좋습니다. 일단은 제가 한국으로 들어갔다 나와야 합니다. 구체적인 방안을 세우고, 두루 준비해야 합니다. 반드시 이곳으로 다시 오겠습니다. 기다려 주세요."

이때 다른 아가씨들이 나타났다. 경아가 얼른 미소를 띠며 말했다.

"맥주 한 병 사시겠다고요? 대동강 맥주 마니아가 되셨군요."

세찬은 값을 치르고 맥주 한 병을 배낭에 넣었다. 맥주병을 든 손이 풍을 만난 듯 후들거렸다. 경아가 돌아서는 세찬에게 미소를 지어 보이며 고개를 크게 끄덕이었다.

3.

반드시 다시 오겠다고 얼떨결에 응해 버린 세찬은 귀국하는 동안 정신이 멍해 있었다. 가능성이나 방법을 생각해 보지 않고 그런 엄청난 약속을 덜컥 해 버리다니. 물론 그 약속을 꼭 지켜야 할 의무까지는 없었다. 살면서 지키지 못한 여러 약속 중의 하나로 여긴들 누가 뭐라 하랴. 불꽃 튀듯 이성에게 반하기는 했지만, 깊이 사랑을 나눈 사이는 아니었다. 더욱이 그 약속을 지키려면 얼마나 많은 문제를 해결해야 하는지 처음엔 미처 몰랐다.

세찬은 무엇에 홀린 듯 그 일을, 경아를 탈출시키기 위한 작전을 정신없이 추진했다. 우선 인맥을 동원해 베트남에 안전한 가옥을 마련했다. 베트남 한국 대사관에 전화하여 도움을 받을 수 있는지 알아보았다. 기대와 다르게 대사관에서는 명쾌한 대답을 주지 않았다. 복잡한 외교적 문제가 있고 탈북자가 알아서 한국으로 들어오는 건 당연히 받아들이지만, 탈북 과정에 정부나 외교부가 관여할 수 없다는 것이 공식적인 답변이었다.

탈북민의 탈북 과정을 담은 유튜브나 기사들을 찾아보았다. 탈북민들은 붙잡히면 죽을 결심으로 독약을 옷소매에 숨기고 상상을 초월하는 험난한 노정을 거쳐 한국에 입국한다고 했다. 비로소 자신이 얼마나 심각한 일에 뛰어들었는지 깨달았다. 여기저기 수소문하던 끝에 수천 명의 탈북을 성공시킨 한국인 목사를 만날 수 있었다.

세찬의 이야기를 들은 목사는 베트남 한국 대사관에 들어가는 것보다 라오스를 거쳐 태국으로 돌아서 한국으로 오는 길이 빠르고 어쩌면 더 안전하다고 했다. 태국에서 불법 체류자로 수용소에 일 개월 가량 체류하다가 추방 형식으로 한국으로 들어올 수 있다고 했다. 아가씨를 안전 가옥까지 빼돌리면 자신이 나서서 태국까지 데려다주겠노라고, 남남북녀의 사랑의 오작교가 되겠다고 농담을 하면서 팔을 걷고 나섰다. 어떤 루트이든 불법 체류자의 행보여서 위험을 동반하는 건 어쩔 수 없다고 목사는 말했다. 어떤 방식이든 경아의 탈출은 목숨을 건 모험이었다.

안전 가옥을 마련하고 브로커 비용에 세찬이 당분간 베트남에서 지내려면 이천만 원 정도의 자금이 필요했다. 적금 통장을 깼지만, 전혀 아깝지 않았다. 일을 차근차근 추진하면서 경아를 반드시 한국으로 데려와야겠다는 결심이 절박함으로 굳어졌다. 하지만 부모님께는 차마 사실을 말할 수 없었다. 반대할 것이 뻔하기 때문이었다.

준비하는 동안 훌쩍 두 달이 지났다. 동시에 경아가 평양으로 돌아갈 시간이 두 달밖에 남지 않았다. 회사에 양해를 구하고 다음 해 휴가까지 앞당겨서 일 개월의 시간을 받은 후, 부랴부랴 베트남으로 향했다. 비행기에 오르자 특수 작전에 나서는 군인처럼 마음이 비장해졌다. 경아가 혹시 평양으로 앞당겨 들어가지 않았을까 하는 걱정이 생겼다. 〈고려 식당〉 종업원이 사사로이 한국 사람과 교류하면 처벌을 받기에 경아에게 연락할 방법이 없었다.

하노이에는 오후 시간에 도착했다. 이번에는 짐을 호텔에 풀지 않고 경아 탈출을 위해 준비한 안가로 갔다. 한국에서부터 수차 연락했던 고등학교 동창의 형이자 대학 선배 집이었다. 선배는 하노이에 있는 한국 회사에서 품질관리 과장으로 일하고 있었다. 이전에 여러 번 안면이 튼 선배였지만 설득하기가 만만치 않았다. 선배 동생인 친구가 적극적으로 나서 주지 않았다면 안가를 마련하기 힘들었다.

하노이 변두리에 있는 선배 집에서 〈고려 식당〉까지는 택시로 한 시간 반이 걸렸다. 식당 안에 들어서니 저녁 손님들로 한창 붐비고 있었다. 세찬을 안내하는 아가씨는 두 달 전에 보지 못했던 얼굴이 었다. 그때 하루 간격으로 식당을 찾아서 서빙 아가씨들 얼굴을 대략 알고 있었다. 가슴이 철렁했다. 경아가 벌써 평양으로 돌아간 건 아 닐까. 아무리 둘러보아도 보이지 않았다. 음식은 먹는 흉내만 내면서 계속 사방을 기웃거렸다. 낯익은 아가씨가 다가와 대동강 맥주를 따 르며 낮은 소리로 말했다.

"경아 언니, 지금 공연 준비하고 있어요."

세찬의 얼굴이 순식간에 확 밝아지며 "아." 하고 탄성이 터졌다. 다음 순간 자신이 경아를 찾고 있었음을 다른 이가 안다는 사실에 당 황했다.

"경아 씨를 찾은 건 아니고요."

아가씨가 가볍게 웃으며 또 속삭였다.

"가끔 손님처럼 우리 봉사원을 보러 자주 오는 사람들이 있어요. 한국에서는 팬이라고 하더군요. 손님 말고도 경아 언니 춤을 보러 오 는 한국 사람이 꽤 되거든요."

"맞아요, 그분의 춤이 우아하고 아름다웠어요. 저도 그 팬 중 한 사람이라고 할 수 있죠."

조금 께름한 생각이 들었지만, 적당히 둘러댈 수 있어 다행이었 다. 식당 종업원들끼리 서로 감시하고 고발하는 시스템이라는 걸 경 아한테 들었다. 그녀들은 타지에서 서로 의지하면서 언제든지 적이 될 수 있는, 온전히 믿을 수 없는 관계였다.

한참 후, 식당 카운터 옆에 마련된 작은 무대에 경아가 나타났다. 반가움에 울컥 눈물이 솟구쳤다. 장구를 메고 장단을 치며 돌아가는 경아의 얼굴이 얼핏얼핏 객석 쪽으로 드러났다. 입꼬리를 올린 표정이 웃는 듯했으나 깊은 눈동자에는 형언할 수 없는 서글픔이 가득했다. 경쾌한 리듬에 맞추어 빠르게 돌다가 잔잔한 멜로디에 흐르듯 몸을 휘젓던 경아의 눈이 번쩍 커졌다. 세찬을 본 것이다. 활짝 웃음이 핀 경아의 두 볼로 눈물이 줄줄이 흘러내렸다. 손님들이 박수를 보냈다.

서빙 옷으로 갈아입은 경아가 꿈처럼 다가왔다. 하마터면 벌떡 일어나 와락 그러안을 뻔했다. 변변한 데이트를 한 적이 없고 사랑을 길게 속삭인 적이 없지만 마치 오래전부터 깊은 사랑을 나눈 것처럼 가깝게 느껴졌다. 경아를 다시 만나러 오는 쉽지 않았던 과정이 이미 두 사람을 하나로 묶어 놓았음을 깨달았다. 바싹 옆에 붙어 맥주를 따르는 경아의 손이 눈에 띄게 떨렸다. 세찬을 바라보는 커다란 두 눈에 눈물이 가득 고였다가 도르르 흰 볼을 타고 흘러내렸다. 맥주병을 내려놓으며 동시에 세찬의 무릎에 쪽지를 떨구고 조용히 돌아섰다.

"이 쪽지를 세찬 오빠가 보게 된다면 저는 새로운 세계를 향해 날아갈 수 있는 행운을 지니게 되겠지요. 이 글을 쓰면서 쪽지를 제 손으로 찢어서 흔적 없이 날려 보내는 일이 없기를 간절히 빕니다. 그렇게 되면 저는 다시 새장에 갇힌 새처럼 평양으로 돌아가야 하겠지요. 이제부터 오빠를 기다리며 하루하루 피 마르는 시간을 보내게 될 거예요. 그 나날들은 슬프고 고통스럽겠지만, 희망을 꿈꾸는 가슴 떨리는 날이 되겠지요. 설사 오빠가 나타나지 않아도 저는 후회하지 않을 겁니다. 봄날의 잠깐 인연이었지만, 평생 잊지 못할 거예요. 감히 오빠를 사랑한다고 말하고 싶어요. 그래요, 분명 저의 감정은 사랑이에요. 오빠를 통해 눈부신 새 세계로 가고 싶은 갈망이면서 사랑이에요. 오빠는 찬란한 미래에서 내려온 동아줄이고 천사예요. 이 쪽지를 받게 되신다면, 그 주의 토요일에 야시장에서 만나요. 이전처럼 제가 신호하면 나타나 주세요. 저는 탈출할 준비를 하고 기다릴게요. 감사합니다. 경아."

그 주의 토요일은 이틀 후였다. 택시보다는 선배 차로 움직이는 것이 좋을 것 같아 조심히 부탁을 드렸더니 너털웃음을 치며 형이 말했다.

"뭐야? 지금 나더러 특수 작전에 완벽히 참여하라는 거야? 좋아, 네가 모든 걸 걸고 데려오려는 북한 아가씨가 도대체 어떤 사람인지 궁금하기는 하다. 오케이!"

운명의 토요일이 다가왔다. 오후 늦은 시간, 세찬이 일행은 CCTV가 없는 야시장 사각지대를 찾아 차를 세웠다. 경아네가 매장을 차렸던 지점으로부터 도보로 3분 정도 걸리는 거리였다. 차 안에서 매장 쪽이 훤히 보였다. 만약의 경우를 생각해 가짜 차 번호를 붙였다.

경아는 한발 늦게 시장에 나타났다. 여느 때처럼 화려한 한복 차림으로 나타났다. 세찬이 차 안에서 손으로 경아를 가리키자 선배가 차 문 유리를 내리고 유심히 보았다.

"오, 대단한 미인인데! 한국 미인하고는 느낌이 달라. 근데 저런 차림으로 뛰면 무대 위에서 춤추는 것과 다를 바 없지 않겠니?"

의논 끝에 경아의 옷을 가릴 수 있는 검은색 겉옷을 하나 사기로 했다. 어느덧 날이 어두워지고 야시장 여기저기 환한 불이 켜지기 시작했다. 세찬은 모자를 눌러쓰고 연한 색안경을 쓴 다음 경아에게 입힐 덧옷을 팔에 걸친 채 매장 주변에서 서성거렸다. 대번에 세찬을 알아본 경아가 고개를 까딱했다. 그날따라 함께 온 아가씨 둘이 화장실로 가는 시간이 늦어졌다. 사람이 제일 많이 붐비는 시간을 놓칠까 조마조마하던 차에 다행히 아가씨 둘이 나란히 시장 안쪽으로 걸음을 옮겼다. 경아가 크게 고개를 끄덕였다. 세찬이 다가가 옷을 주며 입으라고 속삭이고 한발 앞서 걸음을 옮겼다. 한복 위에 겉옷을 걸친 경아가 사방을 재빠르게 둘러보더니 세찬의 뒤를 따라 종종걸음을 옮겼다. 이어 세찬과 경아를 실은 자동차는 신속히 야시장을 빠져나왔다. 한 달 후, 경아는 성공적으로 태국으로 들어갈 수 있었다.

4.

요즘 들어 경아가 말끝마다 미안하다는 소리를 하여 세찬이 오히려 민망할 정도였다. 주말에 꼬박꼬박 오지 않은 지 꽤 되었다. 일을 끝내고 혼자 빈집에 들어서면 무거운 적막에 숨이 막혔다. 묵묵히 샤워하고 대강 저녁을 먹고 침대에 벌렁 드러누우면 두 볼로 갑자기 눈물이 줄줄 흘렀다. 외로움이나 섭섭함을 넘어선 막연한 두려움이 마음을 울적하게 했다. 경아는 조금만 더 가면 된다고 하지만 세찬은 그 종착점이 보이지 않았다.

결혼식을 올리고 8년을 살았지만 둘 사이의 보이지 않는 간격은 여전했다. 남북의 문화적 차이는 경아의 빠른 적응으로 금방 메워졌다. 점점 선명히 드러나는 틈새 사이에 출렁이는 것은 불안과 외로움이었다. 경아가 왔다 간 날은 허망한 꿈을 꾸고 난 뒤처럼 허탈함과 공허감이 온몸을 나른하게 만들었다. 하노이에서 입었던 빨간 한복 치마가 경아를 휘감아 하늘로 날아가게 하는 꿈을 꾼 적이 있었다. 경아는 어디론가 날아갈 자세로 퍼덕이는 새 같았다.

세찬을 더 불안하게 하는 건 점점 지쳐 가는 자신의 마음이었다. 경아가 목숨 걸고 한국에 온 것은 새 세상에서의 인생 역전 때문이고 자신과의 사랑은 뒷전이 아닐까 하는 섭섭한 마음이 새록새록 들었다. 경아는 자신의 진로에 대해 말할 때면 두 눈이 환희롭게 반짝였다. 한국에 도착하여 하나원을 나오자 대뜸 대학 공부를 하고 싶다고 했다. 북한에서 전공한 무용은 본인이 하고 싶어 한 일이 아니었다고 했다.

경아는 어릴 때부터 유명한 과학자가 되는 게 꿈이었다. 물리학과 화학 분야에서 노벨상을 동시에 받은 폴란드 출신 프랑스 여류 물리학자인 마리 퀴리에 관한 책을 책장에 보풀이 일도록 애독했다고 했다. 그만큼 경아는 공부를 뛰어나게 잘했다. 하지만 대학 입학 시기에 갑자기 신장결석을 앓으며 수술을 받았고, 시기를 놓쳐 원하던 대학에 가지 못했다. 북한에서는 대학 시험을 칠 기회가 단 한 번밖에 없다고 했다.

다행히 빼어난 미모 덕에 다음 해에 예술대학 무용과에 입학할 수 있었다. 예술대학은 여느 대학과 달리 예술적 재능이나 뛰어난 미모를 가지면 예외로 입학할 수 있었다. 하지만 경아는 바랐던 공부를 못 하여 좌절을 겪으며 예술 생활이 별로 행복하지 못했다. 이루지 못한 꿈은 갈망이 되어 늘 가슴 한구석에 구멍이 나 있었다고 했다.

한국에 오자 그 꿈을 이룰 수 있게 되었다. 한국에 오고 싶었던 이유 중 하나가 마음껏 공부하고 새 인생을 살고 싶었기 때문이라고 했다. 과학을 전공하기는 늦었고, 법학을 공부하고 싶다고 했다. 법 공부를 하면서 경아는 자신이 괜찮은 선택을 한 거 같다고 했다. 무수한 기회가 펼쳐지고 자유롭게 선택할 수 있는 것만으로도 한국은 충분히 정의로운 세상이라고 경이로워했다.

공부가 깊어질수록 경아의 자아는 더 단단하고 성숙해졌고 사유는 높이 날아올랐다. 정치 문제와 사회현상, 인간 심리에 대한 분석이 명석했고 상대하기 만만치 않았다. 경아가 부모님 의견을 따랐으면 하는 바람이 있으면서 아이러니하게도 사회적 성취욕에 불타는 모습이 돋보였다. 하노이에서는 외모에 반했지만, 시간이 지날수록 뇌섹녀적인 매력에 빠졌다. 경아와의 대화는 아름다운 하모니처럼 즐거웠고 정신적 앙양을 느끼게 했다. 말이 잘 통하는 이성이 가장 매력적이라는 말에 전적으로 공감했다.

하지만 부모님은 달랐다. 시간이 지날수록 어머니 입장은 강경해졌다. 이왕 승산이 없는 결혼이라면 더 갈등이 깊어지고 나이 먹기 전에 다른 며느리를 보겠다는 게 어머니의 노골적인 요구였다. 결혼을 승낙한 것만으로 감지덕지해야 할 탈북민 며느리가 감히 아이를 가질 생각 없이 공부에 미쳐 돌아간다며 분노를 표출했다.

어머니는 세찬이 그토록 비상한 노력을 기울여 북한 아가씨를 한국으로 데려온 자체에 경악했었다. 낯설기 그지없는 탈북민 아가씨를 며느리로 받아들일 생각이 전혀 없었다. 이만하면 사회적 지위가 괜찮은 집안에서 군이 탈북민을 며느리로 맞을 필요가 없다고 완강히 반대했다. 세찬의 의견을 늘 존중해 주던 아버지조차 침묵을 지켰다.

경아 아니면 평생 결혼을 포기하겠다는 아들의 위협에 져 주기는 했지만, 며느리를 늘 못마땅하게 여겼다. 모양새를 보니 세찬이 평생 경아의 손에 잡혀 들러리로 살 거 같다고, 뭐가 모자라 여자 뒷바라지를 하냐고 지청구를 해 댔다. 세찬을 이용해 한국으로 오더니, 이젠 남편을 딛고 자기 발전만 생각하는 염치없는 애라고 미워했다. 혼인신고를 하지 않고 따로 둥지를 고집하는 건 만약의 때를 대비하는 거라고 분석했다. 마음이 늘 콩밭에 있는 비둘기에 경아를 비유하며 시집에서 한 발을 빼고 산다며 머리를 저었다. 처음엔 어머니의 지청구를 흘려들으려 했지만, 시간이 흐르면서 사회적 성공에 대한 경아의 욕망이 변호사로 끝날 거 같지 않은 의구심을 지울 수 없었다.

꾸역꾸역 상황을 버티며 또 몇 달이 흘렀다. 어느 날, 세찬의 아버지가 뇌경색으로 쓰러졌다. 다행히 수술이 잘되어 목숨은 건졌지만, 반신 장애가 왔다. 오른쪽 팔다리를 잘 쓸 수 없었고 알아듣기 힘들 정도로 말이 어눌해지셨다. 아버지가 병으로 쓰러지자 어머니는 예민해지셨다. 경아가 찾아가면 들어와 간병을 할 생각이 아니고 손님처럼 병문안이나 올 거면 화를 돋우지 말고 돌아가라고 대놓고 냉대했다.

아버지가 쓰러지신 지 한 달이 지났을 즈음 토요일이었다. 그 주말에도 경아는 오지 못하겠노라 연락해 왔다. 세찬이 혼자서 집 청소를 하는데 어머니 호출이 왔다. 뭘 사지 말고 빈손으로 오라고 하셨다. 무슨 말씀을 하실지 짐작되어 전화를 받자 머리가 지끈거렸다.

집에 들어서니 아버지는 거실 소파에 비스듬히 기대앉아 티브이를 보고 계셨다. 한창 일하실 때는 티브이 보는 모습을 본 기억이 없었다. 세찬이 머리 숙여 인사드리는데 아버지가 성한 팔을 흔들었다. 아들 손을 움켜쥐는 아버지 눅눅한 손에서 안간힘이 느껴졌다. 아기의 옹알이 같은 말을 중얼거리는 아버지 눈에 애잔한 빛이 어렸다. 세찬이 여태 본 적 없는 낯선 모습이었다. 힘겹게 턱을 움직이며 하시는 말씀이 건강을 잘 챙기라는 말 같았다. 옆에서 지켜보며 콧물을 들이켜던 어머니가 눈짓으로 안방을 가리켰다.

"이제 더는 미룰 수 없다. 너도 느꼈지만, 언제 어떻게 될지 모르는 게 노인네 일이야. 넌 집안의 삼대독자고 네 나이 이젠 곧 마흔이다. 아버지가 말씀은 안 하셔도 얼마나 손주를 기다리시는지 넌 아마 모를 거다. 그만큼 참아 줬으면 됐어. 문제는 너야. 경아는 이미 결심했으니 너만 미련을 버리면 돼."

"그게 무슨 소리예요?"

"무슨 소리긴? 너만 결정하면 된다는 소리지. 내가 어제 그 애를 만나 진지하게 이야기했다. 막바지에 이른 공부를 포기할 수 없다는 고집은 여전하더라. 그렇다고 세찬 오빠를 붙들 염치는 더 없다고 했어. 너와 우리 집안의 은혜를 평생 잊지 않겠다고 했다. 애가 고마운 거 알고 현명해서 그나마 다행이다."

"어머니!"

세찬이 버럭 목소리를 높이자 어머니가 맞받아 큰소리를 쳤다.

"이제 더는 미룰 수 없다. 여느 며느리 같으면 만사 제치고 당분간이라도 시아버지 곁을 지키는 게 정상이야. 그 애 생각은 온통 사회적 성공밖에 없고 남편이나 시집은 안중에 없어. 너의 결혼은 가정을 이룬 게 아니야. 부엌이 다르고 같이 살지 않는 게 무슨 식구냐? 그 애는 자기 발전의 발판으로 네가 필요했을 뿐이야. 넌 아까운 청춘을 허투루 보낸 셈이라고. 널 위해서라도 더는 양보 못 한다. 당장 갈라지든지, 그 모양새로 계속 살겠으면 너 스스로 호적에서 이름을 지워라."

어머니가 탕 소리 나게 문을 닫고 나가 버렸다. 머리를 움켜쥔 세찬이 침대에 주저앉았다. 침대 커버 한쪽이 바닥에 흘러내렸고 붙박이장 앞에 옷가지가 아무렇게 놓여 있었다. 이전에는 볼 수 없었던 모습이었다. 깔끔한 어머니 성격에 방 안 정리를 못 할 정도면 얼마나 힘드실지 짐작되었다. 자식 도리를 못 하는 미안함이 속을 쓰리게 했다. 어머니의 마음을 얼마간 풀어 드리려면 경아가 당분간 아버지 간호를 거들게 해야겠다고 다짐했다.

서둘러 집을 나선 세찬이 전화를 걸었다. 경아가 담담하게 전화를 받았다. 지금 당장 만나자고 하자 미안하지만 자기 임대 아파트로 와 줄 수 없냐고 했다. 늘 경아가 세찬의 집으로 왔기에 경아 집으로 가기는 오랜만이었다. 서울 도심이라 차가 많이 막혔다.

하노이 야시장에서 선배 차에 경아를 태우고 탈출하던 때가 생각났다. 경아는 탈출했다는 희열과 긴장감으로 얼굴이 하얗게 질려 뒷좌석에 웅크리고 앉아 있었다. 신호 대기로 차가 멈춰 설 때마다 고개를 숙이고 세찬의 무릎에 엎드려 오돌오돌 떨었다. 그때 경아는 어린애처럼 전적으로 세찬에게 의지하고 매달렸다. 세찬이 하자는 대로 무조건 따랐고, 무한정 신뢰했다. 하지만 지금의 경아는 세찬이 놀랄 정도로 독립적이고 단단해졌다.

세찬이 출입문 비밀번호를 누르고 들어서니 경아가 약간 부석부석한 얼굴로 현관에 서 있었다. 검정 바지에 헐렁한 흰 티를 걸친 경아의 화장기 없는 얼굴은 무척 피곤한 기색이었다. 다듬지 않은 긴 머리 일부가 불룩한 가슴 위에 흐트러져 있었다. 둘은 묵묵히 거실 창문 앞에 놓인 식탁 겸 책상 앞에 마주 앉았다. 잠시 침묵이 흘렀다. 경아가 먼저 입을 열었다.

"미안해!"

"뭐가?"

"지금의 모든 상황을 정말 미안하게 생각해. 하지만 자기 못지않게 나도 힘들어."

"그래서 선택한 길이 결국 이혼이라는 거야?"

"어머니 앞에서 더는 할 말이 없었어."

"왜 없다고만 생각해? 한 걸음 양보할 수 있잖아. 돌아가는 길을 찾을 수 있잖아."

"그럴 수 없다는 걸 오빠는 잘 알잖아."

"아니, 이젠 나도 모르겠어. 어머니 말씀대로 차라리 아이 낳고 공부하면 안 될까 종종 생각했어. 어머니가 아이 키우는 거 적극적으로 도와주시겠다고 했거든."

"당신이 그런 생각을 하고 있다는 거 알아. 나도 생각해 보지 않은 건 아니야. 하지만 로스쿨 공부는 전쟁이야. 아이를 양육해 보지 못해서 다는 모르겠지만 육아 전쟁이라는 말도 있더라. 아이 낳으면 몇 년이고 공부는 중단해야 하고, 그럼 변호사 길은 불가능할지 몰라.

내가 딩크족이 되겠다는 게 아니고, 몇 년 후에는 아이 낳고 정상적인 가정생활을 하겠다는 거잖아. 내가 그렇게 잘못한 거니?"

"이건 잘잘못의 문제가 아니야. 지금 상황이 달라졌잖아. 경아야, 공부를 일이 년 좀 미루면 안 될까? 네가 마음만 돌리면 모든 문제가 다 풀릴 수 있잖아, 응? 난 너와 헤어지기 싫어."

"나도 오빠와 헤어지기 싫어. 하지만 공부를 포기할 수 없어. 오빠까지 생각이 바뀌었으니 더군다나 견딜 힘이 없어. 어머니 말씀대로 오빠의 앞길을 막는 존재라면 오빠를 위해서 물러서는 게 사랑이 아닐까 생각했어."

"사랑해서 헤어진다는 궤변을 너한테서 들을 줄 몰랐다. 너무해. 넌 정말 양보를 모르는 사람이구나."

경아가 와락 울음을 터뜨리며 울부짖었다.

"그래, 차라리 이기적인 애라고 원망해! 나 힘들어. 오빠한테 너무 미안해서 힘들어 죽겠단 말이야. 나도 지쳤어. 미안하지만 우리 그만 하자!"

"그만하자는 말이 서슴없이 나오네. 설마 이런 날을 각오라도 했다는 거야?"

"어떻게 그런 말을 해? 그럼 내가 지금껏 뭔가를 계산하면서 당신하고 살았다는 거야?"

"그만하자. 그래, 우리 당분간 떨어져 지내자. 하긴 그 말도 웃긴다. 우린 결혼해서 지금껏 계속 떨어져 지냈고, 주말 부부가 아니라 격주 부부로 지냈지. 그래, 각자 생각하는 시간을 갖도록 하자!"

세찬이 휙 자리를 차고 일어나 곧바로 문을 박차고 나왔다. 경아의 울음소리가 문밖에까지 울려 나왔다. 정말 헤어질 생각으로 말한 건 아니었지만, 그 순간엔 노여움이 머리끝까지 치솟았다. 지금껏 경아를 배려했음을 자부할 수 있기에 섭섭함은 더했다. 이해 못 하는 건 아니지만, 양보를 모르는 고집과 단단함이 미웠다.

또 한 달이 훌쩍 흘렀다. 다행히 아버지는 그동안 재활 치료를 하셔서 많이 좋아지셨다. 세찬은 한동안 경아에게 연락하지 않았다. 몇 번이고 핸드폰 번호를 누르려다 오기로 손가락을 움켜쥐었다. 경아 쪽도 소식이 없었다. 법적 구속이 없으니 그 진한 인연이 이리 허망하게 끊어질 수 있겠다 싶은 게 허탈하고 서글펐다. 둘 사이가 멀어진 것을 알게 된 어머니는 뛸 듯이 반가워했다. 사방으로 며느릿감을 수소문하며 선을 보라고 다그쳤다. 어머니를 안심시킬 요량으로 맞선 자리에 두어 번 나갔다. 아들이 형식적으로 맞선에 응한다는 걸 눈치챈 어머니가 또 한바탕 야단을 쳤다. 당분간 좀 내버려 두라고 세찬이 맞받아 항변했다.

언제부터인가 짬만 나면 경아의 인스타를 뒤적이기 시작했다. 새로이 올린 사진은 없고 이전에 세찬이와 찍은 사진이 그대로 저장되어 있었다. 카톡 이미지에 올린 두 사람의 사진도 그대로였다. 경아의 마음이 완전히 닫히지 않았다는 신호처럼 여겨져 안도의 숨이 나왔다.

침묵에 먼저 질겁한 건 세찬이었다. 오는 토요일에는 반드시 경아를 만나리라 다짐하고 목요일부터 안부 문자를 넣었다. 답장이 없었다. 지나치게 침묵을 오래 끌었나 싶은 게 가슴이 털컥했다. 부랴부려 통화 버튼을 눌렀으나 전화를 받지 않았다.

경아가 정말 헤어질 결심을 굳힌 것일까? 하노이에서부터 경아의 빠른 결단과 추진력을 보아 온 터라 더럭 겁이 났다. 만나지 않은 지 불과 한 달이지만 경아 없이는 살 자신이 없음을 느끼기에는 충분한 시간이었다. 금요일 저녁에 퇴근하면서 경아의 집으로 가리라 작정 했다. 대학원에서 도서관, 집으로 오가는 길이 경아의 유일한 동선이 었다.

오후 시간, 기사 작성을 끝내고 커피 한 잔 마시려는데 핸드폰 벨 이 울렸다. 경아였다. 세찬이 후다닥 자리에서 일어나며 커피를 바지 에 쏟았다. 아랑곳없이 핸드폰을 들고 황급히 사무실을 나왔다. 숨이 가빠 올랐다. 복도 끝 쪽에 자리한 휴게실에 들어서며 통화 버튼을 눌 렀다. 놀랍게도 핸드폰 안에서 경아가 어린애처럼 엉엉 울고 있었다.

"왜 그래? 경아야! 왜 그래?"

"오빠, 못 하겠어. 도저히 수술 못 하겠어. 내가 미쳤나 봐. 오빠, 어서 데리러 와 줘."

"수술이라니? 무슨 소리야? 어디 아파?"

경아는 대답이 없이 흐느끼기만 했다.

"거기 어디야? 당장 갈 테니 꼼짝 말고 있어."

세찬이 도착하니 병원 정문 앞 소공원 벤치에 경아가 앉아 있었 다. 세찬이 나타나자 경아가 다시 왈칵 울음을 터뜨리며 사진 한 장 을 내밀었다. 태아 사진이었다.

"나 지금 임신 6주야. 한 달 반 전에 오빠네 집에 갔을 때 임신한 거 같아. 미안해. 사실 오빠한테 알리지 않고 애를 지우려 했어. 하지만 차마 수술을 할 수 없었어. 정말 미안해. 오빠나 부모님이 얼마나 애를 기다리는지 알면서도 나쁜 마음을 먹었어. 평생 갚지 못할 은혜를 입었는데 그런 배은망덕한 마음을 먹었었어. 난 정말 사람이 아니야. 미안해. 용서해 줘. 오빠! 용서해 줘."

경아가 세찬의 가슴에 얼굴을 묻었다. 경아의 등에서 파들파들 떠는 윤기 나는 긴 머리를 쓰다듬는 세찬이 얼굴에 눈물이 흘렀다.

"고마워! 정말 고마워. 그리고 미안해!"

경아가 눈물범벅이 된 얼굴을 들고 순진한 애처럼 커다란 눈을 껌벅였다.

"오빠, 나 할 수 있겠지? 애를 낳고도 꿈을 이룰 수 있겠지? 퀴리 부인도 딸을 둘이나 낳았지만, 세계적인 과학자가 됐거든."

"당연하지. 너무 걱정하지 마. 내가 최선을 다해 도울게."

어머니한테 전화하자 "아이고, 하느님!" 하고 부르짖으며 울기부터 하셨다. 말을 더듬으며 당장 경아를 데리고 오라고 하셨다. 저녁에 부모님 집 출입문을 열고 들어서는데 현관에 서 있던 어머니가 와락 경아를 그러안았다.

"고맙다, 아가야! 속 좁은 시어미를 용서해 다오."

얼싸안을 듯 경아를 붙들고 들어서는 어머니의 주름진 얼굴에 환한 미소가 어렸다. 거실에 계시던 아버지가 고개를 끄덕이며 어눌한 말투로 고맙다고 거듭 말씀하셨다.

"너희는 하늘이 맺어 준 인연이 분명하다. 천상배필이야!"

어머니가 옆에 서 있는 세찬의 등을 시원하게 두드리며 호방하게 웃었다.

누드 스케치

1.

민화도 부부는 소문난 잉꼬부부였다. 부부가 미술 전공이라는 공통점이 있어 대화가 잘 되고 큰소리 한번 낸 적이 없었다. 쓰레기를 버리든 구멍탄을 찍든 모든 일을 부부가 함께했다. 남편이 텃밭 김을 매면 아내는 동이로 개울물을 길어 댔다. 어린 아들이 하나 있는데, 부부가 양옆에서 아들 손을 잡고 나란히 걷는 모습이 종종 보였다. 부부간에 가끔 다투어야 정상이지, 너무 사이가 좋은 건 오히려 불안하다고 옆에서 수군거렸다.

시내에는 남편 민화도가 아주 재능 있는 화가로 도 예술단 무대미술이나 하기에는 아까운 인재라는 소문이 자자했다. 만수대 창작사에 갈 만한 뛰어난 재목이지만 뿌리가 이남 출신으로 토대에 걸려 평양에 배치받지 못했다고 했다. 민화도에 대한 소문이 널리 퍼지게 된 건 전적으로 아내 미옥의 줄기찬 남편 자랑 때문이었다. 그렇다고 별로 과장된 건 없었다.

실제로 민화도는 평양미술대학 출신으로 도 예술단 무대미술 과장을 하는 꽤 실력 있는 화가였다. 워낙 창의력이나 화폭이 뛰어나 출연하는 배우보다 무대미술이 더 눈길을 끈다는 말이 있었다. 오랜 기간 넓은 무대를 화폭 삼아 그림을 그려서인지 등이 약간 구부정한 거 빼고는 여자처럼 고운 눈매에 희고 부드러운 피부가 꽤 훤칠 미남이었다. 미옥이 신랑 하나는 잘 만났다고, 빠져 살 만하다고 여자들이 고개를 끄덕였다.

하지만 정작 가정의 경제는 미옥의 옷 장사로 유지되었다. 미옥은 사범대학을 졸업한 중학교 미술 교사였지만, 결혼하고 아이가 생기자 때려치웠다. 부부가 직장 생활을 해서는 도저히 생활을 유지할 수 없었다. 그렇다고 미옥이 남편이나 남 앞에서 돈 버는 생색을 낸 적은 없었다. 워낙 남편을 좋아했기에 자신의 희생에 불만이 없는 듯했다. 둥실한 얼굴에 자주 슴벅이는 선한 눈이며 웃으며 드러나는 붉은 잇몸이 미옥의 푸짐한 마음을 드러냈다.

하지만 사이좋은 민화도 부부도 생활난이 닥치자 삐걱대기 시작했다. 코로나를 겪으며 주머니 사정이 어려워진 사람들은 옷 같은 건 관심 없고 끼니 잇는 데만 급급했다. 코로나 방역을 빙자해 시장 통제가 심해지면서 팔지 못하여 훌쩍 철을 넘긴 상품이 윗방에 수북이 쌓였다. 벌이를 못 하는 날이 많아지면서 쌈짓돈이 거덜 나기 시작했다.

민화도가 하루도 빠짐없이 극장에 출근해 팔이 빠지도록 그림을 그리지만, 보수는 기껏 가물에 콩 나듯 들어오는 배급이 전부였다. 그것도 당 정책 선전 선동 도구인 예술단이라 도당에서 특별히 주는 거라고 했다. 급수 높은 무대 미술가 한 달 노임이 몇천 원으로 쌀 일 킬로 사면 끝이었다.

당장 목구멍이 포도청이 되었다. 벌이가 시원치 않자 남편이 피우던 담배질부터 달라졌다. 민화도가 점잔을 빼며 동료들에게 한 대씩 나누어 주던 말보루 담배가 고약한 냄새를 풍기는 마라초로 바뀌었다. 간식을 사지 못해 유치원에 다니는 아들애가 과자를 달라고 칭얼댔다. 끼니도 입쌀밥에서 옥수수 짜갠 잡곡밥으로 바뀌더니 저녁에는 죽이 상에 올랐다. 여느 겨울에는 윗방까지 뜨끈뜨끈하게 군불을 땠는데, 이제는 강추위에 밥만 겨우 하고 긴 겨울밤을 이불 안에서 옹송그리고 떨었다.

그렇게 일 년을 버티더니 어느 날부터인가 부부가 동시에 짜증을 내기 시작했다. 어느 날, 아내 미옥이 이러다 굶어 죽는 건 시간문제라며 농촌 작업반장을 하는 사촌 시형네 집에 가서 식량을 좀 얻어 오라고 남편 등을 떠밀었다. 민화도는 괜히 헛걸음하고 기분만 상할 거라고 반박했다. 한 다리 건너 사촌에게 구걸하기 뭣하거니와 줄지도 미지수였다. 드디어 미옥이 화를 냈다.

"지금 체면 따질 때예요? 당신 가장 아닌가요? 이젠 당신이 좀 살아갈 방도를 내놓아야지요."

"당신, 그동안 장사로 돈 벌었다고 위세 떠는 거요?"

"위세가 아니라 사실이잖아요. 서로 부축하며 사는 게 부부 아니에요? 장사가 안되면 당신이 나서서 가족을 먹여 살려야지요. 당장 가마에 넣을 쌀이 없는데 체면 타령하는 게 말이 돼요?"

"당신이 이렇게 야박한 사람인 줄 몰랐소."

할 말이 없어진 민화도가 투덜거렸지만, 어쩔 수 없이 아내 말을 따랐다. 극장에서 시간을 받고 옷 상품 몇 개를 넣은 큼직한 배낭을 메고 길을 나섰다. 그 와중에 잊지 않고 그림 그릴 종이며 연필, 붓 같은 간단한 미술 도구를 배낭에 함께 챙겼다. 뼛속까지 화가인 남편이 행랑 배낭을 지고 떠나는 모습이 안쓰러워 미옥이 돌아서 눈물을 흘렸다. 사촌 형이 사는 농촌 쪽으로 가는 서비스 차에 몸을 싣는 후 줄근한 남편의 뒷모습을 보며 미옥이 입술을 감쳐물었다.

그날 저녁, 미옥에게 종종 옷 상품을 받아서 행상하러 다니던 장사꾼이 찾아왔다. 이웃 마을에 살면서 서로 신용을 지켜 거래하던 여인이었다. 자기가 행상을 다니는 도시에는 아직 여기 상품이 잘 먹힌다고 자랑했다. 여인은 뜻밖에도 외상으로 상품을 달라고 했다. 달리기(행상) 간 고장에 상품을 외상으로 널어놓아서 돈이 없어 그런다고 했다. 이전에 뿌린 상품값을 받으면 외상값을 바로 치를 테니 걱정하지 말고 열흘만 기다려 달라고 했다. 옷 장사꾼들이 너도나도 외상을 주겠다고 하는데, 미옥의 상품이 제일 마음에 들어 찾아왔노라고 살가운 눈웃음을 지었다.

밑돈을 다 씹어 먹고 남은 옷이 재산 전부여서 미옥이 망설였다. 하지만 결국엔 행상 장사꾼의 요구대로 하기로 했다. 방구석에 쌓아놓으니 외상으로 보내서 돈을 만드는 게 낫겠다 싶었다. 제일 값이 나가고 좋은 상품만 골라 한 배낭 챙긴 행상꾼의 얼굴에 흐뭇한 웃음이 넘실댔다. 장사꾼이 서둘러 방을 나서자 왠지 싸한 기분이 들었지만, "휴~" 하고 큰 숨을 내뿜어 걱정을 날렸다.

"그래, 잘한 거야. 사람은 믿고 보는 거지."

그날부터 미옥은 휑해진 윗방 구석을 애써 외면하며 안절부절못했다. 날아간 총알이나 마찬가지인 행상꾼이 나타나지 않으면 어쩌나 하는 근심이 매일 깊어 갔다. 불길한 예감은 틀린 적이 없었다. 열흘을 손꼽아 기다렸지만, 행상꾼은 나타나지 않았다. 미옥이 허둥지둥 행상꾼 주소를 찾아가니 한창 이삿짐이 들어가고 있었다. 알아보니 여인이 집마저 팔아 버리고 종적을 감추었다. 미옥 외에 행상꾼에게 사기당한 사람이 여럿 되었다.

미옥은 안전부를 찾아가 하소연했지만, 이미 거주지를 옮겼기에 관여할 사건이 아니라고 심드렁한 태도를 보였다. 뇌물을 흠뻑 주면 모를까, 그 정도 사기 사건은 취급 안 하는 게 요즘 안전부였다. 말보루 담배를 주고 겨우 행상꾼이 옮겨 간 거주지를 알아냈지만, 북반부 끝인 황해남도 어느 군이라고 했다. 거기까지 뒤쫓아 간들 상품값을 받아 온다는 담보가 없거니와 증명서 떼는 데 뇌물 주고 오고 가는 데 여비 뿌리면 남는 게 없었다. 팔리지 않는 상품이지만 언젠가는 돈이 되려니 기대했었는데, 그마저 날리고 보니 이름할 수 없는 공포가 엄습했다. 잡곡밥이 맛이 없다고 투정하는 어린 아들의 엉덩이를 갈기며 미옥이 그만 울음을 터뜨렸다.

온종일 손을 놓고 멍하니 앉아 있던 미옥이 벌떡 자리에서 일어났다. 이대로 앉아서 굶어 죽을 수 없었다. 뭐라도 팔아서 장사 밑돈을 장만해 채소 장사라도 해야겠다는 생각에 방 안을 두리번거렸다. 하지만 딱히 팔 만한 물건이 없었다. 값나가는 거라곤 장사가 잘될 때 장만한 중국산 중고 TV뿐인데 최근 변압기가 고장 나면서 동시에 타 버려 무용지물이 되었다.

무턱대고 여기저기를 뒤적이다 보니 윗방 구석 궤짝 안에 차곡차곡 쌓아 놓은 그림들이 보였다. 남편이 심심풀이로 그려 놓은 작품이었다. 남편은 영감이 떠오르거나 스케치 초안이 있으면 정신없이 그림에 매달리곤 했다. 정전되면 촛불을 켜 놓고 밤새워 그렸다. 돈도 안 되는 그깟 그림 그려서 뭐 하냐고 지청구하면, 속에 쌓인 갈망을 해소하지 않으면 견딜 수 없을 거 같아 치는 몸부림이니 내버려 두라고 했다. 남편의 심정이 이해되어 못 본 척했었다.

남편 그림을 찬찬히 들여다보기는 처음이었다. 압록강이나 장마당 풍경, 인물화가 여러 장 되었다. 장마당에 물건을 펴 놓고 얼굴을 찌푸린 여인의 모습은 너무 생동해 숨소리가 들릴 정도였다. 여인의 표정에는 생활의 고달픔과 상품이 팔리지 않는 무료함과 짜증이 선명하게 드러났다. 낡은 자전거 뒤에 짐칸 양옆으로 돼지를 넣은 자루를 드리우고 자전거를 모는 여인의 모습은 너무 현실적이라 웃음이 났다. 허리를 구부리고 무거운 자전거를 모느라 힘을 쓰는 여인의 목에 살아난 핏대며 악문 입이 생동하게 그려졌다. 그림판에서 당장 자전거가 튀어나와 달릴 것 같고, 성긴 그물자루에 담긴 돼지의 꿀꿀거리는 소리가 들리는 듯싶었다. 남편의 붓 휘두르는 솜씨는 가히 일품임을 인정하지 않을 수 없었다. 특히 인물화를 잘 그렸다.

한 장 한 장 넘기다 보니 어느새 그림에 심취되었다. 남편의 작품은 몰골이 깊이 있고 붓질이 과감하면서 표정이나 세부가 섬세했다. 미옥이 보건대 완성도가 상당한 작품들이었다. 남편은 일단 붓을 들면 마음에 들 때까지 매달리는 끈질긴 근성이 있었다. 혼자 보기 아까운 그림이라는 생각이 절로 들었다. 하지만 잘 그리면 뭐 하랴. 당에서 과제를 준 작품이 아니고 마음대로 소재를 잡아 그린 작품이었다. 제도 우월성이나 체제 찬양 소재가 아니어서 어디 내놓을 수 없었다. 더욱이 돈이 될 수 없는 무용지물이었다. 남편의 말대로 그냥 한풀이에 불과한 작품이었다.

앞으로는 이런 한풀이 그림 그리기마저 사치가 될 수 있었다. 그림에 필요한 종이며 물감, 기름은 중국 제품을 시장에서 사거나 남편이 극장에서 조금씩 가져온 거로 근근이 썼다. 하지만 이젠 돈이 없으니 그림 재료를 살 수 없었다. 그림을 주섬주섬 궤짝에 도로 집어넣으며 땅이 꺼지게 한숨을 내쉬었다. 어떻게 해야 먹고살지 도무지 궁리가 나지 않았다.

2.

사기를 당하고 미옥이 절망에 빠져 있을 때, 사촌 시형 집으로 갔던 남편이 돌아왔다. 고맙게도 배낭 가득 옥수수를 지고 왔다. 짐을 내려놓자마자 미옥이 남편의 가슴에 매달려 울음을 터뜨렸다.

"여보, 고생했어요. 고마워요. 그리고 미안해요."

"당신도 참, 뭘 이다지 감동하며 그러오? 이번에 농촌에 다녀오면서 그동안 당신이 가정의 생계를 지고 얼마나 고생했는지 새삼 생각했소. 오히려 내가 고맙고 미안하오."

미옥의 심경을 미처 모르고 남편은 가지고 온 식량 배낭을 쓰다듬으며 흐뭇한 미소를 지었다.

"내가 가지고 간 옷들이 형님과 형수 마음에 들었는지 좋아하더군. 이번에 형네 집에 다녀오면서 든 생각인데, 이참에 차라리 농촌 달리기(행상) 다니면 어떨까? 팔리지 않는 상품을 형이 사는 농촌에 가지고 가서 식량하고 바꾸면 좋지 않을까 하는 거요. 형네 옆집 아주머니가 겨울 내의랑 솜옷 몇 벌 가지고 오면 식량과 바꾸어 주겠다고 했어. 여보, 어때?"

미옥이 하는 수 없이 그동안 사고 친 일을 이실직고했다. 민화도가 윗방으로 달려가 텅 빈 구석을 망연자실하여 둘러보더니 털썩 방바닥에 주저앉았다.

"사람을 함부로 믿는 당신의 대책 없는 순진함이 끝내 일을 쳤구먼. 그 상품이 우리 집 남은 재산 전부인데 어떻게 남의 손에 홀라당 지워 보낼 수 있단 말이오? 왜 그리 어리석은 것이요?"

남편이 방바닥을 두드리며 소리를 지르자 울먹이던 미옥이 맞받아 화를 냈다.

"어떻게든 상품을 팔아 보려고 시도한 거지, 일부러 사기당했겠어요? 형네 집에 가서 식량 좀 구해 왔다고 너무 큰소리치지 말라고요."

"지금 큰소리가 문제요? 이 한 배낭 식량을 다 먹으면 그다음은 어떻게 하겠소?"

"몰라요. 나도 모르겠어요."

이때, 부부의 다툼 소리를 누르며 문 두드리는 소리가 났다. 이어 웬 남자의 목소리가 문밖에서 울렸다.

"계시오? 이 집이 도 예술단 미술과 과장 선생네 댁이신가요?"

손님으로 찾아온 사람은 안면이 없는 웬 중년의 남자였다.

"안녕하십니까. 저는 화교촌에서 사는 왕준호라고 합니다. 중국 화교입니다."

　도시 어느 구역엔가 중국 화교가 모여 산다는 소리를 들었지만, 직접 대면하기는 처음이었다. 화교라면 중국 한족을 말하는 건데, 생김새나 말하는 게 북조선 사람과 다를 바 없어 전혀 이질감이 느껴지지 않았다. 다만 살집이 좋고 얼굴에 기름기가 도는 게 고생하지 않은 티가 났다. 처음 보는 화교가 민화도 집은 어찌 알았으며 무엇 때문에 찾아왔는지, 어리둥절하여 쳐다보는데 그 사내가 마치 구면처럼 악수를 청했다.

　"허허, 손님을 문 앞에 세워 둘 참인가요? 좋은 일로 왔으니 우선 집 안에 들어갈 수는 없을까요?"

　손님이 큼직한 꾸러미를 내밀며 푸접 좋게 웃었다. 방 안에 펴 놓은 꾸러미에는 월병이며 사탕 봉지 여러 개가 들어 있었다. 마침 밖에서 놀다 들어온 민화도 어린 아들이 신발을 신은 채 와락 꾸러미에 몸을 던졌다. 미옥이 민망하여 아이의 머리를 쥐어박자 손님이 뭘 그러냐고 애에게 꾸러미를 통째로 안겨 주었다. 꾸러미를 아름차게 안고 구석으로 가 정신없이 입에 넣는 아들을 등으로 가리며 민화도가 무슨 일로 왔냐고 물었다.

　"다름이 아니라 민 선생님께 긴히 부탁이 있어서 왔습니다. 실은 저의 어머니 진갑이 얼마 안 남았는데 어머니 초상화를 좀 그려 주십사 해서요. 사례는 섭섭지 않게 드리겠습니다."

　미옥이 금세 화색이 돌며 바싹 사내에게 다가앉았다. 죽으라는 법은 없는 듯싶었다. 남편 솜씨면 초상화 하나 그리는 건 별로 어려울 게 없었다. 하지만 남편은 고개를 기웃거리며 주저했다.

　"공화국에서는 원수님 일가분이 아니면 개인이 초상화를 가지고 있을 수 없지 않습니까. 초상화를 그려 주었다가 혹시 정치적으로 걸리기라도 하면….”

“화가 선생도 참, 지금 사회주의법대로 사는 사람이 몇이나 됩니까? 부정부패는 간부들이 더 심하지요. 그리고 노인 초상화 한 장 그려 주었다고 무슨 정치적으로 걸릴 게 있겠습니까. 어머니 초상화만 그려 주시면 제가 민폐 천 원을 드리겠습니다.”

민화도와 미옥이 동시에 눈이 휘둥그레졌다. 민폐 천 원이면 채소 장사는 넉넉히 할 수 있는 돈이었다. 민화도가 “후.” 하고 한숨을 내쉬는데, 미옥이 목소리를 높여 확고한 어조로 말했다.

“그럴게요. 걱정하지 마세요. 저의 남편 그림 솜씨가 정말 대단하거든요.”

“알지요. 그래서 찾아온 거 아닙니까.”

손님이 양복 안주머니를 뒤적이더니 하얀 봉투를 꺼내 놓았다.

“오백 원을 먼저 가져왔습니다. 그림을 완성하면 오백 원을 더 드리겠습니다.”

퇴근 후와 일요일에 화교의 집으로 가서 초상화를 그리기로 합의하고 손님은 주소를 적은 쪽지를 내놓았다. 손님이 문을 열고 나가자 미옥이 봉투를 열고 돈을 꺼내 들었다. 모택동의 얼굴이 새겨진 빳빳한 중국 돈 백 원짜리 다섯 장이 기분 좋게 팔락거렸다.

“여보, 이 돈 보라요. 당신의 그림 솜씨로 번 돈이에요. 당신이 처음으로 큰돈을 벌었다고요.”

“그러게 말이오. 극장에서 십 년 넘게 일해도 만져 볼 수 없던 돈을 초상화 한 장에 벌었군.”

"난 지금 너무 심장이 뛰어서 어지러워요. 여보, 이게 우리가 살길이 아닐까요? 당신이 앞으로 초상화를 그려 주면 매번 이렇게 돈을 많이 벌 수 있는 거 아니겠어요?"

"참 단순하오. 이건 어쩌다 생긴 행운이지, 초상화를 그려 달라고 할 사람이 어디 있단 말이요?"

"어디 있다니요? 그 화교처럼 돈 많은 사람은 얼마든지 개인의 초상화 그림을 가지고 싶지 않을까요?"

"설사 그런 사람이 있다 한들 어떻게 알 수 있겠소? 내가 뭐 화판을 메고 '초상화 그리시오.' 하고 행상이라도 다녀야겠소?"

"돈을 벌 수 있다면 그렇게라도 해야지요. 소문을 내고 알아보는 건 제가 하면 되지 않을까요?"

"또 위험한 생각을 한다. 초상화를 그리면 정치적으로 걸리는데, 뭐? 소문을 내겠다고? 제발 정신 차리고 이번에 생긴 돈으로 장삿길이나 열어 봅시다."

"치, 알았어요. 나도 알아요."

미옥이 시무룩해지며 배시시 웃었다. 남편의 꾸지람을 들어도 기분이 날아갈 것 같았다.

민화도 기준에서 초상화에 대한 화교의 보상은 엄청 과분하게 생각되었다. 지금껏 그린 무수한 그림에 가치를 매겨 본 적이 없어 더욱이 황송한 마음이 들었다. 화교는 처음으로 가장 비싸게 민화도 그림 재주를 사 준 사람이었다. 민화도는 온갖 정성을 다하여 초상화를 그렸다. 화교가 질 좋은 종이와 물감을 미리 준비해 주어 더 신이 났다. 초상화

스케치는 화교의 집에서 하고 그림의 완성은 민화도 집에서 했다. 밤잠을 잊어 가며 근 한 달 동안 품을 들여 마침내 초상화를 완성했다.

초상화를 본 왕준호는 감탄을 연발했다. 어쩌면 후세에 엄청난 가치를 가진 명화가 될 수 있다고 극찬했다. 유화이면서 조선화 기법을 절묘하게 접목하여 섬세하면서 골격의 힘이 있고 색감의 조화를 잘 표현하여 아주 마음에 든다고 했다. 민화도의 독특한 특기가 작품의 완성도를 높인 셈이었다. 알고 보니 왕준호는 한족 아이들 학교 교사로 일하지만, 소싯적 미술가를 꿈꾸었던 미술 애호가였다.

그날 저녁 민화도는 기분 좋게 술을 마시며 그림에 대한 왕준호의 칭찬을 곱씹어 상기했다. 비록 미술 애호가의 평이지만 대학이나 극장에서 받은 칭찬보다 더 가슴이 뛰었다. 무대미술 작품에는 써 볼 수 없는 창작 기법을 쏟아부은 작품이었다. 집에서 맘 편히 그린 여느 작품과 달리 긴장하여 정성을 다했다. 마음 졸이며 다른 이에게 선보인 첫 작품인 셈인데, 극찬을 받으니 자신감과 감동이 밀려왔다. 아내 미옥은 그림에 대한 칭찬은 뒷전이고 돈을 받은 게 좋아 웃고 떠들었다.

초상화로 번 돈으로 미옥이 다시 장마당에 뛰어들었다. 옷이나 생활용품보다 쌀장사가 낫겠다고 생각했다. 민폐 천 원은 쌀장사를 하기 적은 돈이지만 일단 작게 시작했다. 장마당 옷 매대를 팔고 쌀 매대를 샀는데, 거기에서 돈이 좀 더 나왔다. 이젠 두 번 다시 사기를 당하지 않으리라 다짐하고 쌀 일 킬로도 외상으로 주지 않았다. 더 억척스러워진 미옥 덕에 민화도 가족은 다시 평온을 찾았다. 누런 옥수수밥에 입쌀이 섞이고 반찬 가짓수가 늘어났다. 쌀장사로 재산이 늘어날 수는 없지만, 그날그날 먹을 식량은 벌었다.

3.

어느 날 저녁, 초상화를 주문했던 화교 왕준호가 다시 찾아왔다. 전번처럼 아이 간식 한 꾸러미에 배갈(독한 중국 술) 한 병을 들고 왔다. 이젠 친구처럼 가까워졌다. 왕준호가 나타나자 미옥이 눈을 반짝이며 설레발을 쳤다. 그림 그릴 일감을 또 가지고 온 듯싶은 예감 때문이었다. 술상 앞에 마주 앉은 왕준호가 창문 커튼을 가려 달라면서 낮은 소리로 말했다.

"미술가 선생, 놀라지 말고 들으시오. 이번 추석에 어머니가 중국 베이징에 다녀왔는데, 중국에서 초상화 틀을 잘 만들어 보관하려고 그림을 가지고 갔었지요. 베이징은 고향인데, 어머니 소유의 집이 있고 사촌 형제들이 많아요. 그런데 베이징 사촌 형이 어머니 그림을 보고 깜짝 놀랐다는 거예요. 걸작이라고요. 사실 사촌 형은 중국 미술가협회 중진이고 꽤 관록 있는 화가거든요."

"그러니 그분이 남편에게 초상화 그림을 그려 달라고 부탁하던가요?"

미옥이 성급하게 묻자 왕준호가 고개를 끄덕이며 웃었다.

"그런 셈이지요. 사촌 형이 민 선생님 그림에 반한 거 같아요. 인물화도 좋고 풍경화도 좋고 민 선생 작품이 더 있으면 중국으로 보내 달라고 했어요. 이제부터 그려서 보내 주어도 좋대요. 자신이 충분히 가치를 매겨 값을 치르겠다고요. 소장하다가 앞으로 미술 전시회에 내놓겠다고 했어요. 사실 중국에서는 평양 만수대 창작사에서 나온 그림이 꽤 돌아가거든요. 근데 그림 주제가 산수화나 호랑이 같은 동물화고 북조선을 선전하는 내용이어서 별로라고 해요. 그래서 민 선생님이 북한의 현실을 사실적으로 담은 그림을 좀 그려 주실 수 없냐고 하더라고요. 초상화를 그린 그 기법으로 말이에요."

"어마나, 이를 어째…. 실은 남편이 남몰래 그린 그림이 여러 장 있어요."

미옥이 흥분하여 외쳤다. 민화도가 "여보…." 하고 아내를 제지하며 신중한 어조로 말했다.

"하지만 이건 불법 아닙니까? 공화국에서는 당의 승인을 받지 않은 작품은 세상에 나갈 수 없습니다. 그림이든 소설이든 당에서 허락한 작품만 인정합니다. 더욱이 당의 결정 없이 작품을 해외에 사사로이 팔면 범죄행위가 됩니다. 발각되면 전 감옥에 가야 해요."

왕준호가 고개를 끄덕이며 신중한 어조로 말했다.

"알아요, 압니다. 당연히 위험을 동반한 일이지요. 이 일에 끼어든 저도 마찬가지고요. 하지만 민 선생님이 그림만 잘 그리면 부인이 시장에서 일 년 벌 돈을 그림 한 장으로 벌 수 있습니다. 덕분에 저도 돈을 벌 수 있고요. 그림은 공식적인 루트로는 가져갈 수 없어 밀수를 통해 나가야 합니다. 그 일은 제가 하겠습니다."

미옥이 발갛게 상기된 얼굴을 남편에게 돌리며 무릎걸음으로 다가가 앉았다.

"여보, 밀수로 사는 사람이나 돈 데꼬(환전)하는 사람이나, 유색 금속 파는 사람, 약 파는 사람 다 불법으로 돈을 벌어요. 왕 아저씨 말대로 법대로 사는 사람이 몇이나 돼요? 여보, 제발 그림을 팔자고요. 궤짝에서 휴지로 썩힐 바에는 돈으로 만드는 게 백 배 낫지요.

네? 여보!"

민화도 눈동자가 흔들렸다. 왕준호가 민화도의 손을 꼭 잡으며 소리를 낮추어 말했다.

"만약 민 선생님이 작품을 판다면 작가 이름을 표기해야 하는데, 가명보다는 앞으로 민 선생님 이름을 공개적으로 드러낼 수 있을 때를 대비해 영문으로 표기하자고 형님이 말씀하시더군요. 예를 들어 문화도 m.h.d.로 한다거나 아니면 성은 빼고 그냥 h.d.로 한다거나."

"벌써 그 정도의 구체적인 방안까지 생각했습니까? 제가 거절할 수도 있지 않습니까?"

미옥이 떼를 쓰듯 남편의 팔을 잡아 흔들며 재빨리 속삭였다.

"거절을 왜 해요? 이런 큰 행운이 어디 있다고요. 당신이 늘 그랬잖아요. 나의 그림으로 돈을 벌 수 있는 세상은 없냐고요. 당신의 재주로 가족을 먹여 살릴 수 있다면 죽을 둥 살 둥 모르고 그림을 그리겠다고 입버릇처럼 말했잖아요. 지금 그 기회가 왔단 말이에요. 제발 현실을 직시하라고요."

등이 달아하는 미옥을 바라보며 왕준호가 웃음을 터뜨렸다.

"민 선생님을 너무 몰아대지 마십시오. 망설이는 건 당연한 겁니다. 하지만 일을 시작하면 민 선생님과 부인, 저는 한배를 타게 됩니다. 위험해도 같이 위험하고 잘살아도 같이 잘살게 되겠지요. 만약 무슨 일이 닥치면 그땐 제가 책임지고 나서겠습니다. 이래 봬도 저의 인맥이 꽤 종횡무진입니다. 솔직히 돈만 있으면 죽은 사람을 살리는 세상이 여기 북조선 아닙니까."

왕준호가 목소리를 낮추려 애를 쓰며 열변을 토했다. 고개를 숙이고 한참 생각하던 민화도가 "후." 하고 긴 숨을 내쉬었다.

"좋습니다. 어디 한번 모험해 봅시다."

"잘 생각하셨습니다. 우선 가지고 계신다는 그림을 저에게 보여 주실 수 있는가요?"

미옥이 냉큼 자리에서 일어나 윗방 궤짝을 뒤적여 그림을 들고나 왔다. 창턱에 놓인 촛불을 들고 옆에 앉은 미옥의 눈이 빛나고 숨소리가 높아졌다.

"잠시만요. 촛불 밑의 접시를 받치세요. 그림에 초가 녹아 떨어지면 큰일입니다."

세심하게 이르며 그림을 보는 왕준호의 두 눈이 확대되고 입이 벌어졌다.

"아유, 초가 녹아 떨어지기 전에 왕 아저씨 침이 먼저 떨어지겠어요."

미옥이 깔깔 웃었다. 왕준호의 얼굴에 만족한 웃음이 번졌다.

"좋습니다. 좁은 안목이지만 너무 그림이 좋은데요. 일단, 이 그림을 먼저 가지고 가서 형님에게 보내겠습니다. 그리고 형님에게 좋은 그림 도구들을 보내라고 연락 넣겠습니다. 이 그림으로 먼저 일을 시작해 봅시다. 마지막으로 합의 볼 건 그림이 잘 팔리면 그 값에서 밀수꾼에게 수수료를 치르고 나머지 돈을 절반씩 나누려 하는데, 괜찮겠습니까?"

민화도 부부는 그렇게 하자고 고개를 끄덕였다. 어쩌면 영원히 궤짝 안에서 썩어 갈 수 있었던 그림을 돈으로 만들어 준 사람이니 아까울 게 없었다. 그림을 정성스레 보자기에 싼 왕준호가 의기양양하여 돌아갔다.

4.

그림에 대한 피드백은 오래 걸리지 않았다. 이 주일 정도 지나 왕준호가 나타났다. 자가용 차에 그림 도구를 가득 싣고 왔다.

"민 선생님, 성공입니다. 대단해요. 사촌 형님한테서 전화가 왔는데 선생님 작품을 보고 크게 만족해하셨어요. 모두 훌륭한 그림이라고 했어요."

왕준호는 민폐 2만 원을 내놓았다. 민화도 부부는 화들짝 놀랐다. 아직 그렇게 큰돈을 만져 본 적이 없었다. 왕준호가 바싹 다가앉았다.

"이건 시작에 불과합니다. 이번에 그림 도구를 많이 사느라 돈이 좀 들었어요. 제일 좋은 물감으로 샀어요. 이번 수익은 아쉬울 수 있지만, 이제 앞으로가 중요합니다."

"아유, 무슨 말씀을…. 이 정도 값을 치러 준다면 더 바랄 게 없어요."

미옥이 나서며 잽싸게 대답했다. 왕준호가 고개를 끄덕이며 말을 이었다.

"민 선생님, 형님 말씀이 앞으로 그릴 그림은 인물화에 집중해 달라고 했습니다. 장마당 아줌마를 그린 그림, 자전거로 돼지를 나르는 그림이 너무 좋았다며 그 비슷하게, 북한 사람들 생활 밀착형 그림을 그려 달라고 부탁했어요."

민화도가 미간을 모으며 고개를 기웃했다.

"사실 전번에 보낸 그림들은 공화국에 대한 부정적 이미지를 풍기는 거 같아 마음에 걸리고 두려웠습니다. 그런데 계속 그런 그림을 그리면 정말 위험하지 않을까요?"

"민 선생님! 중국이 얼마나 넓은지 아시잖아요. 중국 인구가 14억
이 넘어요. 중국 내수 시장은 바다에 돌 던지기라는 말이 있지요. 그
거대한 인구 바다에 유명한 화가나 그림이 얼마나 많겠어요. 그 모든
걸 압도하고 선생님 작품이 저 하늘의 별처럼 우뚝 솟는다면 그건 엄
청난 축복이지요. 그때 가서 이런 고민을 해도 늦지 않습니다. 아직
은 시장에 나간 게 아니라, 저의 형님이, 한 미술가가 개인적으로 민
선생님 그림을 좋아해서 샀을 뿐이에요. 저의 사촌 형님이 미술가이
면서 부동산에 투자해서 꽤 돈을 많이 벌었거든요. 부자이니 좋은 미
술 작품을 소장할 생각을 하는 거지요. 노파심은 거두시고 어서 좋은
그림이나 구상하세요."

왕준호가 열정적으로 말했다. 민화도 안색이 한결 밝아지더니 뜸
을 들이며 말했다.

"저, 그렇다면 혹시 누드화도 괜찮을까요?"

"누드화요? 나체 그림 말입니까?"

왕준호와 미옥의 눈이 둥그레져 민화도를 의아하게 바라보았다.
북한 현실을 그린 그림이 무섭다더니, 갑자기 나체 그림을 그리겠다
는 급진적인 태도가 이해되지 않아서였다.

"글쎄요? 그런데 왜 갑자기 그런 생각을 하게 되었습니까?"

민화도가 말없이 윗방으로 올라가 보자기에 싸 놓은 화구를 들고
내려왔다. 주섬주섬 펼쳐 놓은 화판에서 크지 않은 종이에 스케치한
그림 초안 두 장이 나왔다. 처음 내놓은 그림은 앙상하게 마르고 나
이 많은 여인이 발가벗고 누워 있는 모습이었다. 민화도가 깊은 한숨

을 내쉬며 입을 열었다.

그림을 왕준호에게 들려 보낸 후, 일요일에 민화도는 화구를 메고 도심에 있는 청년 공원으로 갔다. 긴장되고 설레는 마음을 다잡으려 그림이나 한 장 그릴 생각이었다. 한적한 곳에서 그림 구도를 잡고 화판을 펼치려는데 가까이에서 비명이 들려왔다. 누군가 험한 상말을 하며 싸우고 있었다. 화판을 들고 소리 나는 곳으로 슬슬 다가가던 민화도는 그 자리에 굳어졌다. 세 명의 꽃제비가 누워 있는 사람의 옷을 벗기며 서로 가지겠다고 싸우고 있었다. 누운 사람은 마지막 경련을 일으키며 숨져 가고 있었다. 꽃제비들이 추운 겨울을 이겨 내려고 죽은 사람의 옷을 벗겨 낸다는 말을 들은 적이 있지만 직접 보기는 처음이었다.

"지금 뭐 하는 겁니까?"

민화도가 소리치자 옷을 벗기던 꽃제비들이 뭔 상관이냐는 듯 흘겨보며 굳어 가는 사람의 몸에서 깡그리 옷을 벗겨서 달아났다. 서로 쥐어박으며 욕질하던 꽃제비들이 사라지자 민화도는 누워 있는 사람에게 조심히 다가갔다. 커다란 황철나무 밑에 서리 낀 누런 나뭇잎이며 풀들, 쓰레기들이 어지러이 널려 있었는데, 그 위에 웬 할머니가 만세를 부르듯 두 팔을 올리고 누워 있었다. 이미 숨이 넘어간 듯 미처 감지 못한 눈은 흰자위만 보였다. 앙상하고 주름진 몸에 남은 것이라곤 누런 팬티 한 장뿐이었다. 무릎뼈가 불룩 솟은 다리며 온몸의 골격이 선명히 드러난 해골 같은 나체는 부끄러운 줄 모르고 태평하게 누워 있었다. 너무나 처참한 광경에 어찌할 바를 모르던 민화도가 주변의 마른 풀들을 주워 발가벗은 몸을 덮어 주었다. 다행히 날이 차서 시체가 쉬이 상할 거 같지 않았다. 가는 길에 안전부에 연락하면 시체를 산속 어딘가에 평토로 묻어 줄 수 있었다.

어떤 이의 어머니이고 할머니인 여인이 이리 비참하게 죽다니, 세상의 비정함에 살이 떨렸다. 가까이에서 보니 푸르뎅뎅하게 번들거리는 여인이 얼굴은 뼈에 가죽만 씌어 있어 미라 같았다. 갈비뼈 사이에 드리운 쭈글쭈글한 피부 위에 도토리 알만 한 유두가 달랑 매달려 있어 여자임을 알게 했다. 눈 주변이 우묵하여 검푸른 음영이 깃들고 홀쭉한 볼 위로 주먹 같은 광대가 솟아 유인원 같았다. 한껏 찡그려 벌린 입 사이로 누런 치아가 듬성듬성 돌출되었다. 수세미처럼 엉킨 흰 머리가 바람에 무심하게 희롱당했다. 민화도가 씌운 마른 잎사귀들이 여인의 몸에서 파들거리다가 휙 불어오는 찬 바람에 도로 날아갔다. 하는 수 없이 주변에서 거적 하나를 주어다 여인의 몸에 씌워 주고 날아가지 않게 돌덩이를 둘러 주고야 그 자리를 떠날 수 있었다.

그날 밤 민화도는 이름할 수 없는 분노와 절망을 느끼며 연필을 휘둘렀다. 머릿속에 선명히 새겨진 여인의 모습을 종이 위에 그대로 옮겼다. 해골 같은 얼굴이며 주름살 사이에 낀 먼지며 돌출된 뼈마디들이 인화지에 재생되듯 생생히 모습을 드러냈다. 여인의 모습을 떠올리며 연필을 놀리는데 자꾸 화가 치밀었다. 생면부지 여인이 가엽다는 동정을 넘어 처절한 슬픔이 밀려왔다. 인간 세상에 대한 회의와 허무함에 몸이 시렸다. 꽃제비들이 여인의 몸에서 옷을 벗기는 장면을 한 장 더 그렸다. 충격적으로 본 장면이라 시체에서 벗긴 옷을 차지하려고 싸우는 꽃제비들 모습이 또렷이 기억났다. 어쩌면 역사의 한 페이지 같은 모습이라는 생각이 들어 스케치한 그림이었다.

왕준호는 이야기를 들으며 침통한 표정으로 그림을 들여다보았다.

"난시라는 생각이 새삼 드는군요. 민 선생님이 어떤 심경으로 그림을 그렸을지 저에게도 와닿습니다. 저는 찬성입니다. 이 세상의 현실을 사실적으로 묘사한다면 이 이상 적나라한 모습은 없겠지요. 어서 그려 주십시오. 돈을 벌려고 시작한 일이지만, 선생님 그림을 보노라면 의협심이 솟구치는군요."

"그런 무서운 생각은 하지 맙시다."

민화도가 손사래 치자 왕준호가 두 손을 잡아 흔들며 눈을 빛냈다.

5.

그날부터 민화도는 그림에 몰두했다. 특히 죽은 여인의 누드화에 엄청난 품을 들였다. 화면에서 바투 내려앉은 검푸른 하늘이 시린 한기를 풍기고 여인의 주변에 널린 가랑잎은 당장이라도 바스락 소리를 내며 바람에 날아갈 듯했다. 어지러운 맨땅에 네 활개를 펴고 쓰러진 여인은 보는 각도에 따라 다양한 느낌을 자아냈다. 인생의 해탈과 무상함, 오욕과 원한의 분위기가 묘하게 어우러진 그림이었다. 꽃제비들이 여인의 몸에서 옷을 빼앗는 장면도 민화도 붓끝에서 입체적인 모습으로 되살아났다. 이 그림은 쓰러진 여인보다 옷을 벗기는 꽃제비들에 묘사의 초점을 맞추었다. 막다른 벼랑 끝에 몰린 인간의 절망과 분노, 도의 같은 건 가랑잎처럼 날려 버린 동물적 본성이 날 것으로 드러나 있었다.

민화도는 짬짬이 장마당이며 시내 곳곳을 돌며 다양한 생활상을 머릿속에 스케치하거나 사진으로 찍었다. 그중에 소재를 선택해 몇 장 더 그렸다. 그중 어린 꽃제비 소녀가 쌀장사 주변을 맴돌며 땅에 떨어진 쌀알을 주워 먹는 모습이 있었다. 민화도가 아내 민옥의 매장에 갔다가 목격한 장면이었다.

얼핏 보면 열두 살 정도 돼 보이는 아이인데 나이를 물으니 열여섯이라고 했다. 어디서 주워 입었는지 너덜너덜하고 헐렁한 누런 바지 뒤에 꾸덕꾸덕 말라붙은 핏자국이 보였다. 생리 흔적이었다. 몸에서 악취가 풍기고 때가 덕지덕지 오른 얼굴은 통통 부어 있었다. 썩은 물고기 눈처럼 표정 없고 흐리멍덩한 눈동자에 죽음의 그림자가 짙게 드리워 있었다. 어느 순간엔가 그 애는 길바닥에 버려진 비루먹은 강아지처럼 경련을 일으키다 죽게 될 것이다. 그 애 모습이 너무나 생생하게 묘사되어 그림을 보면서 아내 민옥이 울었다.

그림 중에는 길거리를 오가며 장사하는 일명 '메뚜기 장사'를 단속하는 안전원의 모습을 담은 유화가 있었다. 안전원에게 단속당한 장사꾼은 찐빵을 동그란 비닐 그릇에 담아 들고 다니며 파는 젊은 여인이었다. 안전원이 빵 담긴 그릇을 바닥에 메치려고 높이 쳐들었는데 바닥에 주저앉은 여인이 절망과 분노가 섞인 눈으로 쏘아보고 있었다. 몸 씨름을 했는지 뜯어진 옷자락 사이로 단단한 젖가슴이 드러났지만, 여인은 아랑곳없이 땅에 태를 치며 던져질 빵을 향해 두 손을 뻗치고 있었다. 그 빵은 모름지기 여인의 장사 밑천 전부일 것이다. 그 주변으로 각기의 장사 보따리를 들고 줄행랑을 놓는 장사꾼들 군상이 보였다. 구도가 입체적이고 개성 넘치는 다양한 인물이 연출된 작품이었다.

또 하나 인상 깊은 그림은 자기 키보다 더 큰 배낭을 등에 지고 목에 지렁이 같은 힘줄이 서서 걷는 중년 여인의 모습이었다. 흙먼지 이는 길에서 앞부분이 터진 신발을 신은 여인의 발이 안간힘을 쓰며 걷는 모습은 보는 이의 마음을 먹먹하게 만들었다. 후줄근한 바지며 더러워진 솜옷, 화장기 없이 햇볕에 타 버린 여윈 얼굴에 흐르는 굵은 땀방울, 누군가에게 욕설을 퍼부을 듯 입술을 들어 올린 화난 얼굴에서 버거운 삶의 무게가 느껴졌다. 짧고 굵은 두 다리를 디디며 소소리 높은 짐을 실은 달구지를 노새처럼 끄는 서비스 짐꾼 그림도 있었다.

마음먹고 열정을 다한 그림들이라 훨씬 완성도가 높아 보였다. 민화도 그림의 특징은 화폭의 사람이나 물건이 당장 움직일 듯한 생동감, 섬세한 디테일, 과하지 않은 색상과 채도였다. 이런 속도로 그림을 그려 팔면 곧 부자가 되는 게 아니냐고 미옥이 남편에게 속삭였다. 하지만 민화도는 이번만 하고는 그만두겠다고 했다. 재미나는 곳에서 호랑이 나온다고 왠지 불안하다고 했다. 다시는 붓을 잡지 않겠다고 다짐하는 남편을 미옥이 믿지 않게 흘겨보았다. 이번 그림을 팔아서 두둑이 목돈이 또 생기면 남편이 알아서 화구통을 메고 밖으로 나갈 터이고 아무리 말려도 밤새며 그림을 그릴 게 뻔했다. 남편의 소심함은 돈 앞에서 햇볕의 안개처럼 가볍게 날아갈 거라고 미옥이 콧노래를 불렀다.

돈이란 간절할 때보다 쓰면 쓸수록 만세가 터져 나왔다. 장사 밑돈을 마련하여 미옥이 쌀장사로 안정된 생활을 할 뿐 아니라 이것저것 세간살이가 많이 늘었다. 화교가 보던 한국 삼성의 LCD TV를 싼값으로 거저 주다시피 하여 저녁마다 영화를 볼 수 있었다. 전기 문제도 거뜬히 해결했다. 첫 번째 그림을 팔고 돈을 받은 다음 태양광 패널부터 샀다. 그림을 그리려면 전깃불부터 해결해야 했기 때문이었다. 이전에 등잔불 밑에서 보던 그림을 이젠 환한 전깃불 아래서 볼 수 있었다. 삶의 질이 껑충 향상되었다. 돈재미를 톡톡히 본 미옥이 남편의 밥상에 무척 신경을 쓰며 한 점이라도 그림을 더 그리라고 옆구리를 찔러 댔다.

다음 해 봄날, 드디어 그림 여덟 점이 완성되었다. 미옥의 전화를 받은 화교 왕준호가 민화도 집에 찾아왔다. 새 그림을 하나하나 들여다보는 왕준호 얼굴이 검붉게 상기되고 벌어진 입으로는 연신 탄성이 터져 나왔다.

"선생님은 천재적인 화가가 분명합니다. 이번 그림은 더 강렬한 메시지가 담겨 있군요. 어떻게 이런 그림이 나올 수 있습니까?"

"과찬이십니다. 그냥 현실을 그렸을 뿐인데요. 종이랑 색감이 좋아서 그리기가 한결 편했습니다. 다 왕 선생님 덕분입니다. 감사합니다. 다만 이번이 마지막이라는 건 분명히 말씀드리고 싶습니다."

"네? 마지막이라니요? 이젠 그림을 그리지 않겠다는 말씀이신가요?"

눈이 휘둥그레지는 왕준호 앞에 미옥이 난딱 나앉으며 손사래를 쳤다.

"아유, 아니에요. 이 양반이 괜히 실없는 소리를 하는 거예요."

"당신은 좀 비키오. 내가 왜 실없는 소리를 하겠소."

"그게 실없고 쓸데없는 생각이지 뭐예요? 돈도 좋지만, 예술가가 자신의 작품을 인정받을 때의 성취감과 행복이 얼마나 큰지 나도 어느 정도 안단 말이에요. 공방에서 휴지가 될 뻔한 당신 그림을 높이 쳐 주시고 도와주신 왕 아저씨한테 그런 말을 하기 미안하지 않아요?"

"당신은 좀 비키라니까. 미안합니다. 특별히 의도해서라기보다 붓을 놀리다 보니 그림이 모두 이 제도에 대한 비판을 담았습니다. 전이미 반역 행위를 한 셈이지요. 예술가의 작품은 작가의 사상과 가치관을 표현하지 않는가요. 당장 먹고살기 힘들어 시작한 일이 어쩌다 보니 여기까지 왔습니다. 하지만 이젠 멈추려고요. 꼬리가 길면 잡힌다는 말이 있지요."

왕준호가 진지한 눈빛으로 바라보며 고개를 끄덕였다.

"일리 있는 말씀입니다. 선생님을 이 일에 끌어들인 건 접니다. 그렇다고 제가 무슨 사회 활동가나 사상가는 아니지 않습니까. 제 살궁리만 하고 돈을 밝히는 평범한 사람이지요. 저 역시 처음엔 돈을 벌기 위해 이 일을 시작했으니까요. 하지만 선생님 말씀처럼 어쩌다 보니 그림을 통해 이 사회에 대한 시각이 새로워졌습니다. 분노랄까 안타까움이랄까 하는 마음이 생긴 것 같아요. 선생님의 그림을 중국에 넘기면서 저는 묘한 전율과 통쾌감을 느꼈어요. 이 세상의 악과 모순에 시원히 일침을 가하는 데 제가 약간 거들었다는, 웃기는 의협심 같은 게 생기더군요. 그게 아마 인간인 거 같습니다. 하지만 선생님께서 정 부담스러우시다면 강요할 생각은 없습니다."

두 사람은 전우애 같은 친밀감을 느끼며 저녁 늦게까지 이야기를 나누었다.

6.

두 번째로 보낸 그림 결과는 한 달이 실히 걸려 돌아왔다. 왕준호는 자가용 차가 아니라 자전거를 타고 날이 어두워진 늦은 저녁 시간에 민화도 집에 나타났다. 사람들 시선이 의식됐기 때문이었다. 방에 들어선 왕준호는 창문이며 출입문을 단단히 잠그고 커튼을 내려 달라고 했다. 상기된 얼굴에서 긴장과 흥분이 강하게 풍겼다. 저녁을 먹은 민화도의 어린 아들은 잠들어 있었다. 왕준호가 방바닥에 편 이부자리를 스스럼없이 한쪽으로 밀고 앉으며 떨리는 목소리로 말했다.

"축하드립니다. 대박입니다. 이번에 보낸 그림이 대박을 터뜨렸습니다."

"대박이라니요? 무슨 뜻인가요?"

미처 알아듣지 못하는 남편의 옆구리를 찌르며 미옥이 빠르게 속삭였다.

"아직 그 말도 몰라요? 한국말이잖아요. 말하자면 흥부 박처럼 빵 터지는 대운이라는 소리예요."

"맞습니다. 그야말로 대운이 빵 터졌습니다. 특히 꽃제비 여인의 누드화 말입니다. 그 작품은 누가 봐도 걸작이라고 형님이 몹시 흥분하더군요. 민 선생님이 대단한 화백이라고 감탄하시면서 훌륭한 그림을 보내 주셔서 감사하다는 인사를 전해 왔습니다."

민화도의 눈언저리가 벌게지며 고개를 외로 틀고 헛기침을 했다. 미옥이 남편의 등을 살뜰히 쓰다듬으며 울먹였다.

"우리 앞에선 울어도 돼요. 당신 너무 고생했어요. 내 남편이지만 정말 대단해요."

"네, 민 선생님은 정말 뛰어난 예술가이십니다. 솔직히 바깥세상에 있었으면 아마 세계적 화백으로 성장하시고 돈을 어마어마하게 벌었을 겁니다. 이 감옥 같은 북조선 땅에 파묻히기는 너무 아까운 인재지요. 선생님을 알게 된 게 저한테는 큰 행운이고 영광입니다."

"무슨 그런 과분한 말씀을, 몸 둘 바를 모르겠으니 제발 그만하십시오."

두 손을 흔드는 민화도 얼굴에 환한 웃음이 넘실거렸다. 왕준호가 어깨를 으쓱하며 아랫입술을 장난스레 내밀었다.

"자, 이제 제 말을 듣고 놀라서 기절하지 마십시오. 이번엔 이전 그림의 두 배가 넘는 돈을 보내왔습니다. 모두 11만 원이 왔습니다."

왕준호가 기절하지 말라고 일렀지만, 민화도 부부는 소스라치게 놀라며 숨을 들이그었다. 민화도가 고개를 설레설레 저으며 말을 더듬었다.

"미, 믿어지지 않습니다. 왕 선생님 형님 되시는 분이 너무 후하게 값을 치른 게 아닙니까? 제 그림에 그렇게 높은 가치가 매겨졌다는 게 사실입니까?"

"물론입니다. 우리 형님은 중국 미술계가 인정하는 안목이 만만치 않은 화가지요. 어쩌면 앞으로 선생님 그림에 더 높은 가치가 매겨질 수 있다고 했습니다."

"꿈을 꾸는 것 같습니다. 제가 지금껏 극장에서 그린 그림을 쌓으면 아마 이 집 안을 꽉 채우고 남을 겁니다. 하지만 제 그림의 가치가 얼마인지조차 몰랐고, 더욱이 그림에 대한 대가가 이렇게 많을 줄은 상상도 못 했습니다. 정말 감격스럽고 고맙습니다."

"제가 고맙지요. 그래서 말인데요. 형님이 보내온 11만 원에서 약속대로 선생님께 5만 원 가져오고, 나머지 6만 원 중에 밀수꾼한테 1만 원 주고 제가 5만 원 가졌습니다. 괜찮겠습니까?"

미옥이 벌어진 턱을 미처 다물지 못하고 눈만 껌벅거리는데 왕준호가 패딩을 젖히고 허리에 찬 돈주머니를 꺼내 놓았다. 길쭉한 돈자루를 헤치자, 모택동 얼굴이 그려진 중국 돈 백 원짜리를 만 원씩 묶은 돈다발 다섯 개가 위엄스러운 자태를 드러냈다. 민화도가 흠칫 몸을 떨며 돈다발에서 물러앉았다. 왕준호가 돈다발을 민화도 부부 앞으로 쓱 밀어 놓고 손을 탁탁 털며 일어섰다.

"자, 저는 임무를 깔끔하게 완수했습니다. 밤새 돈뭉치를 들여다보시든 냄새를 맡으시든 마음대로 하시고 전 이만 물러가렵니다."

돈다발에 얼른 이불을 씌운 미옥이 따라 일어서며 왕준호 팔을 잡았다.

"고맙습니다. 정말 고마워요, 왕 아저씨!"

뒤따라 일어난 민화도가 왕준호 손을 잡아 흔들며 눈을 슴벅였다. 미옥이 콧물을 들이켜며 출입문 쪽으로 가서 안으로 잠갔던 열쇠를 풀었다.

왕준호가 웃으며 손을 흔들고 나가려는 순간이었다. 갑자기 문이 벌컥 열리고 왕준호를 안으로 밀치며 웬 사내가 들어섰다. 미옥이 새된 미명을 지르는데, 문 앞에 버티고 선 사내가 권총을 내밀었다.

"난 이 구역 담당 보위원이다. 너희들은 현장에서 불법행위를 하다 적발되었음을 알린다. 당신 일단 방으로 들어가지."

사색이 된 왕준호가 보위원에게 떠밀려 방으로 다시 올라왔다. 구둣발을 신은 채로 방으로 들어온 보위원이 와락 이불을 젖혔다. 붉은색 돈다발이 꼼짝없이 실체를 드러내고 미옥이 그 자리에 털썩 주저앉았다. 보위원이 벽에 붙여 세운 경대 의자에 앉으며 권총으로 바닥을 가리켰다.

"두 사람도 좀 앉지."

민화도와 왕준호가 거멓게 질린 얼굴로 나란히 앉았다. 보위원이 가볍게 코웃음을 치며 이죽거렸다.

"미안하게 됐는데, 돈다발을 앞에 놓고 기쁨을 만끽할 시간을 너무 빨리 빼앗아서 말이야. 이젠 본인들 입으로 당신들이 저지른 불법행위를 이실직고해야지. 어이, 화교, 당신이 먼저 말할 건가?"

어디서 그런 용기가 생겼는지 민화도가 왕준호 팔을 뒤로 잡아당기며 먼저 입을 열었다.

"죽을죄를 지었습니다. 모든 게 제 잘못입니다. 집사람 장사가 망하고 당장 먹고살 길이 막막해 그동안 제가 그렸던 그림을 이 사람에게 주면서 좀 팔아 달라고 했습니다."

"그 정도는 이미 알고 있는 거고, 도대체 무슨 그림을 팔았기에 이렇게 많은 돈을 받는가? 국가 기밀을 팔아먹었지? 남조선 안기부하고 연결된 거 아니야? 사실대로 말하지 않으면 더 엄한 처벌을 받는다는 거 알지? 어서 솔직히 말해!"

이번에는 왕준호가 뒤에서 민화도 팔을 잡아당겼다.

"국가 기밀이라니요? 절대 그런 일은 없습니다. 제가 판 그림은 압록강 변의 모습이나 설경을 그린 산수화였습니다. 민 선생님이 워낙 그림을 잘 그리셔서 중국에 비싸게 팔렸습니다."

"산수화라, 흥, 둘이 서로 감싸는 게 동지애가 아주 끈적끈적하구먼. 아무리 산수화라고 해도 당의 승인을 받지 않은 그림은 절대 세상에 나올 수 없으며, 더군다나 외국에 팔아먹는 건 엄중한 불법행위라는 것쯤은 알고 있겠지? 공화국의 그 어떤 정보나 글 한 조각, 그림 한 장도 당의 승인 없이 외국에 유출한다면 반당적 반역 행위가 된다는 거 모르는가? 당신들은 지금 정치범 관리소로 갈 엄중한 죄를 저질렀단 말이야, 알겠어?"

보위원이 목소리를 높이며 으름장을 놓았다. 하지만 그림의 정확한 실체는 모른다는 건 알 수 있었다. 왕준호가 앉은걸음으로 보위원에게 다가가며 돈다발을 통째로 내밀었다.

"용서해 주십시오. 돈에 눈이 어두워 미련한 짓을 한 저희를 용서해 주시면 백골난망으로 보위원 동지의 은혜를 잊지 않겠습니다. 정말입니다. 두 번 다시 이런 엄중한 죄를 짓지 않겠습니다. 그러니 저희를 불쌍히 여기시고 한 번만 눈감아 주십시오. 이 돈은 부정하게 얻은 돈이니 보위원 동지께 바칩니다. 제발 용서해 주십시오."

미옥이 흘깃 왕준호가 내민 돈다발을 보며 한숨을 내쉬었다. 보위원이 한쪽 구둣발을 탁 굴렸다.

"검은돈을 회수하는 건 당연한 일이고, 아주머니는 이 상황에도 돈이 아까운가?"

민화도가 얼른 아내를 저지하며 고개를 흔들었다.

"아닙니다. 용서해 주신다면 저희는 더 바랄 게 없습니다."

방 안에 잠시 야릇한 긴장과 침묵이 흘렀다. 보위원이나 안전원이 돈이 나오는 사건은 상부에 보고하기 전에 뇌물을 받고 자기 선에서 마무리한다는 건 널리 알려진 사실이었다. 이번 일이 돈을 뺏기는 선에서 끝날 수 있다는 생각을 동시에 했다. 아니나 다를까, 보위원이 권총을 허리춤에 매달린 권총집에 도로 집어넣더니 한결 누그러진 어조로 말했다.

"요즘 살기 만만치 않다는 건 모르지 않지만, 이건 너무 엄중한 불법행위가 아닌가. 하지만 이번 사건을 문제 삼으면 왕준호와 민화도 당신네 두 가족이 곤욕을 치르게 될 뿐만 아니라 밀수꾼, 국경 경비대까지 많은 사람이 걸려들겠지. 보위원이지만 그렇게 많은 사람의 인생이 망하는 건 별로 즐거운 일이 아니지. 당신들은 초범이니까 큰맘 먹고 이번엔 용서하지. 앞으로 잘해야 할 거야!"

보위원이 자리에서 일어나 몸을 돌리며 갈 듯이 제스처를 취했다. 왕준호가 얼른 돈다발을 들고 일어났다.

"보위원 동지, 제발 받아 주십시오. 이렇게 부탁드립니다."

보위원은 그러기를 기다렸다는 듯 걸음을 멈추고 돌아섰다.

"좋아, 당신들 죄를 눈감아 주는 건 나에게도 엄청난 위험부담이니 그 대가로 받지. 대신 당신네도 살아야겠으니 세 다발만 넣으시오. 당신들 오늘 천운으로 좋은 보위원 만난 줄이나 알라고. 그리고 앞으로 무슨 일이 있으면 반드시 나를 통과해야 할 거야. 내 말 무슨 뜻인지 알겠지?"

미옥이 화색을 띠고 보자기에 돈다발 세 개를 넣어 두 손으로 내밀었다. 보위원이 돈주머니를 받아 들더니 회심의 미소를 띠고 뱀처럼 스르르 사라졌다. 미옥이 얼른 문을 잠그고 그 자리에 풀썩 무너지며 아이고 소리를 질렀다. 민화도와 왕준호도 방바닥에 맥없이 주저앉았다. 무거운 침묵을 깨뜨리며 왕준호가 입을 열었다.

"어디서 빌미를 잡혔는지 모르겠지만, 제 생각엔 보위원이 우리가 열매를 거둘 때까지 기다린 것 같아요. 오늘 매복했다가 급습한 걸 봐서는 돈을 노린 게 분명해요. 그러니 너무 걱정하지 않으셔도 될 것 같습니다."

민화도가 말라 드는 입술을 감빨며 말했다.

"정말 후환이 없을까요?"

"보위원이 돈을 가져간 이상 문제 될 건 없다고 봅니다. 지금 보위원들 돈 나올 구멍이라면 물불을 가리지 않거든요. 그들도 살기 힘드니까요. 앞으로 무슨 일이 있으면 반드시 자기를 통과해야 한다고 보위원이 강조하지 않았습니까. 우리가 5만 원을 내밀었는데 2만 원을 남겨 둔 건 우리와의 관계를 이것으로 단절하지 않겠다는 의미지요. 다시 말해 앞으로 이런 일을 진행할 때 자기를 끼워 달라는 소립니다. 어쩌면 화가 복이 될 수 있어요."

민화도가 두 손을 흔들며 고개를 가로저었다.

"아이고, 그런 말씀 마시오. 다시는 이런 일 벌이지 않겠습니다."

미옥이 서글픈 웃음을 지으며 남편을 측은히 바라보았다.

"왕 아저씨, 우리 남편 워낙 토끼 심장이라 앞으로 꽤 오랫동안 굴속 깊이 들어가 숨을 거예요. 그러니 당분간 기대하지 마세요."

왕준호가 고개를 끄덕였다.

"소낙비는 피해 가는 게 맞지요. 그리고 내일 제 몫인 5만에서 2만을 가져다드리겠습니다. 민 선생님 4만, 제가 3만 원 배분한 셈이지요. 아쉽지만 이만하길 다행으로 생각합시다."

"세상에, 왕 아저씨는 너무 호탕하고 진실한 분이세요. 이 은혜를 어떻게 갚을지 모르겠어요."

미옥이 손으로 입을 막으며 눈물을 글썽였다.

"아닙니다. 제가 미안하지요. 놀란 마음 잘 추스르십시오. 사고는 눈썹 위에서 떨어진다더니 사람 일은 정말 모르겠습니다."

왕준호의 말에 속 빈 어색한 웃음소리가 환희와 공포가 엇갈렸던 방 안을 맴돌았다.

7.

몇 달간, 민화도는 정말로 집에서 붓 한번 들지 않고 극장 일에만 몰두했다. 반성하듯 더 열성적으로 일했다. 왕준호 배려로 민폐 4만 원을 손에 쥔 미옥이 역시 미련 없이 장사에 극성을 부렸다. 남편이 그림을 그렸으면 하는 바람이 없지 않았지만 때가 아니라는 걸 알고 있었다. 좀 더 시간이 걸려야 소심한 남편의 오그라든 가슴이 펴질 수 있었다. 오히려 보위원이 두 번인가 미옥을 불러 남편이 요즘 어떤 그림을 그리냐고 넌지시 물었다. 그림을 판다면 관여하겠다는 속셈을 슬쩍 내비쳤다. 남편이 그때 일에 질겁해서 다시는 붓을 들지 않는다고 말하자 보위원이 허허 웃었다.

"정말 고지식하고 눈치 없는 양반이로군."

어느 날, 잘 시간이 되어 불을 끄고 자리에 눕는데 급하게 문 두드리는 소리가 났다.

"문 좀 여시오. 나요, 보위원이요."

미옥이 깜짝 놀라 일어나 문을 열고 불을 켰다. 미간에 주름을 잔뜩 잡고 눈을 번뜩이며 보위원이 손으로 전등을 가렸다.

"불을 끄시오."

현관에 선 채 어둠 속에서 씩씩거리던 보위원이 낮으나 매몰찬 어조로 말했다.

"솔직히 대답해야 하오. 민화도, 당신이 그린 그림이 모두 산수화가 맞소?"

어물거리는 민화도 대신 미옥이 얼른 대답했다.

"그럼요. 산이랑 강이랑 나무랑 뭐 그런 그림이에요."

"정말이요? 젠장, 그럼 당신네 말고 또 다른 화가가 그림을 중국에 팔아먹었다는 건가?"

민화도가 떨리는 목소리로 무슨 일이냐고 물었다.

"북조선에서 중국으로 넘어간 그림이 지금 미국으로까지 날아가 전시회가 열리고 있단 말이요. 그 그림에 전 세계가 주목하면서 북조선 인권을 거론하고 난리를 치고 있소. 무슨 할망구 시체 그림, 꽃제비 그림, 안전원이 단속하는 그림을 비롯해 전부 공화국을 악착같이 헐뜯는 내용이라고 했소. 설마 민화도, 당신 그림은 아니겠지?"

"아닙니다. 절대 아닙니다."

이번에도 미옥이 대답하며 온몸을 사시나무 떨듯 하는 남편의 팔을 꼭 잡았다. 몸이 떨리기는 미옥도 마찬가지였다. 다행히 불을 켜지 않아 보위원이 눈치채지 못했다.

"그걸 어떻게 믿어? 당신들을 믿을 수 없다니까! 이 순간에 나를 속여 넘겨서 해결될 문제가 아니란 말이오. 그 그림에 영어 약자로 작가의 이름을 밝혔다고 했는데, 지금 포위망이 좁혀지고 있소. 밝혀지는 건 시간문제요. 내가 위험을 무릅쓰고 찾아온 건 만일 당신의 그림이라면 당장 도망치시오. 내 말의 뜻을 알겠소? 잡힌다 해도 나에 대해서 입도 뻥긋해서는 안 될 것이오. 내가 살아남아야 뒤를 봐줄 수 있으니까. 젠장, 내가 지금 무슨 소리를 하는 거야? 암튼 당장 하늘로 증발하든 땅으로 꺼지든지 이 땅에서 사라지란 말이오, 일주일 내로. 알겠소? 젠장, 빌어먹을."

혼자서 붉으락푸르락하던 보위원이 문을 쾅 닫고 사라졌다. 민화도 부부가 서로 눈을 부딪치며 쓰러지듯 주저앉았다. 둘은 한참을 멍하니 서로 바라만 보았다. 미옥이 먼저 정신을 가다듬고 왕준호에게 전화를 걸었다. 지금 급한 일이 있으니 집으로 와 달라고 울먹이며 말했다.

얼마 후, 왕준호가 자전거를 타고 나타났다. 어둠 속에 마주 앉은 미옥이 방금 보위원이 다녀간 이야기를 횡설수설했다. 가슴 터질 듯한 정적을 깨며 왕준호가 단호한 어조로 말했다.

"방법은 하나뿐입니다. 탈북이요."

"탈북이요?"

민화도 부부가 동시에 외쳤다.

"네, 민 선생님 가족은 이 땅에서 더는 살 수 없습니다. 형님이 미국에 그림을 보낸 거 같은데, 그렇게 판을 크게 벌일 줄은 생각 못 했습니다. 일주일이라고 했던가요? 탈북은 제가 책임지겠습니다. 중국에 저의 친척이 많고 공안에 줄이 있어 중국에 숨어 있는 건 문제가 아닐 겁니다. 일단 중국으로 피신하고, 다음 노정을 정해야지요. 어떻습니까. 마음의 준비가 됐습니까?"

왕준호는 용의주도한 사람이었다. 민화도가 땅이 꺼지게 한숨을 내쉬며 고개를 끄덕였다.

"선택의 여지가 없군요. 왕 선생님이 계셔서 다행입니다. 왕 선생님 하자는 대로 하겠습니다."

왕준호가 즉시 손전화기를 들고 밀수꾼에게 전화를 걸었다. 마침 다음 날 저녁에 밀수 물건을 중국에 넘길 예정이라고 했다. 작은 나무배를 가지고 오는데 물건이 많아서 한 사람만 더 탈 수 있다고 했다. 왕준호가 여섯 살 난 아이까지 두 사람만 먼저 태우자고 부탁하며 비용은 넉넉히 치르겠다고 하자 그쪽에서 승낙했다. 다음 밀수 물건은 이틀 후에 중국에 넘길 예정이니 그때 한 사람을 더 넘기기로 약속을 받아 냈다.

왕준호가 안도의 숨을 내쉬며 누가 먼저 강을 넘겠는지 물었다. 민화도 부부가 서로 먼저 넘어가라고 옥신각신했다. 아이를 데리고 가니 민 선생이 먼저 떠나고 부인은 이틀 후에 가는 게 어떠냐고 왕준호가 절충안을 내놓았다. 민화도가 머리를 흔들며 단호하게 잘라 말했다.

"아니요, 절대 그럴 수 없어요. 왕 선생님, 집사람과 아들을 먼저 넘겨주시오. 꼭 그래야 합니다. 제가 먼저 간다면 극장에 출근하지 않아서 의심을 살 거고, 아내가 위험해질 겁니다. 그러니 제가 남아야 합니다. 이틀 후에 뒤따라가는데 무슨 걱정입니까?"

민화도가 뭔가 말을 하려는 아내에게 위압적으로 눈을 흘겼다. 지금껏 모든 일에서 아내에게 양보하고 따르던 소심한 모습은 온데간데없어졌다.

"좋습니다. 민 선생님 생각이 정 그러시다면 내일 밤은 부인과 아이를 먼저 넘깁시다. 대신 민 선생님은 태연하게 이틀간 직장에 출근하셨다가 글피 밤에 강을 넘도록 합시다. 그리고 부탁할 건 부인께서 내일 낮에 집안의 가산을 팔거나 하는 튀는 행동을 절대 하지 마십시오. 평상시처럼 부인께서도 장마당에 나가서 장사하세요. 그리고 저녁에 강을 넘는 겁니다."

미옥과 아이는 다음 날 저녁에 무사히 강을 넘었다. 이제 이틀을 기다려 민화도만 강을 넘으면 되었다. 중국에서 왕준호 사촌 형이 직접 손을 써서 공안 사람이 나와 마중하고 안가를 마련했다. 아내와 아들을 먼저 보낸 민화도는 홀가분한 마음으로 극장에 출근했다. 이젠 두려울 게 없었다. 이틀 후에는 영영 이 세상을 떠날 터였다. 급작스레 변한 자신의 삶이 별로 놀랍지 않았다. 어쩌면 참혹한 현실에 꽂혀 붓을 놀리고 싶은 마음이 달아오를 때 이미 운명은 정해졌다. 애써 외면하려 했던 무의식 속의 의분과 절망, 안타까움이 그림을 통해 선명히 모습을 드러냈다.

마지막 출근을 했을 때, 민화도는 아내가 사 놓은 말보루 담배 몇 갑을 가져가 동료들에게 나누어 주었다. 자신은 이제 담배를 끊으려 한다는 핑계를 댔다. 몸살이 와서 조금 일찍 퇴근하겠다고 양해를 구하고 어둡기 전에 극장을 나섰다. 천천히 자전거를 몰면서 십 년 넘게 오갔던 출퇴근길을 둘러보았다.

낡은 포장도로 양옆으로 옹기종기 붙어 앉은 단층집과 그 사이로 키를 높인 회색빛 낡은 아파트에서 하나둘 등불이 켜지기 시작했다. 몇 집의 창문은 유독 밝은데 태양광 패널을 마련한, 말하자면 돈이 좀 있는 집들이었다. 집집의 굴뚝에서 고단한 삶이 내뿜는 한숨처럼 연기가 하얗게 솟구치고 있었다. 배낭을 메거나 손수레를 끌고 어디론가 급하게 걸어가는 사람들 얼굴에 먼지와 땀이 배어 검붉게 번들거렸다. 가난하고 낙후한 모습이 찌든 때처럼 밴 풍경이지만 마지막으로 보는 정겨운 모습이었다.

집에서 멀지 않은 골목길에 들어서며 민화도는 자전거에서 내려 천천히 걸었다. 얼굴을 아는 이웃을 만나면 마지막 인사를 할 생각이었다. 저만치 집이 바라보이는 곳에 이르렀을 때, 민화도가 우뚝 걸음을 멈추었다. 집 옆쪽 길에 정차한 지프가 보이고, 차 주변에 검은색 옷을 입은 사내 둘이 서성거리고 있었다. 그들과 몇 걸음 떨어진 집 앞에 낯익은 보위원 모습이 보였다.

순간 온몸에 소름이 쫙 돋았다. 뭔가 일이 틀어졌다는 걸 순간에 깨달았다. 생각보다 빨리 자신의 정체가 드러난 거 같았다. 팔다리가 나른해지며 걸음을 옮길 수 없었다. 민화도 손에서 풀려난 자전거가 쾅 소리를 내며 넘어졌다.

민화도를 발견한 보위원이 뒤에 선 사내들에게 뭐라고 하며 이쪽으로 빠르게 걸어왔다. 당장 쓰러질 자세로 멍하니 보위원을 바라보던 민화도 눈이 번쩍 떠졌다. 보위원이 마주 걸어오면서 벙어리처럼 소리를 내지 않고 입을 크게 놀리며 무슨 말인가 하고 있었다.

"뛰어~ 빨리~ 뛰어~ 뛰어~"

보위원 입은 분명 이렇게 말했다. 민화도는 머리를 흔들며 정신을 가다듬었다. 보위원이 뛰라고 할 때는 다음 대책을 세우지 않았을까. 민화도가 홱 몸을 돌려 뛰기 시작했다. 뛴다기보다 비칠거리며 필사적으로 몸을 움직였다. "서라, 섯!" 뒤에서 질러 대는 보위원 소리가 뒷덜미를 쳤지만 개의치 않았다. 소리는 날카롭지만, 일부러 그런다는 걸 알았다.

간신히 이십 미터 정도 달렸을 때, 불현듯 요란한 총성을 들었다. 동시에 가슴 한쪽에 거대한 망치가 내려치면서 불덩이가 닿은 듯 뜨거운 통증을 느꼈다. 풀썩 그 자리에 쓰러진 민화도는 까마귀 무리처럼 달려오는 사내 둘과 권총을 들고 다가오는 보위원의 일그러진 얼굴을 보았다. 가물가물 흐려지는 의식 속에서 자기를 죽이려고 보위원이 일부러 도망치라는 신호를 주었음을 깨달았다.

"그랬구나! 내가 죽어야, 제가 살 테니까!"

뿌연 하늘에 한껏 잇몸을 드러내고 웃는 아내 미옥의 얼굴과 월병을 맛나게 먹는 아들의 모습이 보였다. 그 뒤로 민화도 그림들이 병풍처럼 펼쳐져 펄럭이고 있었다. 굳어지는 민화도 얼굴에 히죽이 웃음이 떠올랐다.

올가미

1.

장 대표를 죽일 절호의 기회가 왔다. 빌라의 어두컴컴한 계단에는 CCTV가 없었다. 엘리베이터는 고장 났고, 퇴근 시간이 퍽 지난 저녁이라 계단을 이용하는 사람이 없었다. 용범의 머릿속에 액션의 시뮬레이션이 재빨리 그려졌다.

두 계단 앞서 내려가는 장 대표에게 슬며시 다가가 순식간에 급소를 내리친다. 쓰러지는 그를 확 밀쳐 계단을 구르게 한 다음 사람이 갑자기 쓰러지며 계단을 굴렀다고 119에 전화를 건다. 119가 도착할 때쯤이면 장 대표는 이미 숨이 넘어간 상태다. 급소를 타격할 때 생긴 약간의 흔적은 계단을 구르느라 난 상처 중 하나가 될 것이다. 해부해 봤자 급성 심장마비로 나온다. 만성 고혈압으로 고생하는 장 대표의 주머니에 들어 있는 약은 상황을 멋지게 해결 지을 적절한 증빙물이 된다.

어둠 속에서 용범의 군살 없이 매끈한 얼굴이 차갑게 번들거리고 눈빛이 날카롭게 번뜩였다. 순간, 장 대표가 걸음을 멈추고 웃는 얼굴로 뒤를 돌아보았다.

"용범 씨, 오늘 선약이 있어? 날씨가 꿉꿉하니 술 생각이 나는구면. 저녁 식사를 같이하고 싶은데, 시간 낼 수 있어?"

전신의 맥이 풀리는 걸 느끼며 용범이 "휴." 큰 숨을 내뿜었다. 매번 이런 식으로 장 대표를 죽일 기회를 놓쳤다. 골든 타이밍은 주도면밀한 기획안에서 생길 수 있고 불현듯 다가올 수 있었다. 모든 신경이 팽팽하게 살아나며 본능과 촉감이 신호를 보낼 때 몸을 날리면 백발백중이었다. 하지만 매번 몸보다 생각이 앞섰다. 킬러가 가장 경계해야 할 망설임이었다. 훈련 때 느꼈던, 목표를 공격하는 순간 온몸을 짜릿하게 휘감는 야생적 흥분이 생기지 않았다. 북한 특수부대는 살아 있는 짐승과 사형수를 대상으로 실물 훈련을 했다. 그럴 때는 목표가 생명이라는 생각이 없었고 주저함이 없었다. 장 대표와 일한 지 반년이 되면서 몇 번의 기회가 왔지만, 매번 놓쳤다. 아니, 놓아 버렸다. 얼굴을 찡그리며 주춤하는 용범을 장 대표가 의아한 눈빛으로 쳐다보았다.

"왜 그래? 어디 아파?"

"아닙니다. 오늘은 제가 쏘겠습니다. 그동안 대표님이 직원들에게 밥을 자주 사 주시지 않았습니까."

"아니야, 먼저 먹자고 요청한 내가 대접해야지. 다음에 용범 씨가 사 줘."

장 대표가 용범이와 나란히 걸음을 맞추더니 어깨를 툭툭 치며 히

죽이 웃었다. 소리 없이 씩 웃는데 호탕한 웃음소리가 들리는 듯했다. 너부죽한 얼굴의 장 대표가 코와 입술을 들어 올려 굵직한 이를 한껏 드러내 웃으면 푸근한 인상이 더 강조되었다. 눈이 맞붙을 정도로 환하게 웃을 때면 상대의 마음이 순식간에 무장 해제되었다. 마음 좋은 동네 아저씨 이미지인 장 대표는 방송에서 북한 문제에 대해 분석하거나 비평할 때조차 평온하게 웃었다.

하지만 북한에서 중앙 기관지 책임 주필을 한 경력자답게 말의 내용이나 써내는 글들이 논지가 예리하고 심오했다. 북한 지도층 행보에 대한 분석이나 예견이 신통하게 들어맞았다. TV나 라디오 방송에서 북한 문제를 다룰 때면 장 대표를 많이 찾았다. 한국 사회에 널리 알려진 비중 있는 탈북 인사였다. 북한 관련 집필이나 방송 출연 외에 민간 대북 방송을 십수 년째 줄기차게 이어 오고 있었다. 탈북민 사회의 대표적인 인물이고 적지 않은 영향력을 발휘했다.

북한으로서는 당국의 치명적인 아킬레스건을 사정없이 건드리는 장 대표가 가장 악질적인 반역자이고 반동분자였다. 장 대표가 터뜨리는 북한 내부 사정, 특히 고위층 움직임이나 정보의 신빙성이 검증되자, 항간에서는 북한의 고위층과 단단한 줄이 있다는 말이 떠돌았다. 주기적으로 북한에 돈을 주고 내부 정보를 뽑아낸다는 말이 있었다. 그 말은 민간인인 장 대표가 북한 고위층에 간첩을 두고 움직인다는 소리였다. 사실인지 아직 밝히지 못했지만, 용범이 받은 임무에 포함된 내용이었다.

장 대표는 용범이 처단해야 할 첫 번째 목표였다. 장 대표가 북한의 누구와 연계되어 있는지 반드시 밝혀낼 것, 장 대표를 비롯한 탈북민 주요 인사 두 명 정도를 처단하여 본보기를 보일 것, 탈북민 사회에 공포와 불안, 불신과 혼란을 조성할 것, 이것이 용범이 받은 기본 임무였다.

당장 가을비가 쏟아질 듯 진회색 하늘이 낮게 드리웠다. 10월 말이라 눅눅하고 쌀쌀한 바람이 옷 사이로 스며들었다. 용범이 복무하던 특수부대가 자리한 북한 고산지대에는 지금쯤 눈이 많이 쌓였다. 활짝 웃는 백발의 할머니 얼굴이 그려 있고 그 옆에 '할머니 뼈해장국'이라고 쓴 집으로 장 대표가 앞장서 들어섰다. 외국인이 할머니의 뼈로 만든 음식으로 오인해 소름이 끼쳤다는 식당 간판이었다. 외래어투성이인 한국 간판들이 낯설기는 용범도 마찬가지였다. 장 대표가 뼈해장국 두 그릇에 수육 한 접시와 소주를 시켰다. 밑반찬이 차려지고 수육이 먼저 나오자 장 대표가 술을 따랐다.

"단둘이 마주 앉는 건 처음이군. 용범 씨와 함께 일한 지 벌써 반년이 된 건가? 올봄에 자네가 하나원에서 나오자마자 우리 방송국에서 일하겠다고 찾아왔을 때 사실 난 감동했네. 근데 자네 첫인상이 어땠는지 아나? 군관 출신이니 행동이 날파람 있는 건 당연한데, 눈빛이 마치 칼끝 같았어. 액션 영화 주인공 이미지랄까. 조금 섬뜩했지만, 매력 있었어. 용범 씨 잘생겼잖아."

용범이 저도 몰래 풋 하고 웃었다.

"그래, 그렇게 웃어. 탈북민 누구나 한국에 와서 얼마간은 용범 씨처럼 얼굴이 경직되고 불안을 보이지. 북한과는 전혀 다른 세상이니까. 마치 조선 시대 같은 세상에서 미지의 세계인 미래로 타임머신을 타고 온 느낌이랄까. 낯선 거투성이고 배울 문화와 문명이 한두 가지 아니지. 처음 맛본 자유에 숨통이 확 트이지만, 망망대해에서 갈 길 모르는 뱃사공처럼 외로움과 불안을 느끼지. 용범 씨도 그런가?"

용범이 억지로 입꼬리를 들어 올리며 고개를 끄덕였다. 단답형으로 대답하는 용범을 물끄러미 바라보며 장 대표가 특유의 해맑은 미소를 지었다.

"너무 걱정하지 말게. 살다 보면 알게 되지만 최소한 북한처럼 굶어 죽을 공포는 없으니까. 몸만 성하면 어떤 일을 하든 살아갈 수 있지. 능력이 안 되면 국가 복지로 살면 되고. 하지만 탈북민 누구나 한국에서 살아가는 햇수만큼 욕심이 늘어난다네. 더 좋은 집, 더 좋은 차, 더 좋은 직장, 명품, 그리고 사회적 성공과 명성, 한국 사람이나 별반 다를 바 없지. 문명을 빠르게 익히고 재주껏 살아가는 방법을 터득한다네."

"그러니 대표님은 좀 특별하시군요. 남들은 그냥 평범한 한국 사람이 되기 위해 노력하는데 대표님은 북한 민주화를 외치고 그 일에 그토록 매달리니 말입니다."

"비판인가, 칭찬인가?"

"현상 그대로를 말하는 것이지요. 그 이유가 궁금합니다."

"어투가 묘하게 날카롭군. 미안하지만 내가 먼저 질문할까? 자네는 왜 우리 방송국으로 왔나? 호위국 제대 군관 출신이니 방송 일이 전공이거나 좋아하는 일은 아닌 듯싶은데 말이야. 솔직히 30대 중반이면 대학 공부를 하거나 기술을 배우는 게 바람직하지 않을까? 혹시 북한에 남다른 원한이나 분노, 아니면 북한 민주화에 대한 사명감이 있는 건가?"

"대표님은 사명감으로 이 일을 하시는가요?"

"질문에 질문으로 대답하는 고약한 버릇이 있군. 왠지 자네는 평범한 사람 같지 않아. 내가 사명감으로 이 일을 하느냐고 물었나? 사명감은 책임감 비슷하지. 그 누구도 나에게 북한 민주화 운동이나 대북 방송 임무를 주지 않았네. 하지만 난 벌써 이십 년 가까이 이 일을 하고 있네. 내가 이 일을 하는 건 갈망이 아닐까 생각되네. 내가 누리는 자유와 문명, 풍요를 불쌍한 고향 사람들이 함께 누렸으면 좋겠다는 갈망과 안타까움, 그것이 나의 솔직한 생각이고 감정이야."

장 대표가 진심을 말하고 있음을 용범은 충분히 알고 있었다. 중국에 억류되었던 탈북민 수백 명이 북송되었다는 소식을 접하고 눈물을 흘리며 기사를 쓰던 장 대표를 보았었다. 북송되면 대부분 죽어야 한다며 속수무책으로 당하는 불쌍한 사람들을 어쩌면 좋을지 모르겠다고 가슴을 쳤다. 천천히 술잔을 기울이는 장 대표의 눈이 가늘게 좁혀졌다. 뭔가 깊은 생각할 때 짓는 표정이었다.

"진실한 사명감은 사실 버겁고 쉽지 않은 생각이네. 이십 년 전 나는 희망을 안고 설레는 마음으로 한국으로 왔어. 기회는 많은 세상이지만 정작 나는 어떻게 살아야 할지 몰라 방황했네. 북한 언론인이 한국 언론계에 낄 자리가 없더군. 내가 꼭 용범 씨 나이에 한국에 왔거든. 처음엔 정말 막막했네. 새로이 공부할까, 기술을 배울까. 고민이 많았네."

처음 듣는 장 대표의 솔직한 말에 용범의 눈이 커졌다. 지성과 노숙함이 깃든 장 대표에게 서툴고 힘든 과거가 있다는 게 잘 상상이 되지 않았다. 북한 출신이라는 것만으로는 한국 사회가 인정하는 북한 전문가가 될 수 없다고 장 대표가 말했었다. 북한에서 대학을 졸업했지만, 대학원에서 북한학을 전공하고 박사 학위를 따려고 고군분투하는 탈북민이 많다는 걸 용범은 알고 있었다. 장 대표가 씩 웃음을 지으며 용범에게 술잔을 내밀었다. 술이 몇 잔 들어가자 얼굴이 벌겋게 달아오르며 무던한 인상이 더 강조되었다. 용범이 눈을 내리깔고 음식을 먹으며 무심한 척 말을 던졌다.

"얼마 전에 피 묻은 도끼를 사무실 앞에 가져다 놓은 북한의 위협이 두렵지 않으십니까?"

그 일은 용범이 한 짓이었다. 격한 위협에 질겁해서 장 대표가 북한 관련 일에서 손을 떼기를 바라는 게 용범의 솔직한 심정이었다. 장 대표가 갑자기 허허 속 빈 웃음을 지었다.

"두렵지. 목숨을 위협하는데 왜 무섭지 않겠나. 근데 북한이 지나치게 나를 반공 투사 취급하는 거야. 솔직히 글을 쓰고 북한을 분석하는 일이 그중 자신 있어서 시작한 거야. 하다 보니 보람을 느끼게 되고, 은근히 재미가 생기더군, 미국에서 후원금이 들어오고 국내 후원자들이 생기면서 밥벌이가 되었지. 뭐 처음부터 투사처럼 북한과 결사의 각오로 싸우리라 시작한 건 아니었어."

"그럼 이제라도 다른 일을 찾아볼 생각은 없으신가요? 북한이 그렇게 위협하는데."

용범이 진지하게 물었다. 흠뻑 취한 장 대표는 용범의 의도를 눈치채지 못하고 혼자 떠들었다.

"이젠 대북 방송이나 언론 출연, 집필이 나의 직업이 되었다네. 그런 일을 하다 보니 자연히 북한을 비판하게 되고, 시간이 흘러 인지도가 높아지면서 한국에서 나의 사회적 정체성이 만들어졌지. 하지만 거대한 독재 체제를 대상으로 내게 무슨 힘이 있겠나? 내가 온 힘을 다해 떠드는 무수한 말이 마치 거대한 바위에 부딪혀 부서지는 물방울 같다는 생각이 들어 허무하고 서글플 때가 많다네."

"그러니까 방송 일을 그만두면 어떻습니까. 뭐라 할 사람이 없는데."

용범이 진심으로 말했다. 제발 장 대표가 눈앞에서 사라져 버리기를 바랐다. 장 대표는 술 한 잔을 단번에 들이켜더니 어깨를 으쓱했다.

"내가 암살당할까 봐 걱정해 주는 건가? 그렇다고 후회하거나 물러설 생각은 없다네. 그거 아나? 나의 말과 글이 작은 물줄기처럼 미약해도 북한이 무지 싫어하는 힘을 가졌다는 걸 말이야. 나는 자부심이 있다네. 분명한 건 북한이 민족의 역사에 두 번 다시 반복되어서는 안 될 최악의 세상이라는 거야. 자네나 나나 탈북민 모두가 북한을 벗어나 한국으로 온 것만으로 로또야. 인생 로또! 노예의 처지에서 벗어나 자유를 얻었으니 그 이상 위대한 인간 승리가 어디 있겠나? 그러니 정의는 나에게 있는 셈이지. 내가 옳단 말일세! 내가 정의야!"

장 대표는 몇 안 되는 직원들과 회식할 때조차 술을 절제했다. 하지만 오늘은 왠지 술을 계속 마시며 쉴 새 없이 말을 이어 갔다.

"자네가 방송 기계를 잘 다루는 걸 보았네. 기계에 소질이 있는 거 같은데 기술을 배우는 건 어떤가? 사실 급여가 적은 민간 방송 일은 인력을 찾기 힘들어. 직원을 뽑으면 몇 달 못 하고 다른 일을 찾아간다네. 욕심 같아선 자네를 붙들고 글 쓰는 일이나 방송 일을 가르쳐 주고 싶어. 하지만 글쟁이는 워낙 배고픈 직업이야. 동생처럼 생각하고 하는 말인데, 앞으로 장가가고 생활을 꾸리려면 방송 일로 힘들어."

손바닥으로 밥상을 두드리며 열변을 토하는 장 대표의 얼굴에 용범을 걱정하는 진심이 엿보였다. 장 대표의 각별한 관심이 처음엔 부담스러웠지만, 점점 싫지 않았다.

"사실 난 개인적으로 북한에 원한이 많은 사람이야. 에이, 빌어먹을 세상, 잔인한 세상, 내가 싹 부숴 버리고 말 거야."

장 대표가 주먹을 허공으로 흔들며 초점 없는 눈을 부릅뜨려 애썼다. 장 대표의 인생이 꽤 파란만장하다는 건 이미 파악했다. 갑자기 장 대표가 가슴을 두드리며 갈린 소리로 중얼거렸다.

"다 나 때문이야. 이 못난 아비 때문에…. 미순아, 미경아, 어디 있는 거니? 귀염둥이 내 딸들이 나 때문에…. 정말 미안하다. 이 아빠를 용서해 다오. 미안하다."

잔주름 잡힌 장 대표의 두 볼에 눈물이 질척하니 퍼졌다. 구원을 바라듯 용범을 쳐다보는 흐릿한 눈빛이 활을 맞은 사슴의 눈처럼 아프고 처량해 보였다. 용범이 말없이 술잔을 권하며 눈길을 피했다.

북한에서 중앙 언론기관 편집장을 할 때 장 대표는 글 한 자까지 철저히 당의 검토를 받는 시스템에 대한 불만을 술자리에서 말했다. 그 말이 고발되고, 어느 날, 보위부에 있는 친구가 위험을 귀띔해 주었다. 덕분에 장 대표는 잡히기 전에 탈북을 단행했다. 북한 보위부가 중국 공안에 협조를 요청해 장 대표에 대한 추적이 있었지만, 다행히 은인을 만난 덕에 중국 농촌에서 일 년간 숨어 지냈다.

그 후, 한국으로 들어와 자리를 잡느라 몇 년이 지나 수소문해 보니 북한 가족에 대해 청천벽력 같은 소식이 들려왔다. 그사이 부인과 두 딸은 평양에서 추방되어 양강도 오지로 쫓겨 갔다. 그곳에서 부인은 전염병에 걸려 죽고, 겨우 열두 살, 열 살짜리 어린 두 딸은 꽃제비로 각기 흩어져 행방을 알 수 없었다. 장 대표는 생사조차 알 수 없는 어린 두 딸이 가슴에 맺혀 여태껏 혼자 지냈다. 언젠가는 딸들을 만나리라는 희망 하나로 억척같이 살아간다고 했다. 어쩌면 상처투성이 마음을 감추기 위해 그리 해맑게 웃는지도 몰랐다. 어지간히 술이 들어간 용범이 술잔을 밥상에 탕 소리 나게 놓으며 씹어뱉듯이 말했다.

"그러게 그따위 일은 걷어치우란 말입니다. 내 앞에서 불쌍한 척하지 말고."

장 대표가 상에 고개를 박으며 중얼거렸다.

"불쌍해? 내가? 그래, 불쌍하지. 나도 자네도…."

장 대표 집은 방송국에서 멀지 않은 곳에 있는 국민 임대 아파트였다. 축 늘어진 장 대표를 끌고 택시에 올라 용범이 장 대표 주소를 불러 주었다. 임무 수행을 위해 장 대표 집 주소는 물론 주변 건물이며 환경을 훤히 파악하고 있었다. 장 대표를 업고 엘리베이터에 올라 14층 집에 도착하자 자기 집처럼 비밀번호를 눌렀다. 장 대표가 감기에 걸린 날, 일부러 약을 사 들고 뒤쫓아 가 비밀번호를 기억했다. 장 대표를 침실 침대에 눕히고 거실로 나온 용범이 소파에 철석 드러누웠다. 희뿌옇게 흔들리는 천장을 바라보며 중얼거렸다.

"북한에 대한 원한으로 치면 나도 대표님 못지않다고요. 하지만 난, 난…."

푸푸 투레질하며 용범은 어느새 곯아떨어졌다.

2.

용범이 특수부대 훈련 교관으로 한창 잘나가던 때, 평양 무역국 간부로 외국을 들락거리던 삼촌이 한국 정보기관과 접촉했다는 간첩죄로 처형당했다. 삼촌네 온 가족은 정치범 관리소로 끌려갔다. 삼촌의 숙청은 가문에 엄청난 타격이었다. 삼촌 덕에 달러를 만지던 온 가문이 졸지에 오지로 각기 추방당했다. 평성에서 살던 용범의 부모님과 세 동생은 검덕 광산으로 추방당했다. 평성시는 용범의 가족이 대를 이어 살아온 고향이었다.

동시에 용범이 제대하면서 이혼을 당했다. 평양 토박이고 꽤 힘 있는 처가 쪽에서 부랴부랴 이혼을 시켰다. 다섯 살 난 아들은 아내가 데리고 평양 친정으로 올라갔다. 쌀 몇 킬로에 사품이 든 제대 배낭을 멘 용범이 초라한 몰골로 쓸쓸히 부대를 떠났다. 어제까지 가르치던 대원이 따라붙었다. 말로는 안전하게 검덕까지 데려다주려는 부대의 배려라지만, 실은 감시 겸 호송이었다. 가는 도중에 대원을 따돌린 용범은 가족이 있는 검덕이 아니라 곧바로 국경으로 직진했다. 배운 솜씨로 국경 감시망을 피해 두만강에 이른 용범은 이를 갈면서 차가운 강물에 몸을 던졌다. .

무작정 두만강을 건넌 용범은 일단 중국 쪽 산속에 자리를 잡고 앞으로의 일을 모색하기로 했다. 중국에서 불법 체류자로 살 수 없으니 어떻게든 줄을 잡아 한국으로 가리라 다짐했다. 산 정상에 마침 자그마한 동굴이 있었다. 배낭에 챙겨 넣은 칼로 나무를 베어 입구를 가리고 동굴 바닥에 가랑잎을 쌓아 잠자리를 마련했다. 마침 가을이라 논과 밭에는 곡식이 쌓여 있었다. 밤에는 산 밑으로 내려와 밭에서 옥수수며 콩을 가져와 불에 구워 먹었다. 산 중턱 골짜기로 물이 흘러 그런대로 한 달 정도는 지낼 수 있었다. 하지만 배낭에 넣어 가지고 간 소금이 떨어지자 속이 뒤집혀 참을 수 없었다.

일단 인가에 내려가 보기로 작정했다. 날이 어두워지자 골짜기의 한 농가로 접근했다. 숨어서 보니 60대로 보이는 노인 부부가 살고 있었다. 용범이 나타나자 노부부는 소스라치게 놀라며 온몸을 부들부들 떨었다. 산속에 숨어 지내느라 꾀죄죄한 몰골이지만 용범의 예사롭지 않은 눈빛에 질겁했다. 다행히 할머니가 조선족이어서 말이 통했다. 배고파서 강을 넘었다고 하자 부랴부랴 먹을 걸 차려 주었다. 용범이 김칫물을 사발째 들이켜며 건더기를 한입 넣고 우적우적 씹자 할머니가 혀를 끌끌 찼다.

밥을 먹으며 용범이 돈을 벌게 도와달라고 했다. 할머니의 통역을 들은 할아버지가 한족 말로 기꺼이 도와주겠노라고 했다. 하지만 할아버지가 커피에 수면제를 넣는 걸 몰랐다. 할머니가 음식을 권하며 인정을 베푸는 데다 노인이라 별로 경계하지 않은 게 치명적인 실수였다. 커피를 물처럼 죽 들이킨 용범이 윗몸을 가누지 못하고 흔들거리다 밥상 옆에 푹 고꾸라졌다. 할아버지가 정신없이 곯아떨어진 용범의 얼굴을 핸드폰에 저장된 사진과 찬찬히 대조해 보았다. 그리고 공안에 전화를 걸었다. 공안이 찾고 있는 북한 수배자를 수면제를 먹여 잠재웠다고.

용범을 호송하던 대원의 보고를 받은 보위부는 곧 추적에 들어갔다. 용범이 갈 길은 탈북밖에 없다 여기고 북·중 국경으로 수사망을 좁혔다. 마침내 용범이 강에 뛰어들어 헤엄치는 모습이 국경 경비대 CCTV에 찍힌 걸 찾아냈다. 정찰총국 특수부대 현황을 손금 꿰듯 아는 용범의 탈북은 비상 사고였다. 부랴부랴 중국 공안에 도움을 요청하고 체포조를 파견했다. 신속히 국경 쪽 중국인들에게 용범의 사진을 배포하고 중국 돈 2만 원의 현상금을 걸었다.

용범이 어렴풋이 정신을 차렸을 때는 이미 두 손이 결박되어 있었다. 흔들리는 차 안에서 공안 세 명이 총을 겨누고 앉아 있는 걸 보고 사태를 깨달았다. 꼼짝없이 공안으로 끌려와 그 길로 보위부 체포조에 인계되어 북송되었다.

죽기를 각오한 용범은 매를 맞으면서 악을 쓰고 항변했다. 당과 수령을 위해 목숨 바쳐 특수부대에서 복무한 자신에게 무슨 죄가 있어 제대시켰냐고 고함을 질렀다. 자신을 도강하게 만든 건 너희들이라고 의식을 잃으면서 중얼거렸다. 잘못을 인정하지 않고 반발한 죄까지 더해 사형을 선고받았다. 하지만 용범의 사형 선고에 검은 손이 뻗어 있다는 걸 그때는 몰랐다.

모든 걸 체념하고 죽을 날만 기다리던 어느 날, 용범은 포승에 묶인 채 호송차에 태워졌다. 눈에 검은 안대가 가려지고 호송차가 궁둥이를 들썩이며 달리기 시작했다. "죽이러 가는구나." 용범이 흥 코웃음을 치며 중얼거렸다. 몇 시간을 달려 어딘가에 도착했을 때, 허허벌판 처형장이 아니라 어떤 건물에 들어선다는 느낌을 받았다. 출입문이 여닫히는 소리가 몇 번 들리고 안대를 풀었을 때, 깨끗하고 넓은 사무실이 펼쳐졌다. 몇 달을 지하 감방에 갇혀 있던 용범은 창문을 통해 넘어온 햇살에 눈을 뜨지 못하고 비칠거렸다. 우악스러운 손길이 용범을 바닥에 꿇어앉혔다. 몽롱한 정신을 가다듬으려 애쓰는데, 부드러운 목소리가 들렸다.

"정신이 드나? 눈을 떠 보라고, 나야!"

귀에 익은 목소리였다. 이마 주름을 잡으며 무거운 눈두덩을 들어 올리던 용범이 벌떡 일어서려다 쿵 하고 모로 넘어졌다.

"포승을 풀어 주고 의자에 앉히라우."

포승줄이 풀리고 옆에 선 자가 용범의 겨드랑이를 추켜세워 의자에 앉혔다. 넓은 책상 앞에 군복을 입고 앉아 있는 사람은 용범의 부대 정치부장이었다. 용범의 눈에 눈물이 비 오듯 흘렀다. 죽지 않을 수 있다는 안도감과 서러운 마음이었다. 죽음의 문턱에서 만난 옛 상관이 저승사자가 아니라 구세주라는 걸 직감했다.

"고생했어. 그러게 왜 뛸 생각부터 해? 검덕에 가서 얌전히 참고 기다리지."

정치부장이 책상을 가볍게 치자 물과 간식을 담은 쟁반을 들고 병사가 나타났다.

"체면 차리지 말고 어서 먹으라우. 저승길 마지막 밥이 아니니 안심하고."

용범이 음식을 다 먹을 동안 정치부장이 잠시 자리를 비웠다. 머릿속에 온갖 추측이 들끓었다. 부대에 복귀하는 걸까. 용범이만큼 실력 있는 특수부대 훈련 교관을 키우기 쉽지 않았다. 만약 검덕에 가라고 풀어 준다면 노무자로 농사를 지어도 좋으니 부대에 남겨 달라고 떼를 써 보리라 작정했다.

한참 후, 정치부장이 누런색 종이봉투를 들고 다시 나타났다. 말 없이 종이봉투에서 서류 몇 장을 꺼내 책상 위에 놓았다. 아까와 달리 근엄한 표정으로 입을 열었다.

"어머니 당에서는 용범 동무의 죄가 매우 엄중하지만 용서하고 새로운 임무를 맡기기로 하였소. 동무는 당의 명령을 목숨 바쳐 관철할 수 있는가?"

용범이 벌떡 자리에서 일어났다. 뒤축을 붙이고 몸을 빳빳하게 세우며 떨리는 소리로 외쳤다.

"넷, 저를 믿고 임무를 맡긴다면 반드시 목숨 바쳐 수행하겠습니다."

진심에서 우러나는 소리였다. 막돌처럼 버리지 않고 써 준다면 무엇이든 할 생각이 들었다. 홧김에 두만강을 넘어 중국으로 갔지만, 그렇다고 금방 새로운 세상이 열리지 않는다는 걸 체험했다. 사형 선고를 받고 죽음의 문턱까지 갔던 용범으로서는 눈물겹도록 감격스러운 재생의 기회였다. 최악의 고초를 겪었기에 더는 무서울 일이 없었다.

하지만 자신이 해야 할 일을 들으며 용범의 얼굴은 굳어졌다. 임무는 한국으로 가서 몇 명의 악질적인 반혁명 분자, 변절자를 처단함으로써 탈북민 사회에 공포를 심어 주고 혁명의 배신자 말로가 어떤지를 만천하에 보여 주는 일이었다. 작전 기일은 최대 일 년인데, 빠르면 빠를수록 좋다고 했다. 퇴로란 없었다. 장 대표를 비롯해 목표했던 탈북 인사를 죽이고 발각되면 개인적인 원한에 의한 살인으로 한국 감옥에서 평생 살아야 했다. 만약 임무를 저버리고 투항하면 그 즉시 가족은 정치범 관리소로 끌고 간다는 조항이 있었다. 뿐만 아니라 용범을 끝까지 추적하여 대가를 치르게 한다고 경고했다.

최선은 임무를 완벽하게 수행하고 다시 중국을 거쳐 북한으로 돌아가는 길이었다. 성공하면 검덕 광산으로 추방당한 가족은 평성으로 귀향시키고, 용범은 당의 높은 신임을 받고 승진하여 부대에 복귀시킨다고 했다. 가족을 인질로 한 올가미가 자신에게 씌워졌음을 알지만, 사형수 용범에게 선택의 여지는 없었다. 반드시 임무를 수행하고 귀국하리라 다짐하며 서명했다. 그 길만이 가족을 살리고 자신이 사는 길이었다. 용범의 솜씨로 민간인 두어 명 죽이는 건 일도 아니지만, 한국의 범죄 수사망이 간단치 않다는 걸 알기에 장담할 일은 아니었다.

용범의 공개적인 신분은 지방 호위국 부대에서 복무했던 제대 군관으로 하였다. 그 부대에 대한 구체적인 정보를 숙지하고 현지를 답사하여 병영 규모며 지형을 익혔다. 용범이 탈북하면 그 부대는 다른 곳으로 이동하고 부대 명칭을 바꾼다고 하였다. 그 정도로 보위부가 품을 들인 작전이었다. 한국 조사 기관에 요긴하지 않은 정보를 적당히 흘려 주고 신임을 얻으라는 게 상부의 전략이었다. 처형 대상인 탈북 인사 몇몇 인물을 파악하는 등 몇 달간 모든 준비를 마쳤다.

충분히 몸을 회복한 뒤 용범은 작전 과장과 함께 검덕에 있는 가족을 찾아갔다. 용범의 상황을 전혀 모르는 부모님은 추방은 당했지만, 최근 당 조직에서 집을 보수해 주고 식량을 보장해 준다며 고마워했다. 아들이 나라를 위해 중요한 일을 하기에 당에서 배려해 준다고 과장이 말했다. 어머니는 아들의 손을 쓰다듬으며 눈물을 흘렸다. 세 동생은 검덕 광산 막장으로 들여보내지 않고 통계원이나 적당히 쉬운 직종에 배치했다. 용범에게 가족의 운명이 달렸다는 걸 실물로 확인시켜 준 셈이었다.

검덕을 떠나 그 길로 두만강을 넘었다. 처음엔 경비대 눈을 피해 차가운 강물 밑을 자맥질해 건넜지만, 두 번째는 보위부 보호를 받으며 쪽배를 타고 넘었다. 중국 주재 무역 기관 보위원이 용범을 마중했다. 보위원 차를 타고 중국 내륙을 횡단하여 곤명까지 삼 일이 걸려 도착했다. 그곳에서 다섯 명의 탈북자 대열에 섞여 태국으로 들어갔다. 중국 남성에게 팔려 가 살던 탈북 여성들이었는데, 운이 좋은 편이었다. 용범을 한국에 침투하는 작전에 포함되어 무사히 한국으로 들어갈 수 있었다.

태국에서 인천공항행 비행기에 오를 때, 동행하는 탈북 여성들은 감격하여 울고 웃으며 난리를 쳤다. 용범이만은 그녀들이 느끼는 환희의 감정을 느끼지 못했다. 처음 두만강을 건넜을 때는 막연하지만 언젠가는 한국으로 가리라는 희망을 꿈꾸었다. 산속 동굴에 비적처럼 숨어 있을 때조차 이름할 수 없는 해방감을 느꼈다. 하지만 비행기가 한국으로 가까워질수록 숨 막히는 압박감을 느꼈다. 용범에게 한국은 새 삶의 안식처가 아니었다. 목숨 걸고 분투해야 할 작전 수행 지역일 뿐이었다.

한국에 도착하자 해당 기관에서 매우 깐깐하게 심문했다. 탈북이 어려운 시기에 한국까지 입국에 성공한 제대 군관이어서 더했다. 하지만 사전에 철저히 준비했기에 조사를 무사히 넘겼다. 다만 용범의 위장용 부대에서 탈북한 사람이 있으면 대면 조사를 한다고 해서 은근히 긴장했다. 다행히 그런 대상은 없었다. 조사를 마치고 정착 교육 기관인 하나원으로 나왔다. 남자들만 따로 수용하는 기관인데, 한때 수백 명으로 붐볐다는 큰 건물에 달랑 여덟 명이 있었다. 용범을 제외하고 나머지 사람들은 러시아 벌목장을 비롯해 해외에 파견되어 일하던 노동자들이었다. 북한에서 나와 중국을 거쳐 한국으로 직행한 용범을 보고 억수로 운이 좋다고 말했다. 탈북하여 한국으로 들어오기 어렵다는 방증이었다.

하나원에서는 몇 명 안 되는 탈북민을 차에 태우고 서울 구경을 시켜 주었다. 63빌딩에 가 보았고, 백화점에 데리고 가 옷을 사 주었다. 지하철 타는 방법이나 은행 이용하는 법도 알려 주었다. 작전 준비로 서울 거리를 화면으로 보았지만, 실물을 보는 건 느낌이 완전히 달랐다. 북한은 평양 사람들마저 무엇에 쫓기듯 빠르게 걸어 다녔다. 하지만 서울 사람들은 유유히 거리를 활보했다. 표정이나 자세에서 느긋한 평온함과 여유가 느껴졌다. 웅장한 건물과 화려한 불빛들, 도로를 질주하는 무수한 자동차가 용범의 심장을 설레게 했다. 여느 탈북민처럼 당당하게 이 거리의 사람이 될 수 있다면 얼마나 좋을까 하는 생각이 무심결에 떠올랐다.

임무 수행을 위해 서울에 집을 배정받아야 했다. 서울 임대 아파트는 하나뿐이어서 제비뽑기를 했는데 운 좋게 서울이 나왔다. 하나원을 나서려니 그동안 짐이 많이 늘었다. 하나원에서 준 전자레인지, 밥솥, 옷들이 커다란 가방 두 개에 꽉 찼다. 자원봉사자 차에 짐을 싣고 집으로 향할 때는 기분이 묘했다. 당분간이 될 수 있지만 새로운 세상에서 용범이만의 공간이 될 집이었다. 감정을 배제하고 냉철한 이성을 유지해야 한다는 걸 알지만 들뜨는 마음이 억제가 안 되었다.

아파트 단지에 도착해 관리 사무소에서 간단한 절차를 마치고 열쇠를 인계받았다. 엘리베이터를 타고 10층으로 올라와 집 열쇠를 여는데 심장이 두근거렸다. 15평짜리 아담한 임대 아파트지만 용범이혼자 지내기에는 넘치게 좋은 집이었다. 조사 기관이나 하나원에서가스로 음식을 하고 온수로 방을 덥히는 한국의 주택 구조를 익혔지만, 자신만의 공간이어서 그런지 새삼스러웠다. 주방에서 가스 스위치를 돌려 보고 화장실에 가서 더운물, 찬물을 내려 보았다. 천하의특수부대 훈련 교관이 이 정도의 문명에 신명 나 하는 게 한심해 코웃음이 나왔다.

훈련소에 있을 때 부대에서 2킬로 정도 떨어진 골짜기에 군관 사택이 줄지어 있었다. 용범이 살던 집은 부엌과 방 두 개가 하나로 연결되게 콘크리트 블록으로 지어진 주택이었다. 병사들이 동원돼 콘크리트 블록을 만들고 집을 지었다. 산에서 해 온 통나무를 쪼개어부엌에서 불을 때서 밥을 해 먹고 온돌을 덥혔다. 산골이라 수돗물이없어 마을 공동 우물로 식수며 생활용수를 보장했다. 평양 출신 외동딸인 아내를 배려해 용범이 늘 지게 양쪽에 물통을 매달고 우물을 길었다. 한국 같은 샤워 시설은 물론 없었다. 가마로 물을 데워 집 안에서 함지 모욕을 했다.

용범이 살 아파트에는 지역 사회에서 지원해 준 세탁기며 냉장고, 45인치 TV가 이미 제 자리를 차지하고 있었다. 북한에서는 평생을노력해도 갖추기 만만찮은 가전제품을 공짜로 지원해 주는 게 놀라웠다. 냉장고를 열어 보니 냉수 한 상자와 햇반, 김치와 된장이 있었고, 주방 한쪽에 쌀 한 자루가 놓여 있었다. 누군가의 세심한 배려가 고마웠다. 다음 날 마트에 가서 생활에 필요한 물건을 사야겠다고 생각했다.

화장실에서 샤워기로 뜨거운 물을 몸에 뿌리며 영원히 이 집에서 살고 싶다는 생각이 불같이 치밀었다. 늦은 점심을 먹은 터라 별로 저녁밥 생각이 없어 노곤해 오는 몸을 이불 위에 던졌다. 이른 잠을 청하여 자신의 목에 걸린 올가미를 잠시나마 망각하고 싶었다.

하지만 다음 날 핸드폰을 개통하고 용범을 안내했던 중국 주재 보위원에게 핸드폰 번호를 알려 줘야 했다. 중고 컴퓨터를 사고 네이버 메일을 만든 후, 메일 주소를 바로 전달했다. 작전 수행을 위한 절차였다. 멈출 수 없는 열차에 탄 듯이 작전 계획대로 움직였다. 북한에서 컴퓨터 다루는 법을 배웠고, 하나원에서 열심히 다루어 핸드폰이나 컴퓨터는 바로 익숙해졌다.

3.

용범이 한국에 온 지 반년이 될 때쯤, 중국에 있는 보위원으로부터 작전 독촉 메일이 왔다. 그동안 한 달에 한 번씩 행적을 메일로 보고했다. 중국에 있는 지인에게 편지를 쓰는 식으로 메일을 쓰기로 약속했다. 작전 대상은 '자격증'이라는 은어를 쓰기로 했다. 예를 들어 "자격증을 따기 위해 관련 회사로 들어갔다. 자격증을 따기 위한 공부 중이다." 이런 식이었다.

정착 지원금으로 중고차를 장만했다. 운전은 북한에서 배웠기에 운전면허증을 쉽게 땄다. 주말이면 차를 몰고 미친 듯이 전국 여기저기를 돌아다녔다. '언젠가는 떠나야 하는 세상이니까 맘껏 구경해야지.' 하는 생각이었다. 사실 그보다는 눈만 뜨면 숨통을 조이는 불안이 용범의 등을 떠밀었다는 게 맞는 말이었다. 조용한 바닷가에 앉아 안주 없이 캔맥주를 들이켤 때면 들어간 맥주만큼 눈물이 쏟아졌다. 얼근하게 취기가 오르면 저도 몰래 바다를 행해 소리를 질러 댔다.

"가기 싫다고! 그 빌어먹을 땅으로 다시 가기 싫단 말이야!"

온몸이 꽁꽁 묶여 북송될 때, 영영 한국에 갈 수 없다는 생각에 쓰라린 눈물을 쏟았었다. 다른 세상을 구경조차 못 하고 초반에 실패했기에 더 절통한 심정이었다. 그렇게 갈망하던 자유 세상에 왔지만, 온몸에 칭칭 감긴 보이지 않는 쇠사슬에 숨을 쉴 수 없었다. 한국이 혐오스럽고 불편하면 덜 미련이 생기련만, 매혹적인 새 세상은 엄청난 마력으로 용범을 유혹했다.

목표물에 접근하기 위해 어쩔 수 없이 대북 방송 일을 하면서 북한에 대해 새로이 눈을 뜨게 되었다. 자신에게 정의가 있다고 하던 장 대표의 말이 수시로 생각났다. 마음은 점점 북한에서 멀어지는데 그 잔인하고 소름 끼치는 세상은 한시도 용범에게서 떨어지지 않았다. 한국 사람이나 여느 탈북민에게는 다른 행성만큼이나 멀게 느껴지는 북한이 용범에게는 늘 붙어 있는 일상이었다.

별의별 궁리를 다 했다. 자수하면 용범이 감옥살이를 하고 자유의 몸이 될 수 있었다. 하지만 암살 임무를 받고 침투된 북한 간첩의 자수는 한국 언론에서 특종 뉴스가 될 게 뻔했다. 자연히 북한이 알게 되고 용범은 변절자로 취급되어 가족은 즉시 정치범 수용소로 끌려갈 것이다. 검덕의 가족은 보위부 그물 안에 들어 있는 가련한 미끼였다.

일부러 자동차 사고를 크게 내서 병원에 들어박힐 생각을 해 보았다. 그러면 작전은 연장될 수 있지만, 올가미는 벗겨지지 않았다.

올가미를 벗을 최선은 없었다. 차선책은 장 대표에게 약간의 상해를 입히며 실패를 연출하여 경찰에 일부러 잡히는 방법이었다. 살인 미수로 10여 년 정도 감옥에서 살고 나오면 북한인들 어쩌겠는가. 어떻게 하든 가족을 정치범 관리소로 끌고 갈 수 있는 구실을 제공하지 말아야 했다. 가족만 무사할 수 있다면 감옥 생활은 두렵지 않았다. 대가를 치르고 남은 인생을 자유롭게 살고 싶었다.

하지만 부상이든 뭐든 장 대표에게 점점 더 손을 댈 수 없었다. 한국에서 제일 먼저 만난 사람이고, 어느새 의지하는 고마운 사람이었다. 하지만 장 대표와의 사이에 생긴 인정이 문제가 아니었다. 장 대표를 죽이기 껄끄러우면 다른 탈북 인사를 택하면 그만이었지만 시간이 흐를수록 고민이 깊어졌다. 처음엔 맡은 임무에 대한 회의감 정도였지만, 이젠 북한을 위해 무고한 사람을 죽일 수 없다는 의지가 생겼다. 처음 한국에 들어설 땐 이런 인식의 변화가 생길 줄 몰랐다.

그 의식의 근저에는 한국에서 살고 싶다는 욕망을 넘어선 의분이 있었다. 북한에서는 삼촌 잘못 때문에 가족에게 비극이 닥쳤다고 생각했다. 검덕 막장에서 인생을 썩히기 싫어 무작정 탈북했다. 한국에 대한 동경은 신기루처럼 막연했다. 잡혀서 사형을 선고받으면서 북한의 제도적 폭압이라는 생각을 미처 못했다. 지은 죄 없이 처벌받는다고 억울해했지만, 그냥 운명을 원망했다.

하지만 지금은 가족의 목숨을 인질로 살인을 강요하는 북한이 가증스러웠다. 방송국 일을 하면서 북한에서 교육받았던 많은 내용이 엄청난 거짓임을 알게 되었다. 북한 체제가 목숨 바쳐 지킬 가치는 고사하고 최악의 세상임을 부정할 수 없었다. 북한의 잔인성과 폭력성을 깨달을수록 자신의 목에 씌워진 올가미가 무거웠다. 그 올가미에 사랑하는 부모, 형제의 목숨이 달렸기 때문이었다.

외국으로 숨어 버릴 생각도 해 보았다. 용범이 혼자 몸이라면 그 어디로든 숨을 수 있었다. 하지만 임무를 회피하기 위해 도망친 것으로 되어 가족이 처벌받는 건 마찬가지였다. 자기 때문에 가족이 잘못되면 용범은 견딜 자신이 없었다. 정치범 관리소가 어떤 곳인지 한국에 와서 더 잘 알게 되었다. 그 지옥에 자신의 손으로 부모님과 동생들을 떠밀 수는 없었다. 이러지도 저러지도 못하고 매일 다짐과 좌절을 반복했다.

어느 날, 주변 콩나물국밥집에서 점심을 먹는데 장 대표 문자가 왔다. 길 건너 커피숍에서 기다리니 식사가 끝나면 오라는 내용이었다. 용범이 서둘러 커피숍에 당도하니 자리를 잡고 앉은 장 대표가 한쪽 손을 번쩍 들었다. 물어보지 않고 아이스아메리카노를 시켰다고 했다. 커피를 마시는 게 목적이 아닌 듯싶었다. 커피를 한 모금 마시고 장 대표가 슬쩍 용범의 눈치를 살폈다.

"용범 씨 의견을 물을 상황이 아니어서 내 생각대로 한 가지 일을 진행했는데 싫으면 관두면 돼요."

무슨 말인지 몰라 용범이 장 대표를 쳐다보았다. 장 대표가 흐뭇한 미소를 지으며 바싹 상반신을 숙이고 비밀을 말하듯 수군댔다.

"실은 내가 말이야. 용범 씨를 국방부 산하의 직원으로 추천했어.

준공무원이라고 할 수 있지. 다른 일로 국방부 쪽 인사를 만났는데 군관 출신 탈북민을 채용한다는 거야. 젊을수록 좋다고 했어. 바로 용범 씨가 머리에 떠오르더군. 그래서 군관 출신의 좋은 청년이 있다고 했지."

장 대표가 잠시 말을 끊고 용범의 반응을 살폈다. 작전 수행을 위해 장 대표 방송국에 들어왔고, 다른 곳으로 옮길 생각을 한 적이 없기에 용범이 잠시 멍해졌다. 분명 선의로 도와주려는 한다는 걸 알지만 선뜻 고맙다는 말이 나오지 않았다. 여느 탈북민 같으면 그 정도 괜찮은 직업을 소개해 준다면 펄쩍 뛰며 반가워할 터였다. 용범의 무반응에 장 대표가 실망한 듯 입맛을 다셨다. 애꿎은 커피를 죽 들이켜며 시무룩한 표정으로 변명하듯 말했다.

"자넨 별로인가 보군, 아직 한국을 잘 몰라서 그런가? 계약직이지만 일을 잘하면 정년이 보장되는 직업이야. 안정된 일자리고 민간 방송 일보다 훨씬 급여가 높지. 북한에서의 경력을 써먹을 수 있는 일자리야. 쉽지 않은 기회이니 자네가 잡았으면 하는 생각이네."

"암튼 고맙습니다."

정신을 차린 용범이 서둘러 답변했다.

"근데 의논 없이 자네 연락처를 국방부 그분에게 알려 주었는데 내가 너무 오지랖을 떤 건가?"

"아닙니다. 그야 무슨 문제가 되겠습니까?"

"그럼 됐네. 국방부에서 곧 연락이 올 거야. 생각이 없으면 그때 정중히 거절하면 돼. 하지만 가 볼 생각이 있으면 면접 준비를 잘해야 할 거야. 군관 출신 탈북민이 자네 한 사람이 아니니까. 몇 명의 군관 출신 탈북민과 경쟁해야 하니 거울을 보고 경직된 표정 푸는 연습부터 하라고."

잠시 침묵하던 용범이 한숨을 내쉬며 투덜거렸다.

"왜 그렇게까지 저에게 잘해 주시는 겁니까? 속상하게."

"잘해 주어 속상하다는 건 뭔 소린가? 대가를 바라고 한 게 아니니 부담 갖지 말게. 난 그저 모든 탈북민이 다 잘됐으면 좋겠어. 자네도 고생해서 이 땅으로 왔는데 잘 살아야지. 자네나 나나 새 세상에서 보란 듯이 잘 사는 게 무엇보다 중요하지 않을까. 자네가 하도 말을 안 하니 북한 가족에 대해 잘 모르겠지만, 자네 장가를 가야 하지 않나? 남자는 가정이 있어야 어디서든 정착을 잘할 수 있어."

"그러는 대표님은 왜 아직 혼자인데요?"

용범이 볼 부은 소리를 하자 장 대표가 허허 사람 좋은 웃음을 지었다.

"나는 나고, 자네는 한창 젊은 나이 아닌가. 난 자네가 꼭 국방부에 취직했으면 좋겠어. 그래야 여자 만날 때 자신감이 생기는 거야. 남자가 직장이 변변치 않으면 여자 만나기 힘들어. 그러니 꼭 안정된 직장에 들어갔으면 좋겠어."

"제가 뭐 어린애인가요? 장 대표님 걱정이나 하시라요. 부담스럽단 말입니다."

장 대표가 호탕한 웃음을 터뜨리며 손을 뻗쳐 용범의 어깨를 툭 쳤다.

"꼭 심술궂은 애 같다니까. 자네가 이러니 더 안쓰럽고 걱정되는 거야. 자넨 뭔가 커다란 상처에 포로 된 사람 같아. 탈북민 누구나 상처와 아픔이 있지만, 애써 툭툭 털고 새로운 인생을 산다네. 근데 자넨 그 어둠의 세계에 여전히 머물러 있는 느낌이야. 속을 꽁꽁 감추고 눈에는 경계와 긴장이 가득하고 말이야. 괜찮아! 이젠 좀 풀어져도 돼. 살아 보면 알겠지만, 한국이 꽤 살 만한 세상이거든, 가장 경이로운 건 노력한 만큼 대가가 주어진다는 거지. 국방부에 들어가 열심히 일하면 꼭 좋은 일이 생길 거네."

장 대표를 와락 그러안고 울고 싶은 충동을 간신히 누르며 용범이 고개를 푹 수그렸다. 눈을 빠르게 깜벅이며 넘치려는 눈물을 애써 안으로 들이밀었다.

저녁에 집에 들어와 국방부 직원 채용 면접을 보려 한다고 상부에 보고했다. 다음 날, 국방부에 침투하면 앞으로 좋을 듯싶으니 응해 보라는 답변이 왔다. 상부와 주고받는 메일이 쌓여 갈수록 헤어 나오기 힘든 함정에 점점 깊이 빠지는 느낌이 들었다. 작전이 실행될 때까지는, 사건이 터져 용범이 살인범으로 체포되거나, 아니면 성공적으로 중국으로 탈출할 때까지는 걸음걸음 상부와 피드백을 주고받아야 했다.

며칠 후, 장 대표 말대로 저장되지 않은 번호에서 전화가 왔고, 채용에 응시할 생각이 있냐고 물었다. 이런저런 서류를 준비하여 어디로 보내라고 했다. 서류를 보낸 지 한 달이 지나 면접을 보러 오라는 연락이 왔다. 흥미는 없었지만, 장 대표를 생각해 참여했다. 별로 열의를 보이지 않아서 그런지 용범은 면접에서 떨어졌다. 장 대표는 몹시 아쉬워하며 다른 기회를 찾아보자고 격려했다. 정작 당사자인 용범은 아쉽고 말고 할 게 없기에 무감각했다. 한국에서 숨 쉬고 사는 목적이 정착이 아니었다. 실에 매달린 인형이 연출자의 손에 의해 조종되듯 용범이 목에 걸린 올가미가 끄는 대로 움직일 뿐이었다. 성취감이나 행복 따위의 감정이 생길 리 없었다.

4.

피 말리는 날들이 빠르게 흘러 약속한 일 년이 바득바득 다가왔다. 양력설에 상부에서 협박 문자가 또 왔다. 올봄이 오기 전에 자격증 한 개를 반드시 따야 한다는 독촉이었다. 한 명의 탈북 인사라도 빨리 죽이라는 뜻이었다. 검덕 광산 산기슭 초라한 집 앞에서 찍은 가족사진을 함께 보내왔다. 인질인 가족을 상기시켜 용범을 각성시키려는 의도였다.

불안으로 잠이 오지 않았다. 작전 개시 날짜라도 미루기 위해 뭔가 일을 벌여야겠다고 생각했다. 아무리 머리를 쥐어짜 보아야 시간을 벌고 보위부 마수를 피해 숨을 곳은 감옥이 제일 적합할 듯싶었다. 단 1년이라도 감옥에 들어가 숨고 싶었다. 밝고 자유로운 바깥보다 감옥 안이 더 안전하고 숨 쉬기 편할 거 같았다. 제아무리 보위부라도 한국 감옥까지 마수를 뻗치기 힘들 터이고, 무작정 살인을 재촉할 수 없을 듯싶었다.

감옥으로 가기 위해 무슨 죄를 지을지 궁리했다. 은행을 터는 강도 흉내를 내 볼까 생각했지만, 작전 계획에 없는 일을 벌인다면 상부가 의심할 수 있었다. 교통사고를 내고 병원에 들어박힐 생각도 해보았지만, 그래 봤자 몇 개월 시간밖에 벌지 못했다. 불현듯 음주 운전 사고를 내면 어떨까 하는 생각이 번개같이 떠올랐다. 음주 운전으로 심각하게 걸리면 형사 처분을 받을 수 있다는 걸 알고 있었다. 음주 운전으로 감옥에 간다면 상부도 어쩔 수 없이 작전 날짜를 연기하지 않을까. 그 방향으로 생각을 몰아가자 아주 신통한 묘안 같았다.

며칠을 고심하여 음주 운전 사고 계획을 세웠다. 운전 사고 작전은 쉬는 날 진행하기로 했다. 장소는 주말에 음주 운전 검열이 많은 식당가 쪽으로 정했다. 그쪽 거리는 항시적으로 경찰차가 순찰하고 있었다. 사전에 현지를 답사하고 구체적인 이동 경로를 탐문했다.

당일, 용범은 작전 현지로 차를 몰고 가 운전석에 앉은 채로 마른 오징어며 간식으로 대강 배를 채웠다. 그리고 미리 준비한 소주 한 병을 벌컥벌컥 들이켰다. 음식으로 속을 먼저 채워서 그런지, 긴장한 탓인지 한 병을 다 마셨지만, 별로 취하지 않았다. 워낙 술에 강했기에 운전에 지장이 없을 정도로 정신이 말짱했다. 제대로 취하면 심각한 사고를 유발할 수 있어 경찰 조사에 걸릴 정도만 술을 마셨다.

아파트며 빌라 사이로 천천히 차를 모는데 마침 옆쪽에 경찰차가 보였다. 용범이 경적을 울리고 일부러 갈지자로 차를 몰기 시작했다. 길옆에 세운 가게 주차 차단물을 들이받고 노란 선을 넘어 역주행하며 반대편 가로등을 가볍게 쳤다. 경찰차에서 바로 발견하고 경고등을 울리며 다가오자 옆 골목으로 우회전하여 경찰차를 유인했다. 경찰 조사에 불응하고 약을 올릴수록 죄질이 나빠져 감옥에 갈 수 있기 때문이었다. 경찰차가 바싹 다가오며 용범의 차 번호를 부르며 서라고 방송했다.

현장에서 체포되어 구속되려면 경찰차를 들이받아 위험운전치사상과 특수공무집행방해 혐의를 받아야 했다. 경찰차가 앞을 가로막기를 기다렸다. 경찰이 차에서 내려 다가오려는 순간 경찰차를 들이받으며 도망쳤다. 경찰이 부랴부랴 경찰차에 다시 타고 급하게 뒤쫓아 왔다. 요리조리 골목을 돌며 20분가량 경찰차와 숨바꼭질을 하고 나서야 길옆에 삐딱하니 차를 세웠다. 옆에 다가서는 경찰차의 앞 범퍼가 심하게 찌그러진 걸 보고 용범이 씩 웃음을 지었다.

경찰이 차에 다가와 창문을 두드렸다. 용범은 일부러 빤히 쳐다보며 내리지 않았다. 거듭 두드려서야 마지못해 차창을 내렸다. 용범이 술을 마셨다는 걸 간파한 경찰이 음주 측정기를 들이댔지만, 고개를 돌리고 외면했다. 음주 측정 요구에 불응하는 경우 죄질이 불량하다고 판단되어 1년 이상의 징역을 살 수 있다는 조항을 미리 숙지했다. 음주 측정 결과는 운전면허 취소인 0.15%가 나왔다. 술 한 병을 마시자마자 측정하여 수치가 높아졌다. 용범을 운전석에서 끌어낸 경찰이 바로 수갑을 채웠다. 현장 체포였다. 용범이 속으로 쾌재를 부르며 일부러 항변하듯 몸을 뒤틀며 경찰차에 올라탔다.

지역 경찰서에서 서류를 작성하고 용범은 경찰서 안의 구류장에 갇혔다. 경찰이 다가와 가족이나 가까운 사람이 있으면 연락하라고 핸드폰을 내밀었지만, 고개를 돌리고 외면했다. 경찰은 음주 운전이 처음이고 한국에 금방 온 탈북민이라 많이 봐주어 형사 처분은 면하게 해 주겠다고 했다. 대신 벌금이 거하게 떨어질 수 있으니 알아서 하라고 했다. 용범이 버럭 화를 냈다.

"누가 봐달라고 했습니까? 저는 벌금 낼 돈이 없단 말입니다. 그냥 감옥에 처넣어 달라고요. 부탁입니다. 제발요."

경찰이 의아한 눈길로 용범을 훑어보았다. 그렇게 감옥에 가고 싶으면 보내 줄 수 있는데 형 집행 절차가 있으니 일단 오늘은 집으로 돌아가야 한다고 했다. 그러니 보호자가 있으면 전화를 하라고 했다. 용범이 보호자가 없다고 퉁명스레 말하자 경찰이 핸드폰을 던지며 그럼 술이 깰 때까지 여기 있으라고 했다. 그러면서 용범의 직장인 방송국에 음주 운전 단속 사실을 통보하겠으니 그리 알라고 했다. 용범이 방송국에 연락하지 말라고 소리를 지르자 규정이라고 했다.

용범이 구류장 구석에 웅크리고 앉아 어떻게 하면 구속될지를 궁리했다. 만약 이대로 구속이 안 되면 연이어 2차, 3차 음주 운전을 해서 형을 받으리라 다짐했다. 인터넷으로 사례를 보니 면허취소가 되고 또 음주 운전을 하면 형사 처분을 받아 교도소에 간다고 했다. 단단히 마음을 다지며 이 궁리, 저 궁리를 하는데 장 대표가 헐레벌떡 가쁜 숨을 몰아쉬며 나타났다. 구류장에 웅크리고 앉아 있는 용범을 보자 입을 하 벌리며 아연한 표정을 지었다. 잠시 서서 뭔가를 생각하다 휙 돌아서서 경찰서 사무실 쪽으로 갔다. 무슨 사정을 하려는 거 같았다.

한참 후, 장 대표와 경찰이 다가왔다. 문이 열리고 장 대표가 구류장 안으로 들어와 말없이 용범의 팔을 잡아당겼다. 차마 장 대표 앞에서까지 연극을 할 수 없어 순순히 따라나섰다. 며칠 내로 또 음주 운전 사고를 내면 어차피 구속되기 때문이었다. 경찰서 마당에 주차한 용범의 차는 후에 가져가기로 하고 일단 장 대표 차에 올라탔다. 장 대표는 아무 말을 하지 않고 아랫입술을 쑥 내밀고 운전했다. 불만이 있을 때 짓는 표정이었다. 회사 주변 식당 앞에 차를 세우더니 따라오라며 식당 안으로 들어갔다. 용범은 장 대표가 끄는 대로 묵묵히 점심을 먹었다.

식당에서 나오자 용범이더러 차에 타라고 했다. 회사 사무실이 있는 빌라 주차장에 차를 세우고 엘리베이터 쪽으로 앞장서 걸어갔다. 사무실 출입문을 열고 들어설 때까지 장 대표는 침묵을 지켰다. 사무실 냉장고에서 사과 두 알과 나이프를 쟁반에 담아 든 장 대표가 탁자 앞에 마주 앉았다. 용범의 얼굴에서 뭔가를 찾으려는 듯 찬찬히 바라보며 장 대표는 비로소 깊은 한숨을 내쉬었다.

"정말 속상하고 안타깝구먼. 왜 그랬나? 음주 운전을 하면 안 된다는 걸 모를 리 없고, 국방부 채용에 떨어져서 그랬나? 사춘기도 아니고 무슨 짓인가? 경찰에 자네 형편을 이야기하고 사정했지만, 벌금은 피할 수 없어. 아무리 최소화해도 몇백만 원은 나올 거야. 차 수리는 보험사 돈으로 한다지만, 운전면허 취소라 2년간 운전할 수 없단 말이야. 도대체 왜 그랬어? 자네, 이 정도로 생각 없는 사람이었어?"

말을 시작하자 장 대표 언성이 점점 높아졌다. 아버지나 형 같은 느낌이 들어 용범이 피식 웃었다.

"지금 웃음이 나와? 한국 사회 적응 초반인데 두 주먹을 틀어쥐고 긴장하고 살아도 모자랄 판에 이런 망나니짓을 저지르다니? 자네 벌금 낼 돈이 없지 않나. 뭐 일단 벌금이 떨어지면 내가 먼저 돈을 댈 테지만, 제발 정신 빠진 짓 좀 하지 말란 말이야. 도대체 왜 그랬는지 난 도통 이해가 안 돼."

용범이 웃음을 띤 채 부드러운 어조로 말했다.

"감사합니다. 하지만 저는 이해나 도움을 바라지 않습니다. 오늘로 방송국 일 그만두겠습니다. 그동안 정말 감사했습니다. 앞으로 제가 감옥에 가든 말든 상관하지 마십시오."

장 대표가 이마 주름을 잡으며 눈을 부릅떴다.

"그건 안 되겠는데? 방송국 일 그만두더라도 난 자네 일에 상관해야겠어."

"도대체 왜요? 대표님이 저의 혈육이라도 됩니까?"

"때로는 혈육보다 더 끈끈한 인연이 있지. 나도 내 마음을 잘 모르겠지만, 난 자넬 외면할 수 없어. 그냥 내 마음이 그래. 자네가 이 땅에서 잘 사는 꼴을 꼭 봐야겠단 말이야."

"헐, 저한테 무슨 집착이 있으신가요? 지겹게 끈질기시네요."

용범이 일부러 매정하게 말했다. 그러지 않고는 장 대표와의 인연을 끊기 힘들 거 같아서였다. 장 대표가 흥 코웃음을 치며 입술을 쭉 내밀었다.

"지겨워도 할 수 없네. 내가 돌볼 가족이 없어 아마 심심했던 모양이지. 날 피할 생각은 말게. 암튼 다행히 형사 처분은 피할 듯싶으니 너무 걱정하지 말고."

"그러니 이 정도로는 형사 처분이 안 된단 말이지요. 아쉽네요."

용범이 얼결에 혼잣말처럼 중얼거렸다.

"아쉽다니? 무슨 소린가? 마치 형사처벌을 바라는 사람 같구먼."

대답 없이 잠시 고개를 떨구고 생각에 잠겼던 용범이 천천히 머리를 쳐들었다. 예리한 눈동자에 처음 보는 따뜻한 미소가 어렸다. 이윽히 장 대표를 바라보다가 진지한 어조로 말했다.

"맞습니다. 전 형사처벌을 바라고 일부러 음주 운전 사고를 냈습니다."

"뭐? 일부러 음주 운전 사고를 냈다고?"

앵무새처럼 용범의 말을 따라 하는 장 대표의 눈이 커졌다. 입술을 감빨며 말없이 앉아 있던 용범이 조용히 자리에서 일어났다. 탁상 위의 나이프를 한 손에 가볍게 움켜쥐고 다른 손으로 의자 등받이를 잡고 발을 구르며 몸을 날렸다. 책상 세 개를 순식간에 타고 넘은 용범이 벽 끝 쪽에 섰다. 장 대표의 눈이 뒤집힐 듯 흰자위가 확장되었다.

용범이 벽 쪽으로 몸을 돌렸다가 휙 돌아서는 서슬에 칼날을 날렸다. 눈 깜짝할 사이에 탁자 위로 날아온 나이프가 사과 한 알의 허리를 정확히 끊어 내고 탁자 모서리에 박혀 부르르 떨었다. 용범은 앞에 있는 책상 위에 비스듬히 세워진 나무로 된 책받침을 집어 공중으로 뿌리더니 내려오는 찰나 손으로 강타했다. 단단한 책받침이 순식간에 절반으로 쪼개져 바닥에 패대기쳐졌다. 곡예를 하듯 다시 책상 세 개를 날아 넘어온 용범이 탁자에 박힌 나이프를 뽑아 쟁반에 놓으며 자리에 앉았다. 장 대표의 동공이 파르르 떨리고 얼굴이 검붉게 굳어졌다.

"이것이 저의 정체입니다. 저는 호위국 군관 출신이 아니라 정찰총국 산하 특수부대 훈련 교관이었습니다. 저는 장 대표님을 비롯한 몇 명의 탈북 인사를 사살하라는 특수 임무를 받고 파견된 북한 보위부 간첩입니다."

세상이 멈춰 버린 듯한 소름 끼치는 정적 속에 장 대표 치아가 덜덜 부딪치는 소리가 선명히 들렸다. 용범이 자리에서 일어나 정수기 물을 컵에 받아서 장 대표에게 내밀었다. 물컵을 받아 든 장 대표의 손이 심하게 떨리고 물이 탁자로 흘러내렸다.

"하지만 걱정하지 마십시오. 전 대표님을 해칠 생각이 없으니까요. 북한으로 돌아가고 싶지도 않고요. 그래서 음주 운전을 했습니다. 감옥에 숨어서 시간을 벌고 다음 일을 생각해 보려고요."

용범이 건조한 어조로 임무를 받게 된 경위를 함축해 설명했다. 장 대표 안색이 조금 풀렸지만 낯선 사람을 보듯 멍하니 바라만 보았다.

"그동안 정말 고마웠습니다. 이제부터 모르는 척해 주시면 감사하겠습니다. 전 다시 음주 운전을 반복하여서라도 감옥에 들어가야 합니다."

용범이 자리에서 일어나 사무실 문을 열려는 순간 장 대표가 갈라진 목소리로 용범을 불렀다.

"잠깐만! 자수하게! 자수하면 형량이 줄 수 있네."

용범이 몸을 모로 세우고 장 대표에게 항의하듯 말했다.

"그럼 우리 가족은요. 제가 자수하면 바로 언론에 공개될 겁니다. 북한에서는 저를 변절자로 취급하고 우리 가족은 정치범 관리소로 간단 말입니다. 일단 감옥에 들어가 시간을 벌며 방도를 생각할 테니 상관 마십시오."

"무슨 방도 말인가?"

장 대표가 자리에서 일어서며 어성을 높였다. 앉으라는 손짓을 거듭하며 떨리는 목소리로 말을 이었다.

"알았으니 일단 머리를 맞대고 의논해 보세. 한 사람보다 두 사람 머리가 좀 낫지 않을까?"

"제가 혐오스럽고 무섭지 않으십니까?"

"자녠 날 죽이지 않으려고 무진 애를 쓰지 않는가. 날 죽이라고 한 건 북한이지, 자네 의지가 아닐세. 그러니 난 자네가 무섭지 않네. 혐오스럽지도 않네. 자넨 이미 이쪽으로 생각이 기울었으니까."

말은 그렇게 하면서 장 대표는 탁자 위에 놓인 나이프를 슬그머니 탁자 밑 서랍 안에 치워 버렸다. 한참을 씩씩거리던 용범이 비로소 맥을 놓으며 의자에 털썩 주저앉았다.

"모르겠습니다. 정말 어떻게 하면 좋을지 모르겠습니다."

팔꿈치를 책상 위에 올리고 손바닥에 이마를 받친 용범이 "휴." 하고 긴 한숨을 내뿜었다. 반쯤 내리감은 눈동자가 술에 취했을 때처럼 흐려졌다. 칼날처럼 서슬 푸르던 탄력이 빠지며 의자에 온몸이 축 늘어졌다. 그냥 한없이 연약하고 시름에 빠진, 평범한 인간으로 보였다.

갑자기 용범이 벌떡 자리에서 일어나며 손가락을 부딪쳐 딱 소리를 냈다. 화들짝 놀라는 장 대표에게 허리를 숙이며 열띤 어조로 말했다.

"이건 어떻습니까? 대표님이 절 고발하십시오. 간첩으로 말입니다."

"뭐? 나더러 자넬 고발하라고? 에이, 이 사람, 그건 싫네."

"아닙니다. 어쩌면 그게 최선일지 모릅니다. 사실 저의 정체를 대표님에게 들키기 싫어서 음주 운전까지 생각해 냈지만, 이왕 대표님이 알게 된 이상 저를 도와주실 수 있지 않습니까?"

"내가 고발하는 게 자넬 돕는 일이라고?"

"네, 저의 의지가 아니라 다른 사람의 고발로 간첩이라는 게 밝혀지면 전 변절자 혐의는 벗을 겁니다. 감옥살이는 하겠지만, 더는 간첩질을 하지 않아도 되고요. 정체가 발각되어 감옥에 갔기에 보위부는 우리 가족을 탄압하지 않을 수 있습니다. 어떻습니까. 제 생각이."

"헛, 참, 무슨 방송 콘텐츠 개발도 아니고, 영화 시나리오도 아니고, 이런 황당한 논의를 하게 될 줄 어찌 알았겠나. 하지만 자네가 간첩이라는 걸 내가 어떻게 알아차렸다고 신고한단 말인가?"

장 대표가 머리를 절레절레 흔들자 용범이 씩 웃으며 확신에 차 말했다.

"그건 간단합니다. 저의 메일함을 열어 보시면 중국 황 사장한테서 온 메일이 있습니다. 황 사장은 북한 보위부 해외 파견 요원인데 저의 작전에 합류한 사람입니다. 북한 상부의 지시를 황 사장이 한 달에 한 번씩 메일로 보내왔습니다."

"저런, 지금은 간첩 지령을 메일로 보내오나? 무전이 아니고?"

"지금이 어떤 시대인데 무전 이야기를 하십니까. 내용 중 자격증을 따라는 독촉이 있는데, 자격증은 탈북 인사를 지칭한 은어입니다."

"뭐? 내 머리가 자격증으로 불렸다고? 헛, 참."

"우연한 기회에 저의 메일을 봤는데 이상한 점을 발견했다고 국정원에 신고하십시오. 평시에 여느 사람과 다른 느낌을 받았다고 보태서 말입니다. 그럼 수색에 착수할 거고, 잡히면 그땐 다 실토하겠습니다. 그럼 전 감옥으로 가게 될 겁니다."

"자넨 감옥을 무슨 휴양지쯤으로 생각하는 것 같군."

"어쩌면 저에게는 감옥이 최적의 안식처가 아닐까요? 제가 간첩으로 체포되는 게 올가미에서 벗어나는 유일한 길인 듯싶습니다. 대표님, 도와주십시오. 부탁입니다."

"부탁이라~ 좋네. 자네가 북한의 마수에서 벗어나는 방법이 그 길이라면 도와야지."

"감사합니다. 그럼 구체적인 작전 계획을 짜 봅시다."

"헛, 참, 동서고금 유일하고 기막힌 작전 계획이 되겠군."

구체적인 이야기가 오고 간 후, 장 대표가 종이 한 장을 꺼내 놓았다. 그리고 펜으로 다음과 같이 써 내려갔다.

"나 장문필은 김용범을 간첩으로 신고하고 받은 포상금의 50%를 김용범이 출소하면 바로 지급하겠다는 걸 서약한다. 장문필."

장 대표가 펜을 용범에게 내밀며 말했다.

"자, 여기에 사인하게. 간첩을 신고하면 나라에서 포상금이 나오네. 꽤 거액으로 알고 있네. 그걸 내가 고이 간직하고 있다가 자네가 감옥에서 나오면 줄 거야. 그땐 돈이 매우 필요할 테니까. 북한 가족에게 돈을 보내야 할 거고."

용범이 고개를 기웃하고 장난스레 코를 찡긋했다.

"이건 공개할 수 없는 서명이어서 공증을 받을 수 없는데, 뭔 의미가 있습니까?"

"공증은 받을 수 없지만, 이건 내 양심의 증서야. 날 못 믿겠나?"

"아니요, 당연히 믿죠. 신보다 더요."

용범이 기운차게 펜을 날렸다.

그로부터 얼마 후, 언론에는 한국에 파견된 북한 정찰총국 간첩의 체포 소식이 대서특필로 소개되었다. 기사에는 장 대표가 간첩을 적발하고 체포하는 데 혁혁한 공을 세웠다는 소식과 함께 거액의 간첩 신고 포상금이 지급된다는 내용이 포함되었다.

되찾은 밑천

1.

"꼼짝 말앗! 반항하면 죽인다."

나직하면서 살기 찬 소리가 방 안을 울렸다. 눈만 내놓고 까만 복면을 쓴 강도 둘이 아랫방, 윗방에 나뉘어 서서 칼을 빼 들고 위협했다. 말투로 보아 군대 같았다. 아랫방에서 자던 어머니와 나는 소리도 못 지르고 구석으로 몰렸다. 나는 구원을 바라며 오빠가 아닌 형님을 안타까이 주시했다. 형님이라면 이 상황에서 능히 강도들을 물리칠 수 있다고 생각했다. 그러나 미닫이를 열어젖힌 윗방에서 알몸의 오빠와 형님이 이불을 턱 밑까지 뒤집어쓴 채 최면술에 걸린 사람들처럼 눈빛이 멍해져서 부들부들 떨고만 있었다. 나는 거듭 형님에게 눈짓을 보냈다. 형님이 용기를 가다듬은 듯 이불 옆에 벗어 던진 옷에 손을 가져갔다.

"이, 간나야! 까딱 움직이면 죽인다."

씹어뱉듯 뇌까리는 강도의 말에 형님이 기겁하며 손을 움츠렸다. 하필 이럴 때 벗고 자다니, 나는 형님이 용을 못 쓰는 건 옷을 벗었기 때문이라고 생각되어 속으로 화를 냈다. 온 식구가 공포에 굳어져 있는 새, 마당에서는 꽥꽥거리는 새끼 돼지 소리와 후닥 거리는 닭 울음소리가 자지러지게 들려왔다. 마당에서 휘파람 소리가 나자 아랫방을 지키던 강도가 윗방으로 올라가 TV를 들었다. 어머니와 나는 가는 비명만 지를 뿐 대항하지 못했다. 형님이 몸에 둘렀던 이불을 젖히고 알몸으로 강도의 발목을 잡았다.

"그것만은 안 된다."

강도는 형님의 젖가슴을 발로 걷어차고 부리나케 TV를 안고 나가면서 바닥에 놓여 있던 형님의 옷을 걷어챘는데 옷 속에 넣어 두었던 빨간 돈주머니가 드러났다. 그러자 형님과 오빠를 지키던 다른 강도가 얼른 돈주머니를 집어 들었다. 얼굴이 하얗게 질린 오빠가 이불을 잡은 채 강도의 팔을 꽉 잡았다. 오빠가 그렇게 용감하게 나올 줄은 몰랐다. 강도는 얼른 칼을 오빠의 목에 들이댔다.

"이 새끼야, 죽고 싶지 않으면 가만있어!"

"당신들 보아하니 군대 같은데, 당신들 고향에도 우리 같은 부모, 형제가 있지 않소. 그러니 그 돈주머니만이라도 두고 가오."

오빠가 떨리는 목소리로 말을 하자 강도가 얼굴 가리개 속에서 킬킬 웃었다.

"이 자식아, 지금 우리를 교양하니? 여편네 옷이나 입혀."

돈주머니를 괴춤에 쑤셔 넣으며 강도가 다시 히히 웃었다.

"안 된다. 그것만은 안 된다. 이놈아, 다 가져가면 우리는 굶어 죽는다. 그것만은 남겨 놓고 가라, 이놈아."

형님이 악을 쓰자 강도가 오빠에게 더 바싹 칼을 들이댔다. 오빠의 목에서 피가 배어 나왔다. 밖에 나갔던 강도가 다시 들어와 서로 눈을 맞추더니 우리를 발로 몇 번 걷어차고 문을 박차고 나가 버렸다. 순식간에 벌어진 일이었다. 우리는 그 자리에 굳어진 채 서로를 멀뚱히 쳐다만 보았다. 한참 후에야 어머니가 온몸을 후들후들 떨며 아이고 소리를 질렀다. 오빠와 형님이 서둘러 옷을 입고 밖으로 뛰어나갔다. 나는 어머니를 부축하고 휘청거리며 뒤따라 나갔다.

희끄무레한 달빛 속에 마당은 금방 치른 전장처럼 을씨년스러웠다. 자물쇠를 잠갔던 돼지우리며, 닭장들이 모조리 뚜껑이 떨어져 마당에 뒹굴었고 그렇게 사납게 굴며 집을 잘 지키던 누렁이가 보이지 않았다. 잘려 나간 끈만 기둥에 매달려 있었다. 마당에 가득하던 집짐승들을 한 마리도 남기지 않고 모조리 끌고 갔다. 이 정도 강도라면 아마 한 개 분대는 왔을 거로 짐작되었다. 요즘 군대들이 무리를 지어 사민들의 집을 턴다는 소문을 들었는데 우리 집이 그 과녁이 되었다.

빈 짐승 우리를 미친 듯이 기웃거리며 돌아치던 형님이 마침내 땅바닥에 털썩 주저앉으며 울음을 터뜨렸다. 형님은 시장에서 집짐승 장사를 했다. 농촌을 다니며 새끼 돼지며 염소 등을 넘겨받아 파는 장사였다. 마당에 있던 새끼 돼지며 닭들은 그냥 기르는 짐승들이 아니라 형님의 유일한 밑천이었다. 한참 넋을 잃고 서 있던 오빠는 발버둥 치며 우는 형님 곁에 다가설 뿐 말을 못 했다. 어머니는 가슴을 두드리며 통곡 소리만 보탰다.

나는 공포로 숨이 막혀 말이 나오지 않았다. 형님이 울음을 뚝 그치고 "걱정하지 마. 내가 다시 대책을 세우지 않으리." 하고 우리를 다독여 주기를 바랐다. 우리 집 기둥은 오빠나 어머니, 내가 아닌 다름 아닌 형님이었다. 형님이 시장에서 돈을 벌어들여 온 가족이 목숨을 부지하고 있었다. 형님이 아니었더라면 고난의 행군 시기 우리 가족은 영락없이 굶어 죽었다. 동네에서 심심찮게 굶어 죽는 사람이 나오는 살벌한 때에 형님의 억척같은 생활력으로 우리 가정은 무사했다. 이 엄혹한 상황에서 우리는 습관처럼 형님 얼굴만 쳐다보았다. 형님은 한참을 울다가 무슨 생각이 들었는지 움쭉 자리에서 일어났다. 눈물이 번들거리는 얼굴을 들고 병아리를 품는 어미 닭처럼 오빠와 나의 어깨를 쓰다듬었다.

"정신 차리고 어떻게 살 도리를 찾아야지."

우리는 비로소 숨을 내쉬며 형님을 둘러싸고 집으로 들어갔다.

2.

나의 형님은 불굴의 여인이었다. 아무리 짓밟아도 다시 고개를 쳐드는 검질긴 잡초처럼 도무지 굴복을 몰랐고 기가 셌다. 일단 생김새부터가 범상치 않았다. 키가 크고 어깨가 쩍 벌어진 큼직한 체구에 둥실한 얼굴, 부리부리한 눈이며, 약단 두툼한 입, 총이 센 숱 많은 머리카락을 고무줄로 뒤통수에 꾹 묶은 모습은 여장부 같은 인상을 풍겼다.

반면 오빠는 생김새부터가 전형적인 학자풍이었다. 흰 얼굴, 높은 이마, 자주 슴벅이는 생각 깊어 보이는 눈, 형님하고는 정반대 인상이었다. 오빠는 이과대학을 수석으로 졸업하고 과학원에서 연구사로일하는 수재이지만 형님은 중학교를 졸업하고 시내버스사업소 차장을 했었다. 오빠와 형님은 비행기 항로와 기차선로처럼 서로 사귀기힘든, 다른 세계의 사람들이었다. 그런데 그들은 부부가 되었다.

어머니는 오빠의 결혼을 끝까지 반대했었다. 형님이 너무 기운다고 생각했다. 샌님 같은 오빠가 형님에게 눌려 살 게 뻔했고, 시집을우습게 여길 수 있다고 여겼다. 이외에 반대할 여건이 많았다. 나 역시 하나밖에 없는 오빠가 그런 여자와 만나는 게 이해되지 않았다.연구소에는 오빠와 어울릴 법한 지적이고 예쁜 처녀들이 꽤 있었다.

형님은 오빠가 출퇴근하는 노선의 버스 차장이었다. K 도시는 이과대학을 비롯한 과학 연구 기관들이 많았다. 과학자들이 밀집해 살아서 일명 과학자 도시라고 했다. 그래서인지 다른 지방 도시보다 교통이 비교적 좋은 편이라 할 수 있었다. 고난의 행군 이전에는 부족한 대로 통근 버스가 있었다.

출퇴근 시간에 버스를 타려면 한바탕 땀을 흘리며 전쟁을 치러야했다. 간신히 줄을 섰다가 일단 버스가 오고 새치기하는 사람이 생기면 걷잡을 수 없이 줄이 허물어졌다. 다음은 우르르 버스로 몰려들어서로 욕질하며 몸싸움이 벌어지기 일쑤였다. 그 속에서 당연히 젊은남자나 힘센 사람이 먼저 오르고 힘이 약한 여자나 노인은 뒷전으로비칠거리며 밀려야 했다.

오빠는 그 버스 올라타기 전쟁에서 번번이 패배했다. 북새통이 일어나면 애초에 그 틈에 끼일 엄두조차 내지 못했다. 뒷전에서 멍하니 구경하다가 아예 포기하고 달리기를 하여 출근하는 쪽을 택했다. 차장인 형님은 앞자리에 줄을 섰다가 매번 버스를 타지 못하고 밀려나는 오빠를 자주 보게 되었다. 오빠는 미끈한 체격에 잘생긴 얼굴로 사람들 속에서 튀는 스타일이라 할 수 있었다. 버스와 달리기 경쟁하듯 뛰어서 출근하는 오빠를 형님은 종종 보았다. 그렇다고 그때 형님이 오빠에게 바로 반한 건 아니라고 했다. 하여튼 먼저 호감을 느끼고 관심을 보인 쪽은 놀랍게도 오빠였다.

그날도 여느 날처럼 사람들 몸싸움이 버스 앞에서 치열하게 벌어지고 있었다. 버스에 오르려고 서로 뒷덜미를 잡아당기며 아우성을 치고 있었다. 질서를 지키라고 소리를 지르던 형님이 갑자기 역기 선수처럼 버스 문에 매달린 사람들을 와락와락 밀쳐서 떨궈 버렸다. 그리고 단호히 버스 문을 닫은 다음 발판에 올라서서 우렁찬 목소리로 연설을 시작했다.

"여러분, 만약 여러분들이 질서를 지키지 않으면 버스는 한 사람도 태우지 않고 그냥 갈 겁니다. 이럴수록 시간만 더 지체되고 여러분은 달리기를 해서 10리, 20리 먼 길을 출근해야 합니다. 자, 이제부터 제가 세우는 대로 줄을 서서 버스를 타겠습니까? 아니면 걸어가겠습니까?"

순간 떠들던 사람들이 거짓말처럼 조용해졌다. 그리고 기대에 찬 눈길로 형님을 바라보았다.

"어떻게 질서를 세울 건데요?"

누군가 물었다. 형님은 사내처럼 씩 웃으며 목청을 돋우었다.

"이렇게 합시다. 남자 어른 줄, 여자 어른 줄, 그리고 아기 엄마와 아이들 줄, 이렇게 세 줄로 서십시오. 자, 빨리요."

사람들이 웅성거렸다. 놀랍게도 차장의 말을 따라 공손히 성별로 나누어 세 줄을 섰다. 차장은 줄마다 번갈아 한 사람씩 오르게 했다. 그리고 운전기사와 뭔가 의논을 하더니 마침 조수석에 앉아 있던 실습생을 차장으로 세우고 올케는 버스에서 뚝 떨어졌다. 그날 온종일 형님은 사람들 줄을 세우는 질서 유지 일을 자진했다. 다음 날부터 신기하게 사람들은 성별로 세 줄을 섰고 버스가 오면 곰상스레 한 줄에서 한 사람씩 오르곤 했다. 그리고 며칠 후부터는 질서유지대가 조직되었고 혹 새치기를 하려는 사람이 나타나면 군중이 고함을 질러 막아 내곤 했다.

덕분에 오빠는 다음 날부터 버스를 타고 출근할 수 있었다. 형님은 자기 버스에 사람들이 탈 때 질서를 지키도록 엄격히 통제했다. 아이들은 냉큼 안아서 올리고 여자들은 손을 잡아끌었고 아이 엄마는 부축해서 올려 주었다. 남자들에게는 빨리빨리 타라고 재촉했다. 그녀는 버스에 올라서 차장 자리에 앉는 법이 없었다. 자기 자리에 늘 아이들이나 아기 엄마를 앉히곤 했다. 형님의 덕행은 소문으로 퍼졌고 사람들은 형님에게 여장군 차장이라는 별명을 붙여 주었다.

오빠는 차장의 헌신적인 봉사 정신에 감동하였다. 그렇다고 그 감동이 바로 이성적인 호감으로 이어지진 않았다. 오빠는 형님이 차장을 하는 버스를 타고 근 5년간을 출퇴근하면서 자신의 아내로 맞고 싶은 생각이 서서히 자리를 잡았다고 했다. 더 놀라운 사실은 온 집안의 반대에 오빠가 완강하게 고집을 피웠다는 사실이었다. 부모님은 물론 누이동생인 나의 의견을 언제나 심중히 대했던 오빠였다. 가능한 이해하고 양보하던 오빠의 품성이 그때만은 온데간데없어졌다. 오빠는 기어이 형님을 아내로 삼으려 했고, 형님은 조금도 황송해하는 기색이 없이 결혼에 당당히 임했다. 결혼식 날 사람들은 신랑, 신부를 보고 고개를 기웃거렸다. 어머니는 낭패한 표정을 지우지 못했다.

그러나 그 서운함은 오빠의 결혼 생활이 시작되자 곧 사라졌다. 얼마 안 되어 형님의 진가가 서서히 드러나기 시작했다. 형님은 오빠를 왕자님처럼 애지중지 받들었다. 자기 아들을 그토록 귀하게 섬기는 며느리를 싫어할 시어머니는 없었다. 어머니는 성정이 여렸다. 억척스러운 며느리한테 시어머니의 지위를 잃지 않을까 은근히 신경을 썼지만, 공연한 걱정이었다. 형님은 시어머니를 친정엄마 대하듯이 대번에 엄마라고 불렀고 자상하게 대우해 주었다.

나 역시 형님에게 바로 정이 들었다. 시누이와 올케 사이는 벼룩이 닷 되라는 말이 있지만, 형님은 자기보다 불과 한 살 아래인 나를 마치 열 살 넘게 아래인 동생처럼 돌봐 주었다. 나는 어느새 맏언니 같은 형님에게 모든 걸 의지했다. 결혼하자 곧 차장 일을 그만둔 형님은 그 완강한 생활력으로 단번에 우리 가정의 중심이 되었다.

누렁이 한 마리가 독차지하던 마당 구석을 파헤쳐 돼지우리를 만들었고 시집올 때 꼬깃꼬깃 넣어 가지고 왔던 쌈짓돈으로 돼지 새끼 두 마리를 사 넣었다. 그리고 아침이면 손수레에 큼직한 플라스틱 통 두 개를 싣고 동네방네 다니며 음식 찌꺼기를 모았다. 동네 사람들을 어떻게 주물러 놓았는지 모두 형님 앞에서는 흐물흐물해졌다.

낮이면 큼직한 배낭에 낫을 넣고 주변 야산으로 가서는 돼지풀을 한 배낭씩 해 오곤 했다. 마당에는 따로 돼지죽 끓이는 가마를 설치하고 새벽마다 돼지죽을 끓여서는 김이 물물 나는 돼지죽을 먹이통에 가득 쏟아 넣었다.

"뚤뚤, 많이 먹어라. 그래, 그래, 어서 먹으라니까. 아아, 질서를 지키면서⋯."

군소리를 할 때 형님의 얼굴에는 한량없는 애정이 넘쳤다. 형님은 농장 작업반장을 하는 사촌 오라버니를 구슬려 우리 집과 가까운 거리의 산비탈 뙈기밭을 빌렸다. 작업반에서 미처 다루지 못하고 버려진 땅이었다. 거기에 콩과 옥수수를 심어서는 억척스레 가꾸었다. 해마다 농장의 두 배 가까운 소출을 냈다. 일부는 땅값으로 농장에 바치고 나머지는 살림에 보탰다.

형님이 우리 집으로 시집온 지 두 해 만에 우리 집은 동네에서 제일 먼저 소나무 컬러 TV를 장만했다. TV는 일본 제품을 소나무라고 이름만 바꾼 것인데 당 대회 참가자들이나 간부들 선물용으로 많이 나왔다. 당시 시장은 없었지만, 탐색하면 개인끼리 가격을 정해 팔고 살 수 있었다. 형님의 생활 계획은 웅대하면서 현실적이었다. 우선 해마다 돼지 두 마리를 길러 판 돈 중 일부는 꼬박꼬박 형님만이 아는 비밀 장소에 저축했다. 앞으로 시누이인 나를 시집보내기 위해 미리 준비한다고 했다. 식량이 부족한 건 농사로 대처했고 점차 방 한 칸을 늘려 집을 대대적으로 보수하고 울타리를 번듯하게 고쳐 쌓을 계획이었다. 형님은 그런 여자였다.

기우는 며느리를 얻었다고 입을 비죽거리던 주변의 뒷소리는 가뭇없이 사라졌다. 오빠 친구들은 은근히 오빠를 부러워했다. 형님의 그 눈부신 활약이 우리 생활에 윤기를 더해 줄 수 있었던 건 오빠가 연구소를 다니며 꼬박꼬박 배급을 타 왔기 때문이었다. 어린 조카까지 다섯 식구의 배급은 적지 않은 양이었다. 보름이면 입쌀 다섯 킬로에 옥수수 스물다섯 킬로 정도였다. 하지만 90년대 중반 어느 날부터인가 한 자루 되던 배급이 몽땅 끊겼다.

"여보, 언제 밀린 배급을 준대요?"

살림살이를 맡은 형님이 초조해하며 오빠에게 자주 물었다.

"왠지 정세가 심상치 않소."

"왜요? 전쟁이라도 날 것 같아요?"

"전쟁이 아니라 심각한 난리가 날 것 같소. 아무래도 배급은 가망이 없는 거 같소. 형세가 아주 심상치 않소. 어쩌면 기미년 때처럼 대기근의 시대가 닥쳐올 수 있소."

"기미년 때처럼요? 그때가 언제인데요?"

"기미년은 조선이 망하고 일제 식민지 통치가 시작되던 1919년이요. 3.1 운동이 벌어진 해고, 엎친 데 덮친다고 그해 심한 흉년이 들었지. 아이를 업고 가던 엄마가 정신이 돌아 아이를 잡아먹었다는 끔찍한 소문이 돌 정도였으니까. 말하자면 총체적으로 민족 수난의 해였지."

현명한 오빠는 현 정세를 꿰뚫고 있었다.

"어마나, 소름 끼쳐. 그 정도로 심각해요? 그럼 우리 다섯 식구는 어떻게 해요? 지금 식량으로는 얼마 못 가요. 이렇게 배급이 뚝 끊길 줄 모르고 시누이 시집보낼 때 필요한 그릇가지들과 이불 거죽을 사느라 돼지 판 돈을 거의 다 썼어요."

곧 식사의 질이 달라졌다. 저녁에는 죽이 올라왔고 젓갈 반찬은 있는 것만 먹고는 더 사지 못했다. 형님이 농사지은 콩으로 담근 장과 김치가 유일한 반찬이었다. 그래도 우리 집은 조금 나은 편이었다. 벌써 주변에서 끼니를 건너는 집이 많아졌고 사람들의 얼굴이 몰라보게 초라해졌다. 우리 집에서는 제일 먼저 형님의 광대뼈가 나오기 시작했다. 그 와중에 형님은 연구소로 출근하는 남편의 배를 곯리지 않으려고 누룽지를 가만히 오빠의 주머니에 넣어 주곤 했다.

길가에는 어디서 밀려왔는지 모를 꽃제비 아이들이 무리 지어 다녔고 거리를 오가는 사람들의 발걸음이 허둥거려졌다. 누가 굶어 죽고 어느 집에서는 집을 팔고 온 가족이 정처 없이 떠났다는 둥 흉흉한 소문이 나돌기 시작했다. 형님은 말수가 적어졌고 밥을 먹으면서 심각한 낯빛으로 생각에 잠기곤 했다. 어느 날 저녁, 형님은 사 넣은 지 한 달밖에 안 되는 새끼 돼지 두 마리를 팔겠다고 했다.

"아무리 타산해도 저 돼지 새끼 두 마리가 커서 식량으로 바뀔 때까지 뻗치기 힘들어요. 지금 시내 곳곳에 시장이 생기기 시작했어요. 저 돼지를 팔고 그걸 밑돈으로 장사를 시작해야겠어요."

"장사? 당신이 장사를 할 줄 아오?"

"무작정 시장에 나가 보면 어떻게 수가 생기겠지요."

"장사란 밑돈으로 상품을 넘겨받고 그 상품을 받은 값보다 좀 비싸게 팔아 차액을 남겨 먹는 상적 행위요."

오빠는 이론으로만 알고 있는 장사에 대해 간단한 지식을 알려 주었다.

"그런데 상품은 어디 있고 얼마에 사서 얼마에 팔아야 해요?"

형님은 오빠에게 전적으로 해결책이 있는 듯 진지하게 물었다.

"우리나라는 자유 시장과 시장 유통망이 전무하오. 사회주의 공급 체계만 있고, 개인의 상적 행위는 법적으로 금지되어 있소. 말하자면 장사는 위법행위란 말이요."

"지금 그걸 따지면 굶어 죽어요."

"당연하지, 내 말은 우리나라에는 시장의 유통망이 없어 장사하기 간단치 않다는 거요."

오빠는 이론적으로 시장 원리를 풀며 난감해했다. 오빠의 말을 다 이해하지 못한 형님은 답답해서 자꾸 따지고 들었다. 그렇게 말씨름을 하면서 그나마 저축했던 식량이 바닥이 나기 시작했다. 그렇다고 손을 놓고 있을 형님이 결코 아니었다.

어느 날, 형님은 무작정 새끼 돼지를 팔고 그 돈을 안주머니에 넣은 후, 시내 공지마다 모여 붐비는 사람들 속으로 뛰어들었다. 초기 시장은 당장 가마에 넣을 것이 떨어진 사람들이 집안의 귀물이나 옷가지, 그릇가지 등을 들고나와 한 푼이라도 더 받으려고 아우성을 치는 아수라장이었다. 조금 여유 식량이 있는 농촌 사람들이나 군인 가족들은 쌀 배낭을 놓고 앉아 손저울로 팔고 있었다. 식량값이 상상도 못 한 가격으로 오른 기회에 집안에 필요한 물건을 헐값으로 사기 위해서였다. 텃밭에서 가꾼 마늘이며 채소를 들고나온 할머니나 장작을 한 달구지 싣고 온 사람도 있었다.

형님은 며칠간 괜히 시장을 돌아치다 빈손으로 들어오곤 했다. 도대체 무엇을 어떻게 넘겨받아 팔아야 할지 자신감이 생기지 않았다. 그러던 어느 날, 동네에 사는 할머니 한 분이 강아지 세 마리가 든 광주리를 들고 형님을 찾아왔다. 자기네 흰둥이가 강아지 일곱 마리를 낳았는데 그중 네 마리는 동네에 팔고 남은 세 마리를 시장에서 팔아줄 수 없냐고 했다.

"글쎄요. 시장에서 강아지 파는 사람을 본 것 같기도 하고…."

"내가 다리가 성치 않아서 그러니 자네가 좀 팔아 주겠나? 우리 동네에서 한 마리당 150원에 팔았으니 한 마리당 130원씩만 팔아 주면 고맙겠네."

돼지 뜨물을 받던 집이라 차마 거절을 못 하고 얼결에 받아 들었다. 그 길로 강아지를 안고 시장으로 나갔다. 제각기 보따리를 앞에 놓고 줄지어 앉아 있는 사람들 사이에 끼어 앉은 형님은 가슴이 막 두근거렸다고 했다. 자리에 앉자 얼마 안 되어 사람들이 귀엽다고 쓰다듬으면서 얼마인가 물어보기 시작했다. 한 마리에 150원을 불렀는데 놀랍게도 점심시간 전에 세 마리가 다 팔렸다. 형님은 숨 막히는 희열을 느끼며, '이게 장사구나.' 하고 자신감이 생겼다. 반나절 사이에 본전을 빼고 60원을 벌었다. 남편의 한 달 노임에 가까운 돈이었다.

형님이 일어서려는데 새색시로 보이는 젊은 여인이 강아지 다섯 마리가 옹기종기 담긴 바구니를 들고 나타났다. 흘깃거리며 형님 옆에 앉은 여인은 수줍은 듯 고개를 수그리고 있었다. 순간 형님은 저것을 넘겨받아 팔면 어떨까 하는 생각이 번개같이 떠올랐다.

"한 마리 얼마에요?"

"글쎄요, 우리 동네에서는 130원에 팔았는데 시장에서는 얼마에 팔아야 할지…."

"내가 이 강아지를 다 사면 얼마에 주겠어요?"

"네? 다섯 마리를 다요?"

"대신 좀 싸게 줄 수 없어요?"

젊은 여인의 얼굴에 화색이 돌았다. 한참 생각하더니 120원이면 어떠냐고 되물었다. 형님은 조금 더 흥정하여 115원에 다섯 마리를 넘겨받았다. 돌아앉아 세 마리를 또 150원에 팔았다. 그날 형님은 오빠가 두 달 넘게 연구소로 꼬박 출근해야 받을 수 있는 돈을 벌었다. 형님은 환성을 질렀고 장사의 위력에 황홀해했다.

그날 두 마리를 남겨 가지고 온 형님은 지금부터 집짐승 장사를 하겠다고 선언했다. 우리 집은 마당이 넓으니 강아지면 강아지, 염소면 염소, 닥치는 대로 짐승을 넘겨받아 팔겠다고 흥분하여 말했다. 그렇게 형님은 집짐승 장사를 시작했다. 오빠는 없는 솜씨에 짐승을 넣을 수 있는 통을 만들어 주었다. 형님은 손수레에 짐승을 담은 통을 싣고 시장으로 다녔다.

점차 형님의 짐승 장사가 소문이 나서 동네는 물론 인근에서 집에 짐승 팔 게 있으면 형님에게 가지고 와서 넘겨주곤 했다. 형님은 비록 팔아먹을 짐승이지만 받으면 이름부터 지어 주었다. 누렁이, 머루눈, 얼룩이, 흰곰, 우리 집 마당에는 강아지, 염소, 어미 개, 토끼, 다양한 짐승이 들어갈 우리가 빼곡히 지어졌고 짐승 우리마다 자물쇠가 잠겼다. 형님은 아침이면 마당에 나와 "얘들아, 잘 잤니? 아픈 데 없니? 자, 아침 먹자." 하고 다정히 말을 걸곤 했다. 짐승들과 전생연분을 맺은 듯 형님의 짐승 장사는 잘되었다. 그 덕에 우리 가족은 고난의 행군 시기, 가장 힘든 고비였던 3년을 무사히 넘겼다. 모두 굶어 죽는다고 아우성을 칠 때 별로 굶주림에 시달리지 않았다.

3.

하지만 군대 강도가 들이닥친 후, 우리 집엔 준엄한 시련이 닥쳤다. 형님이 이미 장사에 경험이 있어 밑돈만 있으면 얼마든지 다시 살아갈 수 있었다. 그런데 강도가 컬러 TV며, 형님 돈주머니까지 통째로 가지고 달아났으니 무엇으로 장사를 한단 말인가.

"외국처럼 은행에서 돈을 대출해 주는 제도도 없고, 어디서 밑돈을 장만한단 말인가."

오빠가 깊은 한숨을 쉬며 탄식했다. 오빠는 이론으로는 모르는 게 없으나 실천, 행동은 전혀 할 줄 몰랐다. 오빠는 연구소에서 찔끔찔끔 몇 킬로씩 주는 옥수수를 타기 위해 아침밥을 굶은 채로 출근했다.

형님은 혹시 외상으로 집짐승을 넘겨받을까 싶어 동네며 주변 마을을 돌아쳤다. 사람 먹을 게 없는 때라 짐승이 많지 않았다. 어떤 집은 기르는 돼지 한 마리가 전 재산이어서 섣불리 남의 손에 맡기지 않았다. 이래저래 속수무책으로 며칠을 보냈더니 대번에 쌀독이 바닥을 보였다. 형님이 근 열흘째 아무 벌이를 못 하자 우리 집은 당장 목구멍이 포도청이 되었다. 저녁에 퇴근한 오빠는 시래기죽을 훌훌 들이켜며 한숨을 내쉬었다.

"퇴근하면서 보니까 올해는 벼 작황이 작년보다 좀 낫던데…. 하지만 우리하고 무슨 상관이겠소. 탈곡장에서 군대가 다 실어 가고 농사지은 농민들은 분배조차 받지 못한다는 거요. 당연히 배급으로 공급할 쌀이 없겠지. 정말 막막하구먼. 지키는 군대만 아니면 묶어 놓은 볏단을 지고 오고 싶은 생각이 불같이 들더라니까."

웬만해서는 부정적인 말을 하지 않던 오빠가 울분을 토했다. 온 가족이 당장 굶어 죽게 생겼으니 샌님 같은 오빠가 오죽하면 그런 소리를 다 하랴 싶었다.

"볏단을 지고 오고 싶었다고요?"

앵무새처럼 오빠의 말을 되뇌던 형님이 부리부리한 눈을 번쩍거렸다. 무엇인가 골몰히 생각하더니 갑자기 벌떡 자리에서 일어났다.

"왜 그러오?

오빠가 놀라서 쳐다보자 형님은 아무것도 아니라며 얼버무렸다. 그리고는 부리나케 어두워지는 밖으로 나갔다.

"어미가 하도 답답하니 밖으로 바람 쐬러 나갔나 보다."

어머니가 한마디 하고는 쓰러지듯 잠자리에 누웠다. 오빠는 윗방으로 올라가 등잔을 켜더니 앉은뱅이책상에 마주 앉아 책을 펴 들었다. 이 난리에도 오빠는 그저 책이었다.

"등잔 기름을 사려면 돈인데 좀 아끼려무나."

어머니의 잔소리에 오빠는 "집사람 들어올 때까지만요." 하고는 그냥 책을 들여다봤다. 나는 잠자리에 누우려니 너무 일러 바람이나 쏘이려고 슬그머니 밖으로 나왔다. 그나마 TV가 있을 땐 배터리를 켜고 볼 수 있어 저녁 시간 보내기가 괜찮았는데 배고픈 긴긴 저녁이 정말 지겨웠다. 집 마루에 앉아서 하늘에 있는 총총한 별을 올려다보려니 왠지 눈물이 주르르 났다. 한창 청춘인데 꿈은 고사하고 맨날 어떻게 하면 먹을 것을 마련해 굶어 죽지 않을까 궁리만 하는 내 처지가 새삼 한심하고 서러웠다. 인생이 참으로 허무하게만 생각되었다.

고난의 행군 이전에는 오빠와 형님의 그늘 밑에서 설계전문학교를 졸업하고 도시설계사업소에서 보조설계원으로 일을 하면서 평양 건설건재대학에 통신으로 입학했다. 통신대학을 졸업하면 당당한 건축가가 되어 나의 이름이 적힌 설계 도면을 그리려는 부푼 꿈을 꾸기도 했다. 하지만 고난의 행군이 시작되면서 나의 꿈은 산산이 부서졌다. 당장 목구멍에 풀칠하는 게 급선무였고 형님에게만 가정의 모든 짐을 맡길 수 없었다. 나는 노임 배급이 나오지 않는 직장을 그만두고 형님 장사를 도와 심부름을 해야 했다. 통신대학은 중도에서 그만두었다. 왜 세상이 점점 이 모양으로 돼 가는지 알 수 없었다.

"저 별 너머 다른 세상에서는 어떻게 살까? 우리처럼 살까? 소문으로는 우리보다 못살던 중국이 지금 떵떵거리며 잘산다던데, 남조선은 상상 못 하게 부자 나라라지?"

아무리 그려 보자고 해도 다른 세상은 상상이 되지 않았다. 상상되면 뭘 하랴. 저 하늘의 별처럼 갈 수 없는 다른 세상이고, 그림의 떡이었다. 부질없는 상념에 잠겨 있는데 형님이 헐떡거리며 들어섰다. 달빛에 형님의 눈빛이 심상치 않게 번뜩이고 있었다. 형님이 가정을 살릴 신통한 묘수라도 안고 왔나 하여 반색했다. 형님은 나에게 관심 없이 흥분하여 집으로 달려 들어갔다. 내가 뒤따라 들어가니 형님은 오빠에게 등잔을 달라고 했다. 오빠는 형님의 눈빛이 심상치 않음을 느꼈는지 눈이 둥그레졌다.

"무슨 일 있소?"

"아무 일 없어요. 그냥 창고를 좀 정리하려고요."

"이 밤중에 창고는 왜?"

"자꾸 따지지 말고 당신은 그냥 쉬어요. 내일 출근해야죠. 누이도 쉬고요."

잠시 망설이다가 형님이 콧숨을 내쉬며 침착히 말했다.

"외상으로 짐승을 들여오자면 창고랑 돼지우리를 좀 손질하려고요."

"하더라도 낮에 하고 어서 쉬오."

오빠는 형님이 안쓰러운지 아내의 손을 당겨 꼭 쥐였다.

"그냥 잠이 오지 않아서요. 내 걱정하지 마시고 어서 쉬세요."

형님이 끝내 등잔을 들고 나갔다. 내가 뒤따르려고 하자 어둠 속에서 오빠의 목소리가 들렸다.

"내버려 둬라. 아마 혼자 일을 하고 싶은 게지. 오죽 안타까우면 그러겠니. 나는 내일 어디서 돈을 좀 꾸어 볼 테니 어서 자자."

형님의 행동이 좀 이상하긴 했으나 오빠의 말을 들으니 그럴 듯싶어 나는 그냥 잠자리에 누웠다. 아침에 일어나 보니 형님은 아침 죽을 쑤어 놓고 어디론가 나가고 없었다. 정말 무슨 대책이라도 생긴 것일까? 나는 창고부터 가 보았다. 밤새 무슨 일을 했는지 궁금했다.

창고에 간 나는 깜짝 놀랐다. 창고에 있던 잡동사니들은 모조리 돼지우리에 쌓여 있고 창고 바닥에 전에 없었던 큼직한 구덩이가 생겼다. 형님이 밤새 창고 바닥을 판 셈이었다. 혹시 움이라도 만들려는 것일까. 바닥에서 파낸 흙은 창고 앞에 작은 산처럼 쌓여 있었다. 도대체 형님의 속내를 알 수 없었다. 구덩이를 파고 돼지우리를 만들려고 그럴까? 돼지우리를 만들려는 것치고는 구덩이가 너무 컸다.

오빠는 출근 시간이 되어 나가고 나는 형님이 오기를 기다렸다.

형님은 오전 한것이 다 지나서야 땀을 철철 흘리며 집으로 들어섰다. 손에는 자그마한 수첩과 연필이 쥐어져 있었다. 형님은 수첩을 윗방 앉은뱅이책상 위에 올려다 놓더니 다시 밖으로 나갔다. 나는 윗방으로 올라가 수첩을 뒤져 보았다. 수첩에는 자그마한 산이 하나 그려져 있고 그 산으로 오르는 길인지 연필로 금이 그어져 있었다. 그림을 보고는 뭔 내용인지 알 수 없었다.

마당에 나와 보니 창고 문이 비죽이 열려 있었다. 형님이 또 바닥을 파고 있었다. 나는 웅덩이로 뛰어내려 형님의 손을 꼭 잡았다. 비로소 이상한 생각이 들었다. 밤잠을 자지 못한 형님의 눈은 벌겋게 충혈되어 있었다. 유심히 보았지만, 눈동자가 이상하게 돌아가는 거 같지는 않았다. 형님이 빙그레 웃었다.

"왜? 내가 정신이상이라도 생겼나 하고 생각하는 거요? 걱정하지 마오. 난 내 남편과 내 아이, 우리 식구들 때문에 정신병에 걸릴 자유가 없는 몸이요. 내 기어코 밑천을 마련하고 다시 장사해서 우리 가족을 보란 듯이 일으켜 세울 거요."

나는 가슴 미어지는 정을 느끼며 형님의 목을 그러안았다. 형님은 겨우 나보다 한 살 위 여인이지만 산처럼 우뚝해 보였다. 한없이 기대고 싶은 넓은 품이었다.

"제가 돕겠어요. 시키기만 하세요."

나는 더 묻지 않고 형님 요구대로 구덩이를 부지런히 팠다. 형님이 이쯤 열이 올라 있으면 분명 승산이 있는 일이었다. 사람의 키 정도로 구덩이가 파지자 형님은 목재로 사방 기둥을 세우고 비닐로 흙이 떨어지지 않게 구덩이 벽을 둘러막았다. 바닥에는 판자며 합판을 되는대로 깔았다. 걸싸게 돌아가며 일하는 형님을 거들면서 목구멍까지 나오는 질문을 간신히 삼켰다. 도대체 이 임시 움은 어디에 쓰려고 만든 것일까. 보아하니 돼지우리는 아니었다. 무엇인가를 넣으려고 만드는 게 분명했다. 아무리 머리를 쥐어짜도 짐작 가는 게 없었다.

형님은 입을 꾹 다물고 일체 설명이 없었다. 말해 줄 거 같았으면 벌써 이야기했을 터였다. 참으로 기이한 형님의 행동이지만 나는 믿고 기다리는 수밖에 없었다. 마당으로 나온 형님이 창고 바닥에서 판흙을 마당에 골고루 펴며 발로 다졌다. 마당 정리가 끝나자 형님은 빈 창고에 자물쇠를 잠그고 비칠거리며 집 안으로 들어가더니 네 활개를 펴고 정신없이 곯아떨어졌다. 형님은 오후 내내 잤고 저녁녘까지 일어나지 못했다. 나는 부엌을 뒤져 배추를 썰어 넣고 옥수수 가루를 풀어 죽을 쑤었다. 형님은 저녁상에 앉아서도 종내 아무 설명을 하지 않았다. 오빠는 친구들에게 돈을 빌려 보려 했는데 쉽지 않다며 한숨을 내쉬었다.

"이 세월에 누가 돈을 빌려주겠어요. 돈을 꾸면 노력 영웅이고, 꿔 준 돈을 받으면 공화국 영웅이라는 말이 있어요. 사기를 치기 전에는 남의 돈을 얻을 수가 없지요. 지금은 스스로 살길을 찾지 않으면 굶어 죽는 판이잖아요."

형님이 생뚱맞게 술 한 병을 내놓았다.

"돈이 없는데 웬 술이요."

"그저 생긴 것이니 걱정하지 마시고 오랜만에 한잔하세요. 너무 심려 마세요. 제가 꼭 우리 가정을 지킬 거예요."

오빠는 더 말을 잇지 못하고 고개를 돌려 버렸다. 형님은 저녁을 먹자 서둘러 잠자리를 폈다.

"죽이 소화되기 전에 빨리 자는 게 최고예요. 그러지 않으면 배고파서 잠이 안 와요."

형님 말에는 식구들을 빨리 재우고 싶은 조바심이 느껴졌다. 잠자리를 펴는 형님의 눈은 전혀 잠기가 없이 예리하게 번뜩였다. 나는 형님이 밤을 기다린다는 느낌을 언뜻 받았다.

"어미 말이 맞다. 어서 자자."

어머니가 조카를 데리고 잠자리에 눕자 오빠와 형님이 서둘러 윗방으로 올라가 잠자리에 누웠다. 나는 쉽게 잠이 오지 않았다. 형님이 뭔가 일을 시작한 듯싶은데 왜 식구들한테 말을 하지 않는지 궁금하기 그지없었다. 이 생각, 저 생각을 하다가 살포시 잠이 들었던 나는 삐걱하고 문 열리는 소리에 깨어났다. 누군가 방금 문을 열고 나갔음을 알아차렸다. 옆에 누운 어머니가 그냥 있는 걸 봐서는 오빠 아니면 형님일 듯싶었다. 부엌 쪽에서 인기척이 들렸다. 순간 언뜻 떠오르는 생각으로 살며시 자리에서 일어났다. 형님이 무슨 일인가를 하려고 일어난 게 분명했다.

가만히 방문을 열고 부엌을 내려다보니 아니나 다를까, 형님이 등잔을 켜고 부엌 바닥에서 무엇인가를 부스럭거리며 꺼냈다. 찬찬히 보니 밧줄하고 자루였다. 자루에 밧줄을 둘둘 말아 든 형님이 신발장을 뒤져 운동화를 꺼내 신더니 훅 등잔불을 불어 껐다. 출입문 여닫히는 소리가 나자 나는 얼른 뒤따라 부엌으로 나가 신발을 신었다. 심장이 뛰고 숨이 가빠 올랐다. 담장 대문 닫히는 소리가 났다. 살그머니 집 문을 열고 나와 대문 짬으로 밖을 내다보았다. 집 울타리 뒤로 급히 돌아가는 형님의 모습이 아슴푸레 보였다. 얼른 대문을 열고 나와 형님의 뒤를 밟기 시작했다.

우리 집 뒤로는 자그마한 산등성이가 있었는데 형님이 그쪽으로 서둘러 걸어갔다. 나는 바싹 긴장하여 형님과 일정한 거리를 두고 조심히 뒤따랐다. 잡관목이 들어선 컴컴한 산등성이는 을씨년스러웠고 이따금 울어 대는 밤새 소리가 청승맞았다. 당장 도깨비가 나올 듯한 음침한 오솔길로 형님은 조금도 망설임 없이 쓱쓱 걸어갔다. 나는 산등성이 길로 별로 다닐 일이 없어 초행길이나 다를 바 없었지만, 형님은 많이 다녀 본 듯했다. 나는 형님 뒤를 밟는다기보다 형님에게 의지하여 무서운 산길을 따라 걸었다. 야트막한 산등성이는 금방 올라섰다. 밋밋한 등성이를 가로질러 반대편 산기슭 쪽에 이르자 형님이 숨을 고르듯 잠시 걸음을 멈추었다. 산 아래쪽을 유심히 살펴보고 있었다.

점점 더 의혹이 갈마들었다. 야밤에 이 산등성이에 오른 형님의 의중이 전혀 짐작되지 않았다. 불현듯 형님 손에 들린 밧줄이 보였다. 설마 나쁜 마음을? 나는 끔찍한 생각을 털어 버리려 머리를 흔들며 자신을 나무랐다. 형님은 절대로 그럴 여인이 아니었다. 형님이 다시 발걸음을 옮겨 반대편 산등성이를 내려가기 시작했다. 나는 발을 헛디뎌 돌멩이를 굴릴까 신경을 쓰며 조심조심 발걸음을 옮겼다. 형님이 무엇을 하려고 하는지 알아내기 전에는 절대 들켜서는 안 되었다.

나지막한 산의 비탈길은 별로 험하거나 멀지 않아 금방 내려섰다.

어둠이 눈에 익어 산비탈 아래 펼쳐진 논이 시야에 들어왔다. 잘라
낸 벼 그루터기들이 희미한 달빛에 번뜩이고 무지무지 쌓아 놓은 볏
단들이 줄지어 누워 있었다. 형님이 바싹 허리를 낮추고 사방을 둘러
보았다. 어디선가 울어 대는 듬북이 소리만 간간이 들려올 뿐 사방은
쥐 죽은 듯 고요했다. 앞쪽 논이 끝나는 지점에 큰길이 희붐하게 보
였다. 흡사 기다란 뱀이 누워 있는 것 같았다. 길 건너편은 밭인데 가
을이 끝나 옥수숫단이 무지무지 쌓여 있었다.

그쪽으로 자그마한 초막 하나가 보였다. 원래 농민들의 오두막이
었는데 지금은 군대들 보초막이 되었다. 가을이 오면 하도 옥수수 도
적이 성하니 군대들이 아예 밭에서부터 보초를 섰다. 지키지 않으면
옥수수알이 티눈만큼 자라기 시작할 때부터 도적이 들끓어 수확하기
힘들었다. 겸사로 옆에 있는 논을 함께 지켰다. 군대를 풀어 지켜야
가을에 군량미로 실어 갈 알곡이 남아나기 때문이었다. 논밭을 지키
던 군대가 초막으로 들어가 잠들었는지 그쪽에서 전혀 기척이 없었
다. 형님이 그쪽을 까딱 안 하고 주시하고 있었다.

혹시 옥수수를 훔치러 왔을까. 당장 식구들 끼니가 걱정이니 우
선 옥수수를 훔쳐서 목숨을 부지하려는 게 아닐까. 나는 코끝이 찡해
졌다. 수단 방법 가리지 않고 가정을 지키려는 형님의 갸륵한 성정
에 가슴이 뭉클했다. 하지만 군대들이 지키는 옥수수밭에 들어선다
는 건 매우 위험한 일이었다. 말리려고 인기척을 내려는데 형님이 허
리를 굽힌 채 논 쪽으로 달려가 첫 번째 볏단 앞에 살짝 주저앉았다.
나는 형님이 놀라지 않게 앉은걸음으로 살금살금 다가가 옆쪽 볏단
에 몸을 숨기고 살펴보았다. 형님 쪽에서 사락사락 볏단 움직이는 소

리가 들렸다. 그럼 형님의 목표는 옥수수가 아니라 볏단이란 말인가. 아니나 다를까, 형님이 볏단 몇 개를 잽싸게 묶더니 마대 위에 놓고 나뭇단을 메듯이 등에 졌다.

나는 심장이 밖으로 튀어나올 듯이 펄떡거렸다. 순식간에 입안이 말라 들고 오금이 저려 왔다. 지금 상황에 나선다면 형님이 놀라 기절할 수 있었다. 나는 그대로 옹크리고 주위를 살폈다. 이럴 바에는 형님 뒤를 살펴 주려는 생각에서였다. 형님이 끙 소리를 내며 볏단을 지고 일어나더니 우리가 오던 산등성이 쪽으로 뛰었다. 형님이 안전하게 산비탈 어둠 속으로 사라지는 걸 보고야 나는 발밤발밤 나와 산길에 접어들었다.

저쯤 앞에서 볏단을 진 형님이 등성이를 오르는 게 보였다. 이젠 형님의 뒤를 쫓기 위해서가 아니라 사방을 살피는 감시원이 되어 허둥지둥 뒤따랐다. 볏단을 그렇게 많이 지고 어디서 그런 힘이 났는지 형님은 한 번도 쉬지 않고 곧추 집 마당으로 들어섰다. 나는 빈 몸인데 겨우 따라왔다. 울타리 밖에서 다시 사방을 살피며 형님이 하는 양을 지켜보았다. 형님은 창고로 곧바로 들어갔다. 나는 비로소 형님이 왜 창고 바닥에 구덩이를 팠는지 이해되었다. 볏단을 숨기기 위해 만든 게 분명했다. 그런데 볏단 하나 감추기에는 구덩이가 너무 컸다. 나는 살그머니 창고 앞에서 기다리다가 마당 구석에 있는 변소에 갔다 온 듯이 자세를 취하며 헛기침을 지었다. 형님이 빈손으로 창고문을 열고 나오다 나를 보더니 당황한 듯 몸을 흠칫했다.

"누이요? 나도 뒷간에 가려고 나왔소."

형님이 조금 떨리는 목소리로 묻지 않는 말을 했다.

"형님, 어서 들어가 자요."

나는 간신히 소리를 짜내며 태연한 척 애를 썼다.

"먼저 들어가 자오. 난 조금 바람 쐬고 들어가겠소."

"이 야밤에 무슨 바람을 쐰다고 그래요. 어서 들어가요."

나는 조금 어성을 높여 강경히 말했다. 형님이 그런 나를 의아히 쳐다보더니 말없이 앞장서 집으로 들어갔다. 나는 뒤에 바싹 붙어 형님이 방 안으로 들어가길 기다렸다. 잠시 머뭇거리던 형님이 마지못해 윗방으로 들어갔다. 오빠는 저녁에 마신 술기운 때문인지 기척 없이 자고 있었다. 그러고 보니 갑자기 오빠에게 술을 마시게 한 건 다 의도가 있어서였다. 형님이 잠자리에 들고 잠잠해져서야 나는 안심하고 자리에 누웠다. 긴장하여 산길을 오르내렸더니 금방 피곤이 몰려왔다.

어머니가 흔들어 깨워서야 아침에 잠에서 깨어났다. 어머니는 형님이 보이지 않는다고 하셨다. 나는 화들짝 놀라며 미닫이문을 두드렸다. 그제야 잠에서 깨어난 오빠는 의아한 얼굴로 미닫이문을 열었다.

"형님, 방에 없어요?"

"없는데? 부엌에서 아침 하는 거 아니냐?"

나는 번뜩 짚이는 데가 있어 자리를 차고 일어났다. 울타리 밖에서는 벌써 사람들 발길이 소란스럽고 아침 햇살이 눈을 찔렀다. 나는 창고 앞으로 뛰어갔다. 아니나 다를까, 창고 문에는 자물쇠가 잠겨 있지 않았다. 나는 문을 등지고 서서 한참 주위를 살피다가 얼른 창고 문을 열고 안에 들어섰다. 다음 순간 나는 하마터면 놀라 소리를 지를 뻔했다.

구덩이 안에는 무엇인가를 가득 채웠고 헌 마대 짝들이 덮여 있었다. 그 위에는 돼지우리로 옮겨졌던 잡동사니들이 얼기설기 놓여 있었다. 그 가운데 형님이 웅크리고 누워서 잠들어 있었다. 형님은 내가 들어온 줄 모르고 곯아떨어져 있었다. 일단 창고 문을 안으로 닫아건 다음 구덩이에 덮인 마대 짝 하나를 제쳤다. 구덩이 안에 꽉 찬 것은 볏단들이었다. 흥부의 박에서 쏟아져 나온 것처럼 그 큰 구덩이에 누런 벼 이삭이 차곡차곡 가득 들어 있었다.

나는 그만 다리 힘이 풀려 풀썩 주저앉았다. 형님이 밤새껏 볏단을 날랐다는 걸 알 수 있었다. 야밤에 이 많은 볏단을 혼자서 메어 나른 형님이 과연 여자인지 의심스러워 신기하게 바라보았다. 임꺽정인들 형님처럼 할 수 있었을까. 푸푸 코를 골며 정신없이 자는 형님에게 윗옷을 벗어 덮어 주었다. 방에 가서 담요를 가져다 덮어 줄 생각으로 창고를 나서려는데 오빠가 들어섰다. 화등잔처럼 눈이 커진 오빠의 입가에 손가락을 가져갔다. 고단하게 잠든 형님을 조금이라도 더 쉬게 해 주고 싶었다.

오빠의 팔을 잡아끌고 얼른 창고에서 나와 우선 창고 문부터 닫아걸었다. 그리고 오빠에게 자초지종을 다 이야기했다. 굳어진 얼굴로 이야기를 다 듣고 난 오빠의 눈에 눈물이 그렁하게 고였다. 점심시간이 되어서야 형님이 잠에서 깨어났다. 그때까지 창고 앞에서 지키던 나는 형님을 얼싸안고 집 안으로 들어갔다. 그리고 격하게 그러안았다. 저절로 눈물이 쏟아졌다. 식구들이 자신이 한 일을 알게 됐다는 걸 눈치챈 형님이 얼굴을 붉히며 중얼거렸다.

"미안해요. 그냥 난 이 세상에 빼앗긴 내 밑천을 되찾아 왔을 뿐이에요."

그날 밤부터 우리 가족은 윗방에 만든 '비밀 탈곡장'에서 교대로 '탈곡 전투'에 들어갔다. 낡은 자전거를 들여다 바퀴를 돌리고 그 살창 짬에 볏단을 들이대 볏단을 털었다. 오빠와 형님, 내가 번갈아 가며 탈곡을 하는 새에 어머니는 밖에 앉아 망을 보았다.

우리는 한 달에 걸친 '탈곡 전투' 끝에 벼 다섯 가마니를 얻었고 그걸 조금씩 갈라서 지고 다른 지역에 가서 정미해 왔다. 그리고 그 쌀을 절반 정도 시장에 팔아 밑돈을 장만했다. 그 밑돈과 나머지 쌀로 형님은 쌀장사를 시작했다. 하마터면 온 가족이 굶어 죽을 수 있었던 아찔한 위기에서 우리는 무사히 벗어났다. 이 모든 건 전적으로 불굴의 여인인 우리 형님의 '용감한 거사' 덕분이었다.

하얀 별똥별

1.

그때까지 나는 아버지 때문에 엄마가 죽었다고 생각했다. 아버지는 평생 엄마에게 무심했으며 아버지가 엄마를 배신했다 여겼다. 그래서 아버지를 미워했다.

한국에 와서 아버지는 출근하실 때 늘 양복을 정갈하게 차려입으셨다. 대학에 강의를 나간다고 하셨다. 북한에서 아버지는 사범대학 수학 교수였다. 어릴 때부터 나의 눈에 비친 아버지 모습은 늘 단정한 정장 차림이셨다. 단벌 신사였지만 엄마가 깨끗이 빨고 다려 주신 정장에 회색 넥타이를 매고 대학으로 나가셨다. 그런 아버지 모습을 어린 나는 한때 자랑스럽게 여겼다. 엄마가 좋아했기 때문이었다.

하지만 한국에 와서는 아버지의 그런 모습마저 싫었다. 북한에서처럼 대학으로 강의 나가시는 게 아니꼬웠고, 별로 고생이 없어 보여서 더 얄미웠다. 엄마 때문이었다. 북한에서 구경조차 못 했던 음식을 먹을 때면 엄마 생각이 더 간절했다. 엄마는 평생 고생만 하고 좋은 세상을 구경하지 못하고 돌아가셨다. 맛있는 음식을 먹어 보지 못하고 추위와 굶주림 속에서 돌아가신 엄마가 너무 불쌍했다. 다 아버지 탓 같았다. 아버지가 자기 생각만 하는 이기주의자여서 엄마가 죽었어. 소년기에 나의 마음을 지배한 생각은 늘 이러했다.

엄마는 고난의 행군 때 굶어서 돌아가셨다. 어린 나에게 엄마의 죽음은 공포였다. 지금도 엄마에 대한 기억은 하염없는 슬픔을 몰아오곤 했다. 소년기에는 더했다. 불쑥 엄마가 그립고 불쌍한 생각이 들 때마다, 밝고 어진 미소를 띤 엄마의 모습을 꿈속에서 볼 때마다 아버지가 미웠다. 종종 대화를 거부하고 방 안에 들어박히기가 일쑤였다.

나에게 엄마는 아버지와 나를 위해 한없이 희생한 안쓰러운 존재였다. 고난의 행군 시기가 들이닥친 전 사회적 기아는 우리 집이라고 예외가 될 수 없었다. 배급을 알뜰히 쪼개서 살림하시던 조용한 성격의 엄마는 급작스레 들이닥친 미공급에(배급을 주지 않는 현상) 어찌할 바를 모르셨다. 당장 가마에 넣을 식량이 떨어지자 다른 집에서 쌀을 꿔다가 아버지 밥상을 차리셨다. 다음은 자신의 옷가지를 들고 장마당에 나가셨다. 그다음은 기르던 강아지를 들고 나가셨다.

그렇게 엄마가 허둥지둥 간신히 끼니를 이어 가는데 아버지는 사정을 아는지 모르는지 여전히 대학으로 출근했다. 엄마가 힘들게 차린 저녁상에서 죽을 말끔히 들이켜시면서 대학생 절반이 강의에 빠졌다는 말을 하셨다. 조국의 미래를 걱정했다.

어린 마음에 이런 아버지가 인정머리 없어 보였다. 미공급은 끝이 없어 보이고 집안 세간을 팔아서 식량을 장만하는 데 한계가 왔다. 엄마는 자그마한 손수레를 끌고 장마당으로 나가 채소 장사를 시작했다. 채소 장사는 여의찮았다. 밑돈이 적게 드는 그 장사에 너도나도 뛰어들었기 때문이었다. 상품을 넘겨받기 힘들었고, 채소가 상해 제값에 팔지 못하고 밑지는 날이 많았다. 그런 날이면 엄마는 아버지와 내가 먹을 죽만 쑤고 자신은 죽 가마를 가신 숭늉을 들이켜셨다.

그때는 식량과 함께 땔감이 큰 문제였다. 이전에는 아버지 대학에서 석탄을 자동차로 실어 공급했다. 고난의 행군 시기에는 땔감 공급이 완전히 끊겼다. 엄마는 채소 장사를 하는 짬짬이 손수레를 끌고 도시 외곽 산으로 땔나무를 하러 가셨다. 엄마 손은 상처가 덧나아물 새가 없었다. 얼굴은 갈수록 야위어 갔고 고개를 숙이고 한숨을 쉬는 일이 잦아졌다. 하지만 엄마가 아버지에게 하소연하거나 두 분이 말다툼하는 일을 본 적이 없었다. 엄마는 집안의 모든 고난을 혼자 막으려 애쓰셨다.

아버지는 연약한 아내 뒤에서 오로지 대학 일에만 몰두하셨다. 쉬는 날마저 낡은 밥상에 책을 펴고 강의안을 썼다. 끼니를 건너면서 대학으로 나가셨다. 어린 나의 눈에 우리 가정의 부조리가 훤히 보였다. 노임 배급 없는 대학 일에 그토록 극성을 부리는 아버지가 이해되지 않았다. 엄마가 힘들어하는 만큼 아버지가 미웠다.

가장인 아버지가 어떻게 하든 가정을 책임지고 먹여 살려야 하지 않는가. 여린 엄마에게 모든 걸 떠맡기는 아버지나, 당연한 듯이 모든 짐을 기꺼이 지려는 엄마나 다 마음에 들지 않았다. 이모가 나의 불만을 부추겼다. 혼자 고생하는 엄마가 하도 딱해 같은 도시에 사는 이모가 먹을 걸 챙겨 들고 종종 오곤 했다. 그때마다 아버지를 비난했다. 인정머리 없는 사람이라고, 가장이라면 배급을 주지 않는 그깟 대학에 나가지 말고 장사를 하든 무슨 방도를 마련해야 하는 거 아니냐고 한심한 사람이라고 아버지를 헐뜯었다. 엄마가 안쓰러웠던 나는 이모의 말에 전적으로 동감했다. 아버지에 대한 실망은 점점 커졌다.

나의 친구 아버지는 양복을 입지 않고 대학교수가 아니지만, 가정을 잘 돌보았다. 친구 아버지는 잠바 차림에 땀을 흘리며 늘 분주하게 뛰어다녔다. 오히려 그 친구 아버지가 멋져 보이고 부러웠다. 친구 아버지가 장사를 열심히 해서 그 친구 집은 우리와 비교도 안 되게 잘살았다. 친구네 집은 언제나 밝은 생기가 넘쳤고, 우리처럼 매일 죽나발을 불지 않았다. 친구의 손에 이끌려 종종 맛있는 반찬과 밥을 얻어먹었다. 그런 날에는 수치심과 함께 아버지에 대한 불만이 머리끝까지 치밀었다.

어느 날, 엄마는 산에 나무를 하러 갔다가 굴러 다리를 다쳤다. 한동안 채소 장사를 나갈 수 없었다. 정작 엄마가 자리에 눕자 아버지는 몹시 당황해하셨다. 대학 경리과에 부탁해 옥수수 열 킬로 정도를 자루에 담아 들고 오셨다. 아버지가 강의에 나가야 했기에 대학에서 선심 쓰듯 기숙사용 식량을 얼마간 주었다. 그때 엄마는 아버지가 들고 온 옥수수자루를 보물처럼 쓰다듬으며 그윽한 흠모의 눈길로 쳐다보았다. 아버지를 무조건 숭배하고 헌신하는 엄마의 태도에 화가 났다.

발목을 접질린 데다 제대로 먹지 못하여 엄마는 생각보다 오래 장마당에 나가지 못했다. 그럴수록 우리 집 생활은 더 불안해졌다. 엄마는 아픈 와중에 다리를 끌고 부엌으로 내려가 불을 지피고 끼니를 지었다. 끼니라고 해야 옥수수 쪼갠 거에 마른 시래기를 불려 끓이고 소금을 넣은 죽이 전부였다. 엄마가 아픈데 아버지는 부엌으로 내려오는 일이 없었다. 엄마가 아버지가 부엌일을 못 하게 말렸다. 나는 드디어 아버지에 대한 불평을 엄마한테 털어놓기 시작했다. 엄마는 아버지가 대학에서 중요한 일을 하시는데 집에서 끼니까지 짓게 해야겠냐고 오히려 나를 꾸짖었다.

엄마는 종종 아버지와 나에게만 밥상을 차려 주셨다. 자신은 속이 안 좋아 후에 먹겠노라 했다. 나나 아버지는 정말 그런 줄 알았다. 하지만 엄마가 돌아가시고 나서야 알았다. 식량의 절대량이 모자라자 엄마는 아버지와 나에게만 끼니를 잇게 하시고 자신은 맹물만 마셨다는 것을.

유난히 비바람이 몰아치던 눅눅하고 음울한 날이었다. 다리를 다친 지 보름쯤 되던 날 아침, 엄마가 여느 날처럼 일찍이 일어나 불편한 다리를 끌고 부엌으로 내려가셨다. 아버지는 밥상에 책을 놓고 읽고 계셨다. 늘 보는 풍경이어서 더 보기 싫었던 나는 잠에서 깼으나 이불을 뒤집어쓰고 누워 있었다. 괜히 화가 나고 모든 게 언짢았다. 씁쓸하면서 구수한 죽 냄새, 탁탁 장작 타는 소리만 들리는 정적이 싫었다. 이때 아버지의 음성이 들렸다.

"여보, 죽이 넘치는 거 같구먼."

엄마는 대답이 없었다. 나는 이불을 빠끔히 제치고 부엌을 내려다

보았다. 엄마는 등을 부엌 바닥에 기댄 채 눈을 감고 계셨다. 피곤해서 잠이 드신 듯싶었다. 활활 타오르는 아궁이 불길의 음영이 엄마의 야위고 창백한 얼굴에서 춤을 추고 있었다. 거듭 불러도 대답이 없자 아버지가 일어나 부엌으로 내려가셨다. 그리고 잠든 엄마를 건드리며 다시 불렀다. 순간 엄마가 스르륵 모로 쓰러졌다. 아버지의 놀란 부름이 정적을 깨부쉈다. "여보!"

엄마는 잠든 것이 아니라, 돌아가셨다. 병원에서 사망 원인이 영양실조라고 했다. 그날 가마에는 두 사람이 겨우 먹을 죽이 끓고 있었다. 뚜껑이 닫힌 엄마의 밥그릇에는 말간 물이 가득 담겨 있었다. 방 안에 눕힌 숨진 엄마의 몸은 잦아들 듯 얇고 가벼워 보였다. 앙상한 갈비뼈 밑으로 엄마의 배는 깊은 골짜기처럼 패여 있었다. 도대체 엄마는 얼마를 굶은 것인가. 적으면 적은 대로 나누어 먹으면 될 것을 왜 맹물만 마시며 굶었단 말인가. 엄마는 왜 이리 미련했단 말인가. 아버지와 나는 얼마나 파렴치하고 몰인정했던가.

나는 싸늘하게 식은 엄마의 여윈 몸을 흔들며 울음을 터뜨렸다. 동시에 나의 어린 시절이 끝났다. 나만 엄마를 잃은 게 아니라 아버지도 마치 어버이를 잃은 아이처럼 어찌할 바를 몰라 했다. 다행히 대학에서 엄마 장례를 치러 주고 얼마간 식량을 가져다주었다. 하지만 그 식량으로 아무리 아껴 먹어도 보름을 버티기 힘들었다. 아버지는 그때부터 대학에 나가시지 않았다. 워낙 말이 적었던 아버지는 더 말이 없어졌다.

어느 날 밤 아버지가 나를 흔들어 깨웠다. 겨우 열세 살밖에 안 되는 나에게 마치 어른에게 하듯이 신중한 어조로 말을 꺼냈다.

"더는 안 되겠다. 희망이 보이지 않는구나. 우리 도강하자. 일단 중국에 가서 굶어 죽는 걸 피하고, 그다음에 또 생각하자."

너무 엄청나고 뜻밖의 말에 나는 멍하니 아버지를 쳐다보았다. 아버지는 즉시 옷을 챙겨 입었다. 한 벌뿐인 양복을. 그리고 나의 손을 끌고 압록강을 향해 걸었다. 아버지에게 그토록 단호한 결단성이 있다는 게 더 놀라웠다. 내가 초등학교 4학년 때였다.

2.

아버지 등에 업혀 압록강을 넘던 초가을 그날, 강물이 몹시 차서 온몸이 오그라들고 덜덜 떨리던 기억이 또렷했다. 아버지는 나를 등에 업으시고 밧줄로 자신의 몸과 하나로 묶으셨다. 꽉 잡으라는 말에 나는 아버지 목을 그러안았다. 차가운 물살이 온몸을 휘감았지만, 아버지의 넓고 따뜻한 등에 기대니 별로 무섭지 않았다. 물소리 요란한 강 가운데서 나는 오랜만에 아버지에 대한 믿음을 느끼며 작은 손에 힘을 주어 바싹 붙었다.

다행히 별일 없이 강을 넘자 아버지는 비닐 주머니에 미리 챙겨 온 젖지 않은 옷으로 나를 갈아입혔다. 자신은 물이 뚝뚝 떨어지는 양복 차림 그대로 걸었다. 높은 강둑을 넘어 버들 숲이 우거진 좁은 길을 따라 한참 걸으니 꽤 넓은 자동차 포장도로가 나타났다. 깊은 밤이어서 인적이 없었다. 나는 비칠거리면서 아버지의 걸음을 따라 달음박질쳤다. 도로를 따라 밤새 걸으니 날이 밝아 오기 시작할 무렵 작은 마을이 눈에 띄었다. 우리는 마른 옥수숫대가 꽉 들어찬 길옆의

밭 속으로 들어섰다. 사람들 눈에 띄지 않기 위해서였다.

옥수수밭이 끝나는 지점에 빨간색 벽돌집 한 채가 보였다. 아버지가 옷매무시를 바로 하고 머리를 쓰다듬더니 나보고 그 자리에서 잠깐 기다리라고 하셨다. 밭머리에 웅크리고 앉은 나는 그 집 울타리 안으로 들어서는 아버지의 등을 바라보며 더럭 두려운 생각이 들었다. 아버지가 그 집 안으로 영영 사라지고 다시 나타나지 않는 상상에 언뜻 사로잡혔다. 하지만 한참 후, 대문 앞에 나타난 아버지가 내 쪽으로 손을 흔들며 오라고 신호를 보냈다.

조선족 아주머니가 혼자 사는 집이었다. 자식들 모두 한국으로 돈 벌러 갔다고 했다. 이미 모든 사연을 들은 듯 아주머니는 혀를 끌끌 차며 밥상을 차렸다. 둥근 얼굴이며 푸짐한 몸집이 무던한 인상을 주었다. 다만 내가 할머니라고 부르자 정색을 하고 자기가 왜 할머니냐고 아줌마로 부르라고 하였다. 하지만 내 눈에는 얼핏 보아도 나이 육십은 돼 보이는 할머니뻘이었다.

그날 아침 나는 난생처음으로 소고기며 달걀 반찬, 하얀 이밥을 배불리 먹었다. 아주머니는 당분간 자기 집에서 지내라고 하였다. 가을 타작을 도와주면서 다른 집 일감을 잡아 줄 테니 돈을 벌면서 맘 편히 지내라고 했다. 어린 나는 그 아주머니가 구세주처럼 느껴졌고 고마웠다.

아버지는 그 집 옥수수 타작을 도와주고 다른 집의 날품팔이를 하였다. 나는 힘이 닿는 데까지 일손을 도왔다. 한 달 동안 일한 품삯으로 중국 돈 칠백 원을 벌었다. 북한에서는 상상조차 못 하던 돈이었다. 아버지는 팔락거리는 백 원짜리 붉은색 지폐를 쓰다듬으며 몇 번이고 중얼거렸다.

"중국은 노동력으로 산출되는 대가가 대단하구나!"

그 집에서 맛있는 음식을 배불리 먹어서 좋았고, 저녁마다 텔레비전을 볼 수 있어 너무 좋았다. 아줌마가 한국 채널만 틀어 주어 아버지와 나는 한국 뉴스며 드라마를 정신없이 보았다. 나와 둘만 있을 때, 아버지는 여기서 일단 돈을 벌고 중국 말을 좀 배운 다음 내륙으로 들어가서 한국으로 가는 길을 잡자고 말씀하셨다. 아버지는 나의 학업이 중단된 것을 제일 걱정하셨다. 하지만 어린 나는 그 아줌마 집에서 편히 지내는 게 너무 좋았다. 아줌마는 정말 우리에게 잘해 주었다. 다만 밥상에 앉으면 자신의 손으로 쌈을 싸서 아버지 입에 들이대거나 끈적끈적한 눈웃음을 짓는 행동은 왠지 거슬렸다.

어느 날, 옥수숫대를 모아 놓는 일을 하고 밤에 정신없이 곯아떨어졌던 나는 오줌이 마려워 잠에서 깨어났다. 저녁에 콜라를 많이 마신 탓이었다. 불을 켜고 보니 옆자리에 누웠던 아버지가 보이지 않았다. 화장실에 가셨나 싶어 문을 열고 나서는데 아주머니 방 쪽에서 말소리가 들려왔다. 머릿속을 치는 이상야릇한 예감에 발밤발밤 방문 앞으로 다가갔다. 아버지와 아줌마, 아니 그 할머니의 말소리였다.

"이러시면 안 됩니다. 막무가내로 저의 방으로 들어오시면 아들이 깨어나지 않습니까."

아버지의 떨리는 목소리였다.

"그럼 어떻게 해요? 그렇게 신호를 줘도 모르는 척하는데, 나 더는 참지 못하겠어요. 그쪽은 아내가 없고 나는 남편이 없는데, 뭐가 걸려요? 내 나이요? 나이는 숫자에 불과해요. 내가 십칠 년 위라고 하지만 몸과 마음은 그쪽 못지않게 젊어요. 사람이 신세를 졌으면 갚을 줄 알아야죠. 내가 뭘 큰 걸 바라요? 서로 외로움을 달래자는 거뿐인데, 이 집 나가면 위험한 거 잘 아시잖아요. 아들을 생각하셔야지요. 그냥 저한테 의지하세요. 아, 어서요."

"그래도 이건…."

아버지는 끝내 그 방문을 열고 나오지 못했다. 이어 씨름하듯 뒤치락거리는 소리, 거친 숨소리에 나는 귀를 틀어막으며 화장실로 뛰어갔다. 갑자기 오줌이 쏟아지려 했다. 그날 뒤로 나는 예민해져 잠이 잘 오지 않아서 자는 척 흉내를 내야 했다. 매일 밤 아버지는 그 아줌마 방으로 불려 갔고, 한껏 긴장해 있던 나는 늦은 밤에야 곯아떨어지곤 했다.

압록강을 넘으면서 의지했던 아버지에 대한 신뢰가 산산조각이 나 버렸다. 어머니가 돌아가신 지 몇 달이 되지 않았는데 다른 여자와 어울리다니, 게다가 할머니 같은 아줌마와…. 불쌍한 건 그저 우리 엄마지. 이름할 수 없는 분노와 배신감에 밤마다 엄마를 부르며 혼자 숨죽여 울었다. 당시에는 도저히 이해나 용서가 되지 않았다.

아버지는 나의 태도에서 무언가를 느꼈는지 눈을 마주치지 못했다. 어느 날 야밤에 아버지는 잠에 취한 나를 끌고 도망치듯 그 집을 나왔다. 아버지는 길가에 있는 이정표를 보며 방향을 잡았고, 우리는 이틀을 더 걸어 다른 고장으로 갔다. 그동안 번 돈이 있어 이동에 별로 어려움이 없었다. 새 고장에서 아버지는 줄을 잡아 벌목장에 들어가 몇 달간 돈을 벌었고, 다시 도시로 나와 한국으로 가는 줄을 잡았

다. 그 과정에 아버지가 체면만 차리지 않고 앞에 닥치니 어떤 일이
든 해낸다는 걸 알게 되었다. 중국에서 나는 아버지에게 전적으로 의
지할 수밖에 없었다.

3.

조선족 아줌마 집에서의 일을 아버지에게 대놓고 들이댄 적은 없
었다. 하지만 그때부터 벌어진 아버지와의 간격은 한국에 와서까지
좀처럼 좁혀지지 않았다. 아버지는 북에서나 마찬가지로 별로 말이
없었다. 아침이면 묵묵히 양복을 단정히 입고 대학에 강의를 하러 나
갔다. 그전에 먼저 일어나 밥솥에 밥을 안치고 국을 끓였다. 밑반찬
은 반찬 가게에서 사 왔다. 아버지가 출근한 뒤에는 자그마한 소반
에 내가 먹을 아침이 늘 차려져 있었다. 북에서는 볼 수 없었던 아버
지 모습이었다. 하지만 그 극진한 보살핌이 고맙기는커녕 더 아니꼬
웠다. 북에서부터 좀 그러시지. 엄마를 아끼고 돌봐 주셨으면 그렇게
허망하게 돌아가지 않았을 텐데. 이런 생각을 할 때면 목구멍까지 울
분이 솟았다.

한국에서 안정된 생활이 보장되자 걷잡을 수 없이 엄마가 그리워
졌다. 평범한 일상이 엄마를 더 떠올리게 했다. 아무 생각 없이 치킨
조각을 뜯다가도 따뜻한 샤워기 물에 몸을 적시다 문득 엄마 모습이
떠올랐다. 온수난방으로 추위 걱정 없는 아파트에서 더운물, 찬물 마
음껏 쓰는 문명이 어쩐지 아버지만 누리는 행운처럼 고까웠다.

엄마! 가만히 부르면 목이 꽉 막히고 눈물이 솟았다. 추운 겨울에

수도가 나오지 않아 손을 호호 불며 강에서 물을 길어 오던 모습, 입술이 터 갈라지고 창백한 얼굴, 불면 날아갈 듯 여위고 휘청거리던 자태, 땔나무를 해 오느라 상처투성이였던 손…. 특히 엄마의 마지막 밥사발, 말간 맹물이 가득 담겼던 그 노르께한 밥사발이 자주 꿈에 나타났다. 그 밥사발은 갑자기 물이 가득 고인 우물로 변했고, 엄마는 우물에 빠져 허우적거렸다. 엄마를 구하려고 안간힘을 쓰다가 깨어나곤 했다. 그런 날은 온종일 우울했다.

어쩌면 엄마에 대한 그리움보다 미안함이나 안쓰러움이었던 거 같았다. 엄마를 잊지 못할수록 쉽게 엄마를 잊어버리고 배신한 아버지가 용서되지 않았다. 고생만 하다가 돌아가신 엄마가 불쌍할수록 모든 복을 아버지 혼자 독차지한 듯싶어 심술이 났다. 중국에서 잠깐 벌목장에서 일한 거 빼고는 아버지는 평생 험한 고생을 모른다고 생각했다.

어느 날 아버지 손에 붕대가 감긴 걸 보았다. 어디 다치셨나? 처음엔 못 본 척했다. 또 다른 손가락에 붕대가 감겨 있는 걸 보고 얼결에 물었다.

"다치셨어요?"

"아니, 운동하다 조금 긁혔어."

아버지가 당황한 표정을 지으셨다. 운동? 흥. 콧방귀를 뀌었다. 팔자 좋으시네. 편하니까 운동이나 하시겠지. 엄마는 땔나무를 하느라 연약한 손이 상처투성이였는데….

또 어느 날인가는 아버지 두 눈이 벌겋게 충혈되어 있었다. 얼굴이 좀 부은 듯 보였다. 더럭 겁이 나 물었다.

"어디 아프세요?"

"아니야, 밤에 책을 봤더니 그래. 고맙다."

아버지의 흔연한 어조에 나는 또 힝 코를 풀었다. 맨날 그렇지. 엄마는 감감 잊은 거야. 엄마 불쌍하다는 말이나 미안하다는 말을 할 줄 모르지. 지독하게 인정머리 없는 이기주의자! 속으로 아버지를 끊임없이 질타했다. 더 아니꼬웠던 건 아버지가 종종 밤늦게 들어왔는데 그럴 때마다 약간의 술 냄새가 풍겼다. 운동을 하거나 친구를 만나 식사를 했다고 하셨다. 아주 제대로 인생을 즐기시네. 좋은 세상에 와서 고생이라는 걸 모르고 혼자 아주 잘 사셔. 상팔자를 타고나셨어. 나는 뒤에서 혀를 빼물고 투덜거렸다.

4.

하지만 세월을 타지 않는 건 없었다. 아버지에 대한 나의 미움은 세월이 흐르면서 조금씩 옅어지기 시작했다. 한국에 와서는 생활에 대해 별로 걱정해 본 적이 없었다. 용돈은 늘 넉넉했고 옷이나 신발은 친구들에게 뒤지지 않았다. 핸드폰은 새 기종이 나오면 제일 먼저 사 주셨다.

대학 강의를 하신다는 아버지 수입이 꽤 높은 듯하였다. 초등학교부터 중학교, 고등학교 때까지 제일 좋은 학원에 다녔다. 아버지는 아무 걱정하지 말고 공부에만 전념하라고 당부하셨다. 경쟁 사회에서는 자신의 가치를 높여야 기회를 잡을 수 있다고 말씀하셨다. 그러지 않아도 나는 의사가 되려는 야망을 품고 있었다. 아버지는 이따금 오만 원짜리 몇 장을 봉투에 넣어 주시며 유행하는 옷이나 신발을 사라고 하셨다.

한 해씩 나이를 먹으며 아버지의 커다란 지붕을 느끼기 시작했다. 한국은 발전된 세상이지만 돈이 저절로 주어지지 않는다는 걸 어릴 때는 망각하고 살았었다. 나야말로 고생을 몰랐기 때문이었다. 시간이 흐를수록 아버지를 향한 고까움이 봄눈처럼 사그라지고 있었다.

그해, 우리는 새집으로 이사했다. 정부에서 보장해 준 임대 아파트에서 25평 분양 아파트로, 아버지 명의로 된 집으로 이사를 갔다. 삼 분의 일은 은행 돈이라고 했다. 어찌 됐든 서울에 아버지 명의의 아파트가 생긴 건 너무 기분 좋은 일이었다. 임대 아파트보다 훨씬 넓고 쾌적한 내 방이 퍽 마음에 들었다.

아버지는 나를 가구점으로 데리고 가서 마음에 드는 침대와 책상, 의자를 고르라고 하셨다. 내가 선택한 침대가 들어오던 날, 푹신한 매트리스에 몸을 던지며 나는 오랜만에 아버지에게 한껏 웃음을 보냈다.

"너무 좋아요, 아빠!"

한 달 후, 엄마의 제삿날이 다가왔다. 그동안 아버지는 한국에 와서 매해 엄마 제사를 지냈다. 제삿날마다 나는 돌볼 사람 없어 잡초가 무성할 엄마의 무덤을 떠올렸다. 아버지는 매번 묵묵히 제사상을 차리셨다. 제사상은 전문 가게에 주문했다. 엄마가 생전에 구경 못해 본 음식이 가득 차려진 제사상을 보면서 나는 허무함을 느꼈다. 아버지는 기계적으로 절을 하고, 제사상을 물리고 음식을 조금 드신

다음 조용히 밖으로 나가곤 하셨다. 그때도 불만스러웠다. 제사상 앞에서나마 엄마에게 미안하다는 말을 왜 못 한단 말인가. 아버지는 얼음처럼 냉랭한 심장을 지녔다고 생각했다.

새집에서 처음 지내게 된 엄마 제삿날, 나는 일부러 학원에서 늦장을 부리며 천천히 집으로 향했다. 답답한 침묵이 흐르는 방에서 아버지와 함께 엄마 제사상을 차리고 싶지 않았다. 아버지가 다 차린 다음 들어가 절이나 할 생각이었다. 시간을 끌며 집 앞에 도착한 나는 어디선가 들려오는 흐느낌 소리에 귀를 기울였다. 울음소리는 분명 우리 집 안에서 울려 나오고 있었다.

비밀번호를 누르고 살며시 문을 열었다. 아버지는 내가 현관에 들어선 줄 모르고 거실에 차린 엄마의 제사상 앞에 무릎을 꿇고 오열하고 있었다. 너무나 뜻밖의 모습에 나는 어리둥절했다. 살면서 여태 그렇게 우는 모습을 본 적이 없었다. 엄마가 돌아가셨을 때는 내 슬픔에 지쳐 아버지 우는 모습을 본 기억이 없었다. 아버지는 자그마한 바윗덩어리처럼 옹크리고 엎드려 어깨를 떨며 슬프게 울고 있었다.

"여보, 미안하오. 못나고 무심한 이 남편을 용서해 주오. 이젠 걱정하지 마오. 어떤 일이 있어도 우리 아들을 훌륭한 사람으로 키울 것이오. 여긴 우리가 이사 온 새집이오. 오늘따라 당신이 너무 그립구려."

아버지가 그렇게 긴 넋두리를, 아주 인간적인 말을 하는 모습은 낯설다 못해 신기했다. 엄마한테 미안하다고 하는 말을 처음 들어 보았다. 아버지는 진심으로 엄마에게 미안해하고 있었다. 나는 끝내 신발을 벗지 못하고 도로 집을 나오고 말았다.

아파트 밑으로 내려와 무심결에 하늘을 쳐다보던 나는 어린애처럼 탄성을 질렀다.

"와! 별똥별! 엄마 별이다!"

푸르고 흰 빛깔의 유성이 우아한 곡선을 지으며 떨어지고 있었다. 어느새 나의 두 볼로 눈물이 흐르고 있었다. 언제부터인가 별똥별을 보면 엄마라고 생각했다. 끝까지 온몸을 활활 태우며 떨어지는 별똥별은 틀림없는 엄마였다. 엄마는 별똥별처럼 아버지와 나를 위해 자신을 깡그리 태우며 헌신하셨다. 오늘이 엄마 제삿날이고, 아버지가 슬피 우는 걸 보고 엄마가 땅으로 내려왔다고 여겼다. 나는 컴컴한 하늘을 올려다보며 흐느껴 울었다. 엄마가 못 견디게 보고 싶었다.

한참 후, 언제 오냐는 아버지 문자가 왔다. 나는 눈물을 훔치고 집으로 올라갔다. 방에 들어서니 아버지의 벌건 얼굴이 어색하게 굳어져 있었다. 나는 눈물 흘린 걸 들킬까 봐 아버지의 눈을 피했다. 아버지와 나는 묵묵히 술을 따르고 절을 했다. 뜨거운 김이 목구멍으로 자꾸 치밀어 올라 입술을 꼭 깨물어야 했다.

5.

새집에서 엄마 제사를 지낸 후, 아버지에 대한 믿음이 봄볕처럼 슬며시 나의 가슴에 스며들었다. 미움과 원망은 낡은 사진처럼 새집에서 서서히 빛깔이 흐려지고 있었다. 세상에서 나를 지켜 줄 분은 아버지뿐이고, 가족은 우리 둘뿐이라는 생각을 할 즈음 그 아줌마가 끼어들었다.

어느 날, 학원에서 저녁 늦게 집에 돌아오니 웬 아줌마가 주방에서 서성이고 있었다. 집 안에는 구수한 된장국 냄새가 진동했고 밥상은 이미 차려져 있었다. 반찬 가게에서 산 반찬이 아니라 금방 구워낸 청어며, 콩나물무침이 먹음직스럽게 밥상에 놓여 있었다. 내가 묻지 않았는데 아줌마는 아버지가 야간작업을 하신다고 말했다.

　"야간작업이라니요? 아버지가 무슨 야간작업을 하신다는 거예요?"

　"아차, 그렇지. 그, 그게 아니라, 그러니까 아버지 말씀에 의하면 일을 끝내시고⋯. 아, 맞다. 강의가 끝나면 운동하신다고 하셨어. 그래, 분명 운동이라고 하셨어."

　아줌마가 조금 당황해하며 횡설수설했다. 북한 말투였다. 도우미 아줌마인지 묻자 아버지 친구라고 했다. 친구? 그럼 아버지에게 여자 친구가 있단 말인가? 아버지 세대의 친구 경계를 잘 몰랐던 나는 무슨 친구냐고 되물었다. 아줌마는 눈가에 야릇한 웃음을 짓고 나를 똑바로 바라보았다. 아버지보다 퍽 젊었고, 꽤 예쁘장한 아줌마였다.

　"그게 궁금하니? 그래, 앞으로 종종 봐야 하는데 굳이 숨길 필요야 없지. 난 너의 아빠 여자 친구야. 어쩌면 나 혼자 여자 친구로 생각할지 모르지. 호호, 너의 아빤 돌부처 같더라. 어쩜 그리 무뚝뚝하면서 귀여우실까. 오늘 늦게 들어오니 아들이 먹을 저녁을 좀 해 달라고 부탁하시더라. 아들한테만큼은 정말 끔찍하시지⋯."

　나는 머리가 서늘하게 식는 걸 느끼며 홱 몸을 돌려 방으로 들어갔다. 그리고 방문을 쾅 닫았다. 뒤따라온 여인이 콩콩 방문을 두드리며 밥을 먹으라고 했다.

"밥 먹을 생각 없어요. 일 끝났으면 가 보세요."

꽉 닫힌 문을 향해 언성을 높이며 빠른 말을 쏟아 냈다. 한참 후, 뭐라고 중얼거리는 여인의 목소리가 멀어지더니 쿵 현관문 닫히는 소리가 들렸다. 아마도 싸가지 없는 녀석이라고 했겠지. 상관없었다. 갑자기 여자 친구라니? 그럼 새장가라도 들 생각이란 말인가? 생각을 정리할 새 없이 분노가 솟구쳤다. 기억하고 싶지 않은 중국 아줌마 집에서의 일이 생생히 떠올랐다.

엄마의 창백한 얼굴이 눈앞에 어른거렸다. 또다시 엄마를 배신하다니…. 아, 정말이지, 염치가 없어. 엄마 제사상 앞에서 목 놓아 울던 때가 언젠데 뒤에서 여자 친구를 사귄단 말인가. 새 여자를 만나자니 새삼 엄마한테 미안해 양해를 구했다는 건가. 엄마가 왜 돌아가셨는데, 아버지와 나를 굶기지 않으시려고 맹물만 마시는 바람에 영양실조로 돌아가시지 않았던가. 나나 아버지는 엄마한테 진 마음의 빚을 평생 갚을 수 없는데, 새 여자라니! 온갖 울분이 머릿속에서 들끓었다.

생면부지 여인이 안주인처럼 돌아치는 모습은 상상하기조차 싫었다. 새집에 와서 비로소 마음의 평안을 찾았다. 밝고 고요하고 안정된 집의 분위기가 좋았다. 잔소리 없고, 간섭하지 않는 아버지의 무뚝뚝함에 익숙해졌고 오히려 편했다. 나를 믿어 준다고 고맙게 여겼다. 그런데 낯선 여인이 집 안을 휘젓고 다닌다면…. 나는 머리를 세차게 흔들었다. 싫어, 너무 싫어!

아버지 얼굴을 본 건 다음 날 저녁이었다. 그날은 운동 나가지 않는지 집에 계셨다. 아버지가 차린 밥상이 기다리고 있었다. 내 마음은 여전히 얼어붙어 있었다. 아버지가 어색하게 헛기침을 하며 말을 꺼냈다.

"오해 마라. 우연히 알게 된 여인이고 그저 밥 한 끼 부탁했을 뿐이야. 별 사이 아니고 편한 친구야."

밥상을 노려보며 굳어진 나의 입에서 떨리는 목소리가 거침없이 나왔다.

"저는 하얀 이밥을 먹을 때마다 굶어 죽은 엄마가 생각나요. 고깃국을 먹을 때마다 엄마한테 죄스러워요. 맹물만 가득 담긴 엄마의 밥그릇이 종종 꿈에 나타나요. 그 물그릇이 떠올라 밥이 잘 넘어가지 않는다고요. 아빠도 엄마를 잊으면 안 되잖아요. 그럼 엄마가 너무 불쌍하고 원통하잖아요."

어느새 코가 시큰거리고 눈물이 쏟아졌다.

"그래, 네 마음 다 안다. 나도 절대 네 엄마 못 잊는다. 어서 밥 먹자."

밥상 앞에 앉은 아버지가 속죄하듯 고개를 끄덕이며 중얼거렸다.

"거짓말! 아빠는 오래전에 엄마를 잊었어요!"

나는 끝내 마지막 말까지 던지고 방으로 들어가 버렸다. 부자 사이에 끼어든 그 아줌마보다 아버지가 더 원망스러운 날이었다.

6.

어느 날, 학원을 마치고 집에 들어서는데 저장하지 않은 번호가 전화기에 떴다. 전화를 받아 보니 그 아줌마였다.

"네 아빠 오늘도 운동하시지? 아니지, 제대로 말하면 야간작업을 하실 거다. 내가 너한테 진실을 말해 줄 게 있는데, 지금 집 앞으로 내려올 수 있겠니?"

진실? 무슨 진실? 현관에 선 채로 가방을 방 안에 던지고 문을 닫은 다음 바로 엘리베이터 버튼을 눌렀다. 꼭대기 층까지 올라와야 하는 엘리베이터를 기다리지 못하고 계단을 구르며 밑으로 내려갔다. 아파트 현관 앞 푸릇한 조명 아래에서 그 아줌마가 기다리고 있었다.

아줌마가 말없이 앞장서 걸었다. 묵묵히 뒤따랐다. 동네 우거지탕 식당에 들어선 아줌마는 음식과 소주 한 병을 주문했다.

"난 한잔해야겠다. 바보 같은 네 아빠 때문에 화가 나서 술이라도 마셔야지, 참을 수가 없어. 너도 아마 내 말을 들으면 충격이 커서 한잔해야 할 거다."

"뜸 들이지 말고 말씀해 주세요. 난 밥 같은 거 먹고 싶지 않아요."

"뭐? 밥 같은 거? 그래, 애들이야 이 좋은 세상에서 학교 다니고, 먹고 싶은 거 다 먹는데 밥이 뭔 대수겠냐? 하지만 나는 이 빌어먹을 밥 때문에 남편하고 새끼를 잃은 사람이야. 밥에 한이 맺혀서 난 밥을 먹어야겠다."

뜻밖의 하소연에 나는 흠칫했다. 아줌마는 소주부터 한 잔 들이켰다.

"하긴 네가 인생을 알겠니? 그러니 지 아빠를 그렇게 모르지. 네 아빠가 한국에 와서 그동안 용접 일을 하며 밤낮으로 건설 현장을 돌아친 걸 넌 모르지? 그래, 꿈에도 몰랐겠지. 대학 강의? 흥, 자식이 부모의 마음을 어찌 다 알꼬. 아들이 놀라고 삐뚤어질까 봐 진실을 숨겨 온 아빠 마음을, 외롭고 힘든 그 마음을 네가 어찌 알겠는가 말이다. 암, 모르고말고!"

시험 시간에 전혀 모르는 문제를 만났을 때처럼 순간 머릿속이 아찔해졌다. 아줌마 말은 저 멀리에서 들려오는 메아리처럼 어렴풋이 머리를 징징 울렸다. 이건 또 무슨 소린가? 아버지가 대학 강의가 아니고 용접 일을 하시다니?

"흥, 너도 놀라운 모양이구나. 난 네 아빠를 몇 년 전부터 알게 되었지. 내가 물었어. 북한에서 대학교수를 하던 분이 왜 굳이 용접 일을 하냐고. 네 아빠가 그러더라. 용접 일이 돈을 많이 벌어서 좋다고. 대학원 다니고 박사 학위 따면서 당신의 사회적 성취를 좇게 되면 아들 교육에 온전히 투자할 수 없다고 하더라. 당신 인생보다 아들을 이 땅에 잘 뿌리내리게 하는 게 더 중요하다고. 똑똑하고 머리 좋은 아들을 공부시키기 위해 돈을 많이 벌 수 있는 일을 해야 한다고 하더라. 그래서 오자마자 용접 자격증을 따고 지금껏 건설판에서 일하신 거야. 이젠 알겠니?"

"그래서 아버지 손에 상처가 나고 붕대를…."

나는 얼결에 중얼거렸다. 아줌마는 연거푸 술을 쭉 들이켜고 탕 술잔을 밥상에 놓았다.

"흥, 운동하다 다쳤다고 했다면서? 운동이 아니라 한 푼이라도 더 벌려고 야간작업을 하신 거야! 네가 그동안 펑펑 쓴 용돈이랑 학원비랑 덩실한 새 아파트랑 다 네 아빠가 노가다판에서 밤낮없이 일해서 번 거야. 넌 그것도 모르고 아빠한테 투정만 했겠지? 뻔해. 너 같은 싸가지는 부모 속이 다 문드러져야 정신을 차리지. 하하, 네 아버지 부성애는 가상하다 못해 눈물이 나더라. 아들 알아차릴까 봐 매일 양복을 빼입고 출근하고 현장에서 작업복을 갈아입었다나? 뭐, 거지 왕자도 아니고…. 노가다판에서는 양복쟁이 용접공으로 소문이 났다 더라. 아 참, 그리고 네가 모르는 대단한 아들 사랑이 또 하나 있지. 네 아빠 매달 몇십만 원씩 생명보험 붓고 있는 거 넌 모르지?"

"생명보험이요?"

"그래! 생명보험! 당신이 살아 계실 때 꼬박꼬박 돈을 보험에 넣었 다가 자신이 세상을 뜨면 아들에게 목돈이 주어지게 하려고 꽤 큰 생 명보험에 들었거든. 흥, 본인을 위해서는 한 푼도 아끼면서, 몇 년째 순정을 바치는 여자는 못 본 척하면서, 그저 아들밖에 모르는 양반이 지. 지가 뭐가 그리 잘났대? 북한에서는 교수였어도 여기서는 노가 다판에서 일하면서 뭐가 그리 고고하대? 내 치사해서 네 아빠 다시 안 보련다. 그래, 내가 먼저 네 아빠 차 버린다고. 알겠냐?"

아줌마의 목소리가 점점 더 높아졌다. 나는 심장이 할랑거리고 숨 이 가빠 올라 더 앉아 있을 수가 없었다. 당장 밖으로 뛰어나가고 싶 은 충동에 몸을 반쯤 일으켰다.

"부탁 좀 할게요."

"부탁? 나한테? 이런 황송할 데라고, 뭔데?"

"아빠가 지금껏 용접 일을 하신 사실, 제가 모르는 거로 해 주세 요. 제가 안다는 거 아버지한테 말하지 말아 주세요. 부탁이에요."

"하하, 그래. 고고한 젊은이 부탁이니 아줌마가 들어줘야지. 알았 어, 쉿."

술에 취해 떠들어 대는 아줌마를 두고 나는 식당을 뛰쳐나왔다. 술을 마신 것처럼 다리가 자꾸 꼬여 걸음을 옮기기 힘들었다.

7.

나는 며칠간 아버지를 피해 다녔다. 마주 볼 용기가 나지 않았다. 미안하고 고마운 마음을 표현할 방법을 몰랐다. 될 수 있는 한 용접 일을 하신다는 사실을 모르는 척해 드리고 싶었다. 어쩌면 아버지의 마지막 체면이 아닐까 싶었다. 가능한, 지켜 드리고 싶었다. 아버지는 모르는 눈치였다. 아줌마가 약속을 지킨 듯싶었다.

나는 약국에서 데인 상처에 바르는 연고나 소염제 등을 사서 서랍장에 넣어 두었다. 아버지가 야간작업을 하시는 날엔, 아니, 운동한다고 하시는 날에는 알아서 저녁을 먹을 테니 걱정하지 마시라고 문자를 드렸다. 너무 과도한 운동은 몸에 해로우니 될수록 밤에 나가지 말았으면 좋겠다는 문자도 드렸다. 아버지는 그럴 때마다 고맙다는 답장을 보내오셨다. 그런 평범한 문자마저 드린 적이 별로 없었다는 사실을 비로소 깨달았다. 가슴이 꺼지게 한숨이 나왔다. 미안하고 창피했다.

아버지는 나의 변화를 세심하게 눈치채고 계셨다. 눈빛이 그윽해지셨고 자주 나를 향해 활짝 웃어 주셨다. 그동안 내가 불편해할까봐 웃음마저 조심하신 것일까. 철없는 아들의 사춘기가 무사히 지나기를 숨죽이고 기다리신 듯싶었다. 웃으실 때 눈가에 굵은 주름이 잡히는 게 선명히 보였다. 가슴속에서 무언가 허물어지며 다리 힘이 풀렸다.

그날은 아버지가 야간작업을 나가고 안 계셨다. 부엌 식탁에 저녁이 차려져 있었고 저녁을 꼭 먹으라는 아버지 쪽지가 모서리에 붙어 있었다. 저녁을 먹고 설거지를 마친 다음 시계를 보니 아버지가 들어올 시간이 아직 멀었다. 책을 폈는데 이상하게 눈에 들어오지 않았다. 잠이 오지 않고 왠지 가슴이 답답하여 옷을 입고 밖으로 나왔다.

가을의 서늘한 바람에 머리가 시원해졌다. 건설장 용접 일은 주로 밖에서 한다는데 환절기에 감기라도 걸리실까 걱정되었다. 내일은 시장에서 토종닭을 사서 삼계탕을 만들어 드릴 생각을 했다. 까짓것 인터넷에 모든 요리 방법이 다 있으니 이제부터는 내가 요리를 도맡아 해야겠다고 다짐했다.

이때 전화벨이 울렸다. 그 아줌마였다. 끅끅 흐느끼고 있었다. 그래서 무슨 말인지 잘 알아들을 수 없었다.

"얘, 어쩌면 좋니…? 네 아빠가, 네 아빠가…."

"무슨 말씀이에요? 아빠가 왜요?"

"날씨가 쌀쌀해서, 목도리를 떠 가지고 여기에, 네 아빠 일하는 현장에 왔는데…. 네 아빠가, 아이고, 네 아빠가 현장에서 낙상 사고를…. 크게 다쳐서 병원으로 갔다고…. 이 일을 어쩌면 좋냐…?"

손에서 전화기가 미끄러졌다. 바닥에 떨어진 파랗게 네모진 빛 속에서 아줌마 울음소리가 울려 나오고 있었다. 잠시 후, 아줌마 울음이 끊기고 파란 화면에 아버지 세 글자가 떴다. 전화기를 잡으려 허둥거리다 앞으로 푹 고꾸라졌다. 넘어진 채로 간신히 전화기를 집어 들었다.

"아빠! 괜찮으세요? 괜찮으신 거죠? 많이 다치신 거 아니죠? 아빠!"

전화는 한참 동안 대답이 없었다. 이어 귀에 선 목소리가 들려왔다.

"여기는 병원입니다. 아드님 맞으신 거죠? 죄송합니다. 이 전화기 주인인 아버님은…. 방금 돌아가셨습니다."

"무슨 소리예요? 제발 아빠 바꿔 주세요! 어서요! 아빠!"

나는 발을 동동 구르며 전화기에 대고 울부짖었다.

이때 머리 위로 하얀 유성이 떨어지고 있었다. 크고 환한 별똥별이었다. 나는 별똥별을 받아 안을 듯 두 팔을 활짝 펼치며 목메어 불렀다. 아빠!

그날 밤, 내가 본 별똥별은 아빠 별이었다. 온몸을 활활 태우고 헌신하신 아버지의 하얀 별똥별이었다.

이정

(소설가, 통일문학포럼 상임이사)

김유경의 첫 장편소설 《청춘연가》(웅진지식하우스, 2012)를 읽은 기억이 10여 년이 지난 지금까지 또렷하다. 북한에서 수학 교사를 하던 주인공 선화는 중국에서 인신매매를 당하는 시련을 겪는다. 곡절 끝에 도망쳐 한국에 정착, 청춘을 회복한다. 그러나 중국에서 낳은 아이를 잊지 못해 찾아 나선다. 이 책을 나는 충북의 한 절에 머물며 읽었다. 뒷부분의 어느 장면에서 나도 모르게 터져 나오는 울음을 주체하지 못해 절 옆의 개울에 나가 물소리에 울음을 섞었다.

독자의 감정을 제 것처럼 쥐고 흔드는 소설을 발견하기는 쉽지 않다. 이후 나는 김유경의 독자가 되고 친구가 되었다. 장편소설 《인간모독소》(카멜북스, 2016), 소설집 《푸른 낙엽》(푸른사상, 2023) 등 김유경의 소설들을 빠짐없이 읽었다. 소설들은 내 첫 감동을 배반하지 않았다.

김유경은 조선작가동맹 맹원으로 활동하다가 2000년대 중반에 남한으로 삶의 터전을 바꿨다. 적대적 관계의 한편에서 '복무'하다가 다른 한편으로 삶의 터전을 옮긴다는 건 피눈물을 품은 변민과 목숨을 건 지난한 여정, '상갓집 개만도 못한' 냉대를 동반하지 않고서는 불가능하다.

김유경은 마침내 당과 수령에 가없는 충성을 바치던 '문학 아닌 문학'에서 인류의 보편적 가치를 지향하는 문학의 본령과 만났다. 성년이 된 뒤에 글쓰기의 자유를 찾았다는 건 저쪽에서 몸에 밴 사회적 환경과 그로 인해 굳어진 개인적 가치관을 개변시키기가 쉽지 않다는 말과 같다. 김유경은 되레 그걸 문학적 자산으로 삼았다.

이 소설집에 실린 작품들 속에는 차별과 기아, 출신 성분이라는 연좌제, 착취, 도둑, 사기, 연애, 살인, 한류, 탈북, 북송, 정치범수용소 등이 제재로 등장한다. 작중인물은 교수, 미술가, 장사꾼, 영화배우, 보위원, 간첩 등 다양하다. 작중인물들의 활동 공간은 북한 생활에서 중국 체류, 한국 정착까지 광활하다. 대체로 남한 독자들이 접하기 어려웠던 이야기들이다.

단편 〈누드 스케치〉는 '재능 있는 화가'인 도 예술단 무대미술과장 민화도가 뜻밖의 재능을 인정받아 '전 세계의 주목'을 받다가 간교한 보위원에게 사살당하는 내용이다.

배급도 보수도 주지 않는 극장에 나가는 민화도에게 화교 왕준호가 진갑을 맞은 어머니의 초상화를 주문한다. '원수님 일가분이 아니면 개인이 초상화를 가지고 있을 수 없지만, 부정부패는 간부들이 더 심하다'고 어르는 왕준호의 간청에 마지못해 민화도는 초상화를 그린다. 초상화는 중국미술가협회 중진으로 베이징에서 활동하는 왕준호의 사촌 형의 눈에 띄어 '걸작'이라는 호평을 받는다. 민화도는 '속에 쌓인 갈망을 해소하려고' 이미 그려 둔 그림들도 돈이 되어 돌아올 수 있다는 사실에 놀란다.

왕준호의 거듭된 간청에 그림들은 중국으로 건너간다. 그림들은 '장마당에 물건을 펴 놓고 얼굴을 찌푸린 여인의 모습'을 비롯하여 낡은 자전거에 돼지를 넣은 자루를 싣고 가는 여인의 모습, '자기 키보다 더 큰 배낭을 등에 지고 목에 지렁이 같은 힘줄을 세운 중년 여인'의 모습, '쌀장사 주변을 맴돌며 땅에 떨어진 쌀알을 주워 먹는' 어린 꽃제비 소녀의 모습, '메뚜기 장사'를 단속하는 안전원의 모습, 숨진 할머니의 벌거벗겨진 모습 등이다. 벌거벗겨진 할머니 모습은 도심 청년공원의 '커다란 황철나무 밑에 서리 낀 누런 나뭇잎이며 풀들, 쓰레기들이 어지러이 널려 있었는데, 그 위에 웬 할머니가 만세를 부르듯 두 팔을 올리고 누워 있는' 그림이다. 할머니는 '이미 숨이 넘어간 듯 미처 감지 못한 눈은 흰자위만 보이고', '앙상하고 주름진 몸에 남은 것이라곤 누런 팬티 한 장뿐'이다. 민화도는 옷을 탐해 벗기는 꽃제비들에 묘사의 초점을 맞추었다. 그림들은 '바깥세상에 있었으면 아마 세계적 화백으로 성장하고 돈을 어마어마하게 벌었을 것'이라는 상찬을 민화도에게 안겼다. 미국까지 건너가 전시회에 걸렸다.

그러나 '재미난 곳에서 호랑이가 나온다'는 속담은 틀리지 않았다. 뇌물로 관계를 맺은 보위원이 찾아왔다. 그림이 '공화국을 악착같이 힐뜯는 내용이라면서 전 세계가 주목하면서 북조선 인권을 거론하고 난리를 치고 있다'는 소식을 귀띔했다. 해결 방법은 '하나뿐'이라며 탈북을 권유했다. 탈북하는 길, 보위원은 민화도를 겨냥해 권총을 발사했다. 민화도가 죽어야 자기 죄가 묻힐 것이기 때문이었다.

〈누드 스케치〉는 절해고도와 같은 폐쇄 사회의 한 단면을 잘 형상해 냈다. 미술가의 창조적 재능이 인류의 보편적 가치 밖에 방치되고 선전 선동에 동원될 뿐인 사회에서 미술가의 개인적 창작 활동이 얼마나 위험한 일인지 적나라하게 고발한다. 김유경 같은 재능 있는 작가가 만약 지금까지 북한에서 작가로 살았다면 어떤 처지에 이르렀을까? 이 작품은 그런 가상적 질문에 대한 서글픈 응답이기도 하다.

〈그 봄날의 인연〉은 로스쿨에 다니는 탈북 지식인 경아가 공부와 임신 사이에서 이혼의 위기에 몰리는 이야기다.

서울에서 기자 생활을 하는 세찬은 삼대독자다. 하노이의 〈고려식당〉 종업원인 경아는 배낭여행 온 세찬과 사랑에 빠진다. 적대적 '두 세상을 합칠 수 없다면 둘 중 한 사람이 그 세상을 탈출하는 방법'을 선택하기로 한다. 둘은 서울로 와서 결혼한다. 그러나 경아는 결혼 후 8년 동안 공부만 한다. 아이를 낳을 생각을 하지 않는다. 법학대학원을 졸업하고 변호사 시험에 통과하려면 몇 년이 더 걸릴지 기약이 없다. 경아는 어릴 때부터 과학자가 되는 것이 꿈이었다. 사실 경아는 '무수한 기회가 펼쳐지고 자유롭게 선택할 수 있는' 한국이 좋았다. 그런 한국에 오자 꿈을 이루려고 혼신의 힘을 기울인다.

탈북민을 며느리로 맞을 수 없다고 반대하던 시어머니는 이번에는 '여자가 결혼하면 남편을 섬기고 아이를 낳는 건 당연한 의무'라며 '귀한 집 외아들에게 시집와서 대를 끊을 작정인가', 경아를 질타한다. 나아가서 경아가 혼인신고를 하지 않은 점과 정부가 탈북민에게 제공하는 임대주택을 반환하지 않은 점을 '만약의 때', 즉 이혼에 대비하려 한 짓이라고 의심한다. 경아는 공부하는 동안 정부에서 주는 장학금과 기초생활수급비를 받고자 하는 의도라고 항변한다. 마침내 시어머니는 경아에게 이혼을 종용한다. '경아와의 대화가 아름다운 하모니처럼 즐거웠고 정신적 양양을 느끼던' 세찬은 경아로부터 '오빠를 위해서 물러서는 게 사랑'이라는 이혼 통보를 받는다. 그렇게 냉랭한 관계가 지속되던 어느 날, 세찬은 경아의 전화를 받는다. 경아가 엉엉 울면서 말한다.

"오빠, 못 하겠어. 도저히 수술 못 하겠어. 내가 미쳤나 봐. 오빠, 어서 데리러 와 줘."

"수술이라니? 무슨 소리야? 어디 아파?"

경아는 지금 임신 6주 차라고 고백한다.

"오빠나 부모님이 얼마나 애를 기다리는지 알면서도 나쁜 마음을 먹었어. 평생 갚지 못할 은혜를 입었는데 그런 배은망덕한 마음을 먹었어. 난 정말 사람이 아니야. 미안해. 용서해 줘. 오빠!"

경아는 병원으로 찾아온 세찬의 가슴에 얼굴을 묻는다.

〈그 봄날의 인연〉은 남북 문화 차이와 탈북 지식인의 치열한 한국 정착 노력에 대한 냉정한 보고서다. 세찬은 '남북의 문화적 차이는 경아의 빠른 적응으로 금방 메워졌다'고 여기지만, 경아는 시부모들의 '대 잇기' 강요를 받아들이지 못한다. 세찬에게 '점점 선명히 드러나는 틈새 사이에 출렁이는 불안과 외로움'의 원인은 바로 문화 차이와 새 삶 앞에 선 경아의 '대 잇기'에 우선하는 '뿌리내리기'였다. 김유경은 남한에 정착한 지 20년이 가깝다. 김유경은 남한 사회에 잘 적응하고 있을까? 아마도 탈북 지식인 경아처럼 몸에 밴 익숙한 것들과 새로 맞은 낯선 것들과의 불화에 모질음을 썼겠지만, 지금은 웬만한 남한 태생 못지않은 성공적인 삶을 보여 주고 있다.

이 소설집에 실린 작품들은 이렇듯 북한 사람을 주인공으로 북한 소재를 다룬 작품들(〈죄를 묻다〉, 〈누드 스케치〉, 〈되찾은 밑천〉, 〈붉은 저녁노을〉)과 탈북민을 주인공으로 남과 북 소재를 함께 다룬 작품들(〈하얀 별똥별〉, 〈베이초센 마마〉, 〈올가미〉, 〈그 봄날의 인연〉)이 혼재되어 있다. 김유경은 북한에만 없고 북한 사람들만 모르는 것들과의 고통스러운 조우를 소설로 형상화했다. 이 소설집은 바로 김유경이 북한 작가에서 남한 작가로 화려하게 변모한 과정을 보여 주는 산물이다.

김유경은 한국 문학의 축복이다. 남북 양쪽을 다 겪은 희소한 작가라서 그런 것만이 아니다. 미개척지로 남겨 두었던 한반도의 북쪽으로 한국 문학의 터전을 소설 미학적 관점에서 훌륭히 확장시킨 작가이기 때문이다.

누드 스케치

1판 1쇄 발행 2024년 5월 15일

저자 김유경

편집 문서아 **교정** 주현강 **마케팅·지원** 김혜지

펴낸곳 (주)하움출판사 **펴낸이** 문현광

이메일 haum1000@naver.com **홈페이지** haum.kr
블로그 blog.naver.com/haum1000 **인스타그램** @haum1007

ISBN 979-11-6440-581-7(03810)